阿云嘎文集

第四卷　纪实文学

作家出版社

没回到生我养我的草原已经好多年了，但是我没有忘记故乡，没有忘记那里的人们。

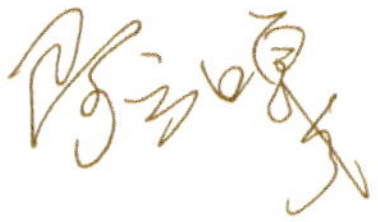

少年时代的阿云嘎

目　录

拓跋力微

拓跋力微简介

拓跋力微（公元174—278年），史称北魏始祖神元皇帝，公元220年四十六岁时即位当了拓跋鲜卑部首领后继承父亲诘汾（诘汾被史学家称北魏“圣武皇帝”）的伟业，带领部众完成了拓跋鲜卑第二次南下的使命，驻扎到今内蒙古固阳、达茂旗一带。当时拓跋鲜卑十分弱小，为了站稳脚跟，拓跋力微与驻扎在黄河北岸的另一支鲜卑势力没鹿回部联盟，与西部鲜卑抗衡。他与没鹿回部首领窦宾连手第一次攻打西部鲜卑失利，窦宾连自己的坐骑都丢了，拓跋力微把自己的马送给了窦宾，从而拓跋部与没鹿回部的联盟进一步加强，窦宾将自己的爱女许配给了拓跋力微，并根据拓跋力微的要求允许其部族驻扎到长川（今内蒙古兴和县一带）。公元253年窦宾去世。窦宾死前嘱咐两个儿子速侯、回题说，一定要与拓跋部保持友好联盟关系，但速侯、回题没有按照父亲的遗嘱行事，却准备借拓跋力微前来为岳父奔丧的机会杀死他。拓跋力微觉察到这个阴谋以后，杀死了自己的妻子窦氏，并谎称窦氏得急病而死，要求速侯、回题前来吊唁。速侯、回题到了拓跋部被拓跋力微杀死。拓跋力微趁机吞并了没鹿回部，周围其他部落也纷纷投靠拓跋力微。拓跋鲜卑的势力大大增强，“控弦之十二十余万”。拓跋力微搬进盛乐城（位于今内蒙古和林格尔县境内），举行盛大的祭天仪式，即历史上著名的“盛乐祭天”。这标志着拓跋鲜卑雄居中国北方的局面形成，一个鲜卑族国家政权的诞生。为了与魏国搞好关系，拓跋力微将自己的长子沙漠汗派遣到洛阳，“以观风土”，其实是把儿子留在那里当人质，以表示自己的诚意。沙漠汗在那里待了十四年后，因为父亲年事已高，要求回国。拓跋力微听信别人关于沙漠汗“得晋人异法”，“若继国统，变易旧俗”的谗言，便派人杀害了沙漠汗。

公元278年，拓跋力微逝世，“凡飨国五十八年，年一百零四岁。太祖即位，尊为始祖”。

第一章

公元278年，盛乐城内。

这是一个深秋季节的深夜。城内很静，只有远处的黄河水以缓慢的节奏拍岸的声音隐约传来。天空中连续十多天阴云密布，云层越来越厚，压得也越来越低，于是这里的夜色变得像墨一样漆黑。而且护城的卫队也早已下令管制灯火，只允许很少的几个地方点灯，因此一到夜晚，整个盛乐城就被黑暗所吞没。其实笼罩全城的不仅仅是黑暗，还有一种比黑暗更为可怕的惊恐、慌乱的气氛。

因为一个一代伟人即将要走到生命的尽头了！

这些天，他的病情已经成了城里的唯一话题。

“拓跋力微的病怎么样了？”

“听说更严重了。”

“天啊！”

“拓跋力微……”

“拓跋力微！……”

一个侍者急匆匆走进一处大院。这里是整个盛乐城乃至全部拓跋鲜卑的核心所在。因为威震天下的拓跋力微就住在这个大院里。侍者跑过好几道大门，才看到稀疏的灯光。这里是全城允许点灯的少数几个地方之一。当他跑到灯光下边，才看到院子中央一顶巨大的毡帐。有护兵在门口把守着。大概听到了动静，毡帐里走出一个人。他就是地位仅次于拓跋力微的部族副首领阿盖。

“怎么？首领住进了毡帐？”侍者问道，声音很低，怕惊动了什么人似的。

“怎么劝也不听。他说只有住毡帐里才舒服，就像走在草原上一样。”阿盖说。

“可是，现在是秋天，毡帐里冷啊。”侍者说。

阿盖摇头叹息说：“没有办法。”

“他病情如何?”

“这是第十三天了，还是什么都没吃。”

侍者又往回跑。他的使命就是每天早晚两次跑到这里打听首领的消息，再跑到几道大门外，对等候在那里的大小头领们发布关于首领病情的最新消息。

毡帐内坐着一位老人。他就是被后人称为北魏始祖神元皇帝的拓跋力微。他是中国各朝各代皇帝里边最长寿的一个，如今已经一百零四岁了。半个月前他突然病倒。也许说他病倒并不确切，因为他的身体和精神没有发生什么痛苦，只是吃不进食物了，但并没有倒下，照样在各处走来走去，有两次还骑着马出去巡视了一番。可他的体力在明显减弱，过了几天他就走不动了，但还能够站立。后来连站立都困难起来，只好坐着。他拒绝躺下，这样一来，他就这么坐了好多天。

他的身边点着一盏灯。灯光照着他苍白的脸、长长的雪白的眉毛和胡子。眼皮已经深深地陷进去了，所以看不清是睁着还是闭着。副首领阿盖进来了，久久地看着一动不动的拓跋力微。

“夜已经很深了吗?”拓跋力微突然问。他的声音冷冷的，而且像从深洞里传出来的一样空洞。

“是啊，夜深了。”阿盖说。

“但我怎么看着像是白天呀?”

“什么? 您觉得是白天?”

“我刚才真的看到了白天。”拓跋力微呵呵地笑了起来，“我还看到了草原，一望无际的大草原，整个拓跋鲜卑在草原上跋涉着……”

“您是不是回忆起了我们刚刚进草原的那个年代?”阿盖问道。

“不是回忆，是回味。我应该回味一点什么了，我已经一百零四岁了。”拓跋力微说，“你还记得吧? 当时有不少人反对我们南下。他们说，我带领拓跋鲜卑南下是把整个部族带向灭亡。他们中的有些人还跟我打赌，说五十年以后咱们再看，那时候拓跋鲜卑肯定不存在了。现在已经过去五十八年了，他们怎么还不来看看?”

“我想，他们会来的。”阿盖说。

“那你说，我们南下的结果是兴旺了还是衰落了?”

“当然是兴旺了呀。我们已经雄居一方，建立起了一个国家。”阿盖说。

“你真的这么想?”

“大家都这么想的呀。”

拓跋力微不说话了，长久地沉默着。这样过了很久，他才叹了一口气说:“这个事，你我说了不算，大家说了也不算。真正说了算数的，只有——时光。”

阿盖吃惊地望着自己的首领，他甚至连话都说不出来了。难道，首领对自己毕生的伟业都产生了怀疑吗? 谁都认为，拓跋力微及其父亲把整个部族带出深山密林，经过几十年的艰苦跋涉完成南下的目标，是对拓跋鲜卑做出的历史性贡献。正因为他们父子的坚持，拓跋鲜卑才从深山密林走向了广阔的世界，走向了壮大和辉煌。难道这不是事实吗？

“好了，别想那么多了。让我们回忆进入草原的那个时候吧。”拓跋力微说。

“那是五十八年前的秋天。”阿盖说。

“那年我四十六岁，刚刚即位。”

一

公元220年，正是夏末。

一个四十六岁的汉子策马跑上了高坡。这个人很魁梧，腰带上挂着长刀，背挎着弓箭，汗湿后又被野风吹干的衣服上，有一块一块的白花花的汗迹。这坡确实很高，当他站到坡顶的时候，就感到一股清凉的风迎面吹来，高远的蓝天也似乎比刚才近了许多。

汉子勒住了马，并且掉转了马头，这样，他就面对着高坡南面的大草原了。他就是南下拓跋鲜卑的新首领，名叫力微，人称拓跋力微。他现在挺立在坡顶，久久地凝望着。

坡下是一望无际的草原，望不到头尾的长阵在那里像一条巨大而笨拙的蟒蛇缓慢地蠕动着前进。这是由数都数不清的男女老幼、兵丁、畜群和车帐等等组成的长阵，是拓跋力微属下的整个部族。他们这个部族正经历着一次空前的大迁徙。这个大迁徙其实几十年前就开始了，他的父亲诘汾带着部众走出了世代居住的深山密林，从那时候起他们就一直在走。刚开始他们忽东忽西，似乎没有明确的方向和目标，而且走走停停。近几年却不是那样了，他们似乎终于找到了目标，就一直向南走下去，行进速度也快了许多。

东北方向的地平线以上漆黑一片，那是巨大的乌云形成的黑色，不断有细亮而弯曲的闪电在那里出现，也有隆隆的雷声传来。长阵刚才就是从那一片漆黑里走出来的。其实，现在仍然有很多人马从那里鱼贯而出。他们被大雷雨浇了个透，不管怎么说，现在总算走进了阳光普照的大草原，他们的头顶上已经是蓝色无边的天空了。

长阵行进速度缓慢，但毕竟是在向前移动。这使拓跋力微感到少许的欣慰。要知道，对这样的大迁徙持反对态度的可大有人在。其中不仅有百姓，还有一些分支头领。他们对这样年复一年的艰苦跋涉早已厌恶透顶，而对故乡——那个美丽富饶的深山密林①的思念又日益强烈。他的父亲诘汾首领活着的时候还好一些，大家都敬畏诘汾。但现在诘汾首领已经升天，对他这个继任者大家都缺乏信心。很有可能，在某一天早晨或者半夜，或者甚至在大白天，眼前这条长阵就会从某一处断裂，大家纷纷掉转头朝着已经走过来的方向走去。那是一场多么可怕的情景啊！一想起很有可能出现的这个场景，他就感到害怕。虽说他的部众目前仍在前进，看上去跟他父亲活着的时候没有两样，但他知道就在眼前这个长阵内隐藏和酝酿着什么。

他长长地叹了一口气。他的焦躁情绪似乎立即传染给了坐骑，他的马开始骚动不安起来，用前蹄刨着地。

当他的父亲——德高望重的诘汾首领突然去世的时候，四十六岁的他不得不仓促继位。他是在毫无准备的情况下即位的。那以前他是个牧马人，跟普通的鲜卑族牧马人毫无两样，过得自由而懒散，除了马群以外很少考虑其他事情。但差不多在半个月以前他父亲诘汾首领突然去世，他几乎在一夜之间从一个无忧无虑的牧马人变成了一个部

---

① 鲜卑族的发祥地在今大兴安岭北部，内蒙古呼伦贝尔市鄂伦春自治旗一带。那里的山在当时叫“大鲜卑山”，鲜卑族因此而得名。“国有大鲜卑山，因以为号”（《魏书·序纪》）。

族的首领。那个过程很像一个不会游泳的人突然被抛进了大海里一样。以前他只是在海边上，偶尔望一眼大海，有时候甚至还觉得好玩，但并不明白海是什么。当他扑通一声被扔进海水里的那一刻，他才开始感觉出那里的凶险了。数不清的浪涛、暗流包围着他，随时都可以把他打倒或者吞没。他甚至已经得到可靠的消息：有些人现在就想要他的命，部族内部一些反对南下的势力正在组织起一些道行很深的萨满大师针对他念着毒咒，而敌对的西部鲜卑派出的杀手也已经潜入了草原。情势确实十分危急，但他却不知道怎么对付。

即位的当天，他召集一些人议事。被他召集来的是各个分支的头领。还没有等他开口说话，那些人就吵成了一锅粥。

"我们不能再走下去了，应该回去，回到我们的故乡。"

"我就一直弄不明白，我们为什么离开大山南下？我们要去哪里？是走向灭亡还是走向兴旺？"

"再走下去，我们拓跋鲜卑就完蛋了，回去，马上掉头往回走。"

"回去！回去！回去！……"

他感到紧张、难过，满脸通红，却说不出话来。那些人在肆无忌惮地喊叫着。这是对他这个新首领权威的公然蔑视，不，简直就是一场声讨！父亲诘汾首领活着的时候这些家伙敢这样吗？但问题是他这个新首领对这些大喊大叫的家伙却一点办法都没有。这些分支头领无论资历、谋略还是胆气，都超过他多少倍。他们根本不把他放在眼里。但他还是看出来了，主张回去的毕竟是少数几个人。有了这个发现，他才感到稍微有些安心。

"我今天找你们来，并不是要跟你们讨论什么。"他说，"我只是下达一个命令。"

那些人安静了下来，等他下什么命令。

"继续南下！"

说完这四个字，他头也不回地走了。当时他好像目空一切，其实那是他强装出来的，实际情况是他都没有勇气继续面对他的部下。他走出了军帐，听到身后嗡嗡的说话声：“走吧，还磨蹭什么？”“听从命令吧，他是首领。”

他才长长地出了一口气。

不管怎么说，整个部族终于又继续上路了。当天夜里，他去找桦娜。桦娜是个寡妇，男人前几年阵亡，她带着两个儿子和一群牛跟大家一起南下。

他自己都不明白，在那种紧张复杂的时刻，为什么还有心思去她那里。但当时他最渴望的就是去她那里，好像只有到了她身边才能够摆脱苦恼似的。

哦，桦娜！现在他想着微笑起来。长阵仍然在从他眼前过着，而且仍然不见头尾，但他知道她在哪一个位置上。只要他愿意，就能够很容易地找到她，而她任何时候都会把自己的怀抱向他敞开。

他突然发现，长阵的中部好像发生了什么事情。那里聚集着很多人，结成了疙瘩，就好比大蟒蛇吞进了什么东西一样。

他挥动着马鞭从高坡跑了下去。

二

他跑到了出事的地方。一个年轻人被牛皮绳捆绑着扔在那里，而一个红脸大汉叉着腰站在众人面前不停地骂着。周围站着很多人，牛车已经停滞不前，畜群开始散出去吃草。因为这里出现了堵塞，后边的人马到这里就不能前进了。这里比高坡上闷热得多，空气中有一股浓浓的艾蒿气味，躲藏在草中的蚊虫围着人们飞来飞去，每个人的脸上都淌着汗水。聚集的人越来越多，情况已经很糟糕。

“出了什么事？”他勒住马问。他认出来了，红脸大汉曾经是他父亲手下的一员猛将，现在是一个分支的头领，名叫筑如。他知道筑如是一个谁都不放在眼里的家伙，在整个部族里很多人都怕他，而他却不怕任何人。

“我要睡觉，但他这个讨厌的家伙却惊扰我。”红脸大汉筑如说。他指的是被捆绑着的那个年轻人。

“他怎么惊扰你啦？”他问。

“我刚躺下，他就过来了，还说叫我让开道。”

“叫你让开道？你躺在哪儿了？是不是躺在大家要经过的路上？”

“我不管路不路的，想躺哪儿就躺哪儿。”筑如口气霸道得很。

“躺在路上就是你的不是了。你躺在路上，后边那么多的人马就过不去了。”他说。

“怕什么，让他们等着就是了，等我睡够了以后再过。”筑如毫不在乎地说。

他突然意识到，这样的对话效果真是糟糕透了，他想立即结束。

“你已经犯了大罪了。”他说。

“你说什么？”

“你犯了大罪了！”他重复了一遍。

“你以为自己是谁呀？竟用这种口气跟我说话？”

“我是首领。”

“首领！”筑如轻蔑地笑了起来，说，“在我眼里，你给我当随从都不够格。”

“把他捆起来，扔在路边。”他看到几个兵丁站在看热闹的人中间，于是向他们喊道。

那几个兵丁把筑如的手脚都捆了起来，像扔一只绵羊一样扔到了路边。

“再把他的绳索解开。”他指着被捆绑的年轻人说。

兵丁们照办了。

“从现在起，你们要来回巡视，发现凡是阻碍大家赶路的，就捆起来扔在路边喂野狼。”他对兵丁们说。

“你真要让我喂野狼吗?”被捆着扔在路边的筑如叫道。

“当然是真的。”他说。

“那太遗憾了。”

“遗憾什么?”

“我心里装着一个天大的秘密，我本来想找个机会告诉你。但看来这不可能了，我只能将秘密带进狼肚子里去了。”筑如号叫着。

他再没有看他，策马远去。

三

夜晚，荒原上出现了长长的篝火带。篝火带像火的河流，有些地方显得流畅、笔直，而有些地方却出现了扭曲，简直就像鲜卑人唱的歌曲一样。火光映红了大半个天空。

桦娜刚挤完牛奶，提着奶桶向自己刚刚搭起来的帐篷走去。虎头虎脑的两个儿子跟在她后面，大儿子八岁，小的五岁。这里的草长得很高，两个小家伙已经淹没在草里了。

她欢快地走着，走到了自己帐篷门口。帐篷其实很简单，把几根桦树杆子相互靠在一起，在上边盖了几张兽皮而已。她将桶里的鲜奶倒进一口用桦树皮做的容器里。她用来搭帐篷的几根桦树杆子，还有她用桦树皮做的奶桶和容器，都是她母亲从老家那个深山密林里带出来的，那是跟随拓跋鲜卑第一次南下的时候。第二次南下时的路上母亲生下了她，后来去世时就把这些东西传给了她。

她把刚刚挤出的鲜奶倒进容器之后，又拿出头一天过滤出来的奶渣，开始制作奶酪。她是一个从来不知道疲倦的人。有些地方传来狗吠声，还有男男女女唱歌的声音。夏末草原上的夜晚很凉爽，使她感到很舒服。白天毕竟太辛苦，只有到了夜晚，她才感到浑身放松。

一个人吹口哨的声音伴随着嘚嘚的马蹄声传来。她微笑着迎了过去。她知道谁来了。

她跟拓跋力微认识的时候他还没有即位。

那是去年夏天，部族那时候距原来的驻地已经越走越远了，但还能看见天边的山影。那山影一直在遥远的天边，呈蔚蓝色，那就是他们世代居住的鲜卑山呀！诘汾首领下令，要大家休整几天。于是她把帐篷搭在一个高地下边。黄昏时分，一个骑马的男人来到帐篷前面下了马。那是个牧马人。

“你好？”他笑着向她问候。

“我很好，您好吗？”她也笑着，“您是在寻找马群吗？”

“哦，不是的。我是向你讨点鲜牛奶喝。”他说着下了马。这时候她突然认出了他。

“你不是拓跋力微吗？”她惊喜地说道。

“原来你知道我的名字。”他高兴地说。

“我很多次看见你赶着马群，跑来跑去。后来人们说，你就是诘汾首领的儿子，叫拓跋力微。我说得对吗？”

“你说得一点都不错。”他说，“我也知道你的名字，你叫桦娜。”

“哈，这样说，其实你早就认识我。”

“只知道名字，还不算真正认识。但我今天是为了认识你而专门来的。”

“好极了，我们这就算认识了。”

他哈哈大笑。

那是一个温馨的夜晚。他弄来一些枯枝，在帐篷门口燃起了篝火，目的是赶蚊子。而她忙着挤一些新鲜牛奶给他喝。他喝着牛奶跟她漫无边际地聊天。夜深了，他就躺倒在篝火旁。她也跟他躺在一起，望着满天的星星说着话……

从那以后，拓跋力微经常来找她。

她现在迎着熟悉的口哨声和马蹄声走去，拓跋力微魁梧的身影很快就停在她面前。

“下来吧。”她柔声地说。

他下了马，跟她一起朝帐篷走着。她闻到他身上早已变得熟悉的气息，那是一种阳光、野草和男人汗味混合起来的气息。

“下大雨时你在哪里?”她问。

“我在骑着马，拼命地来回跑。”他说。

“很累吗?”

他长长地出了一口气说：“还好。”

“从你说话的声音，我就感觉出你很累。”她说。

两个人坐到帐篷门口。她给他端来了鲜牛奶。他大口地喝着牛奶，叹了口气。她心疼地摸着他的脑袋，他索性就像一个受了委屈的孩子一样把脑袋埋进她的怀里。

“听说……”桦娜犹豫了一下，说，“有些人针对你念咒语，他们召集的都是一些能够呼风唤雨的十分厉害的萨满大师。是真的吗?”

“大概是真的。”他翻身望着天空中稀疏的星星说，叹了口气。

“那……你应该追查他们呀，那些人是想要你的命。”

“那让他们要去就是了。”他仍然躺着懒洋洋地说，“谁会帮我追查？没有人会真心帮助我。”

说完，他满脸疲惫地闭上了眼睛，好像心灰意冷到了极点。

桦娜心疼地轻轻抚摩着他的脑袋。

“有人说，你父亲就是让他们咒死的，是真的吗?”她问。

“不知道。”

诘汾的病来得确实蹊跷，几乎一生都没有得过病的他突然间就口吐黑血倒地。当时部族里的老智者嘎岱老人就摇头叹气地说：“首领这不是病，是有人念了咒。”从那以后诘汾就一天不如一天，不久便死了。

“可怜的人，你太难了。”她说着叹了口气。

“我要是每天能够跟你在一起该多好。”他悲哀地说。

“那不可能，因为你是首领。”她说着笑了起来。

“我是说，我不当首领，只当一个牧马人。你放牛，我放马，就我们两个人过日子……”他说。

“别说傻话了。”她说，“不是说，你当拓跋鲜卑的首领是苍天的旨意吗？”

“你信吗？”

“当然信呀。大家都信。怎么？你自己却不信呀？”

“我不知道该不该信。”他说。

他枕着她的腿，躺了下去，望着满天的星星。那些星星在神秘地闪烁着。其实更加神秘的是星星后边的天空。于是想起关于他的身世的那个传说[①]。

那个传说里说，他父亲诘汾带领部族南迁大泽后，有一天率领部下去打猎，突然看见一辆装饰华丽的车帐从天空飘然而落。车中走出一位美丽的姑娘，笑着朝他走来。他父亲诘汾看到姑娘的美貌惊呆了，赶忙上前施礼问候。那姑娘说：“我是天女，按照苍天的旨意，专门下凡来找你，与你结成夫妻。”父亲诘汾当然很高兴，便携着姑娘走向密林深处，将那些跟随他出来打猎的随从丢在一边。眼看天黑了，那些随从仍不见主子的踪影，就着了急，打着火把喊叫着到处找他。他们整整找了一夜。天亮时，这些又怕又累的随从们终于看到他

① 相传拓跋力微为“天女”所生。“圣武帝（指拓跋力微父亲诘汾——引者注）尝数万骑田于山泽，欻见辎軿自天而下。既至，见美妇人……帝异而问之，对曰：‘我，天女也，受命相偶。’遂同寝宿。旦，请还，曰：‘明年周时，复回此处。’……及期，帝至先所田处，果复相见。天女以所生男授帝曰：‘此君之子也，善养之视。子孙相承，当世为帝王。’……子即始祖也。”（《魏书·序纪》）。

们的主子与那个姑娘相携着走出密林来。只听姑娘对诘汾说："我现在要回到天上去了，明年的今天我从天上下来见你，你在这里等我。"说完便变成一朵云，飞上了天……这就是关于他父母的传说。传说到了第二年的同一天，父亲诘汾来到了去年遇见姑娘的那个地方，只见那姑娘真的从天上飘落下来，怀里抱着一个男孩。她将男孩交给诘汾说："这就是你的儿子，我现在交给你。你要好好抚养他，因为按苍天的旨意，将来的天下是属于他的。"说完又化为云彩飞回了天。他小时候也相信自己的母亲在天上。但随着年龄的增长，对这个传说却产生了怀疑。他似乎感觉到这个说法的后边隐藏着一个重要的秘密。后来父亲去世前的一席话好像也印证了他的猜测。

那天夜里，父亲将他叫到病榻前，拉着他的手说："我快不行了，你要带着大家继续南下。不管遇到什么情况，都不能犹豫。"

他点了点头。

"我们最大的危险来自哪里，你知道吗？"父亲问他。

"来自朔方的西部鲜卑。"他说。

"你说得对。但他们为什么仇视我们，你知道吗？"

"因为您宣布了他们是拓跋鲜卑永久的敌人。"

"那你知道我为什么那样宣布吗？"

"为什么？"

"因为我杀了西部鲜卑大人蒲头的母亲。"

"您为什么要杀她？"

"因为她跟她儿子反对我们南下。"

"哦。"

"其实，蒲头原来不叫蒲头，叫匹狐。"

"匹狐？"

"你要记住这个名字……"父亲激烈地咳嗽起来，看来是不行了。

他着了急，赶紧问："我母亲究竟是谁？您能告诉我吗？"

父亲的胸脯激烈地起伏着，过了好久才说：“你要记住，一个部族的首领是没有权利顾及亲情的，也无法顾及。你一定要记住……”

父亲闭上了眼睛，不说话了。他一直守在父亲身旁。已经是深夜了，一盏羊油灯放在父亲的枕头旁，昏暗的灯光下父亲的脸色是那么苍白和凄苦。

他以为父亲已经醒不过来了，但天快亮时他却听见父亲断断续续地说话，好像在自言自语。

“匹狐……我这就去见你的母亲去了……你和你母亲……不应该呀……”

他看到两滴泪从父亲闭着的眼睛里缓慢地滴落下来。

父亲临死并没有正面回答他母亲是谁，但也没有强调说他母亲就是传说中的“天女”。他感觉到这里有很大的奥妙。再说，父亲临死为什么一直念叨那个匹狐及其母亲？……

不管自己是不是天女的儿子，目前的情况是他必须靠自己了。假如天上真的有他母亲，现在也决不会给他一丁点帮助。

想着想着，他迷糊了过去。她摇醒了他说：“咱们进帐篷里睡吧。秋天外边凉。”

“我……”他犹豫着。

“你不想住在我这里啦？”

“不是，我……下午把一个人捆起来，扔在了野外。”他说。

“他是什么人？”桦娜问。

“他叫筑如。”

“筑如？是个英雄吧？”

“是。”

“你为什么要把他扔在野外？”

“因为他反对我。”

“要是那样，扔了就扔了吧。”桦娜说。

“你这样想?”

“当然，你是首领嘛。”

“但你要知道，他会被野狼吃掉的。”

“那……你想怎么办?”

“我……想去救他。”他说着爬了起来。

“那你去吧。”她跟他走到他的坐骑旁，为他整了整衣服。

四

因为中暑、愤怒，再加上捆绑得太紧血液流通不畅，被扔在野外的红脸大汉筑如现在已经进入神志模糊的状态。他大部分时间闭着眼睛，偶尔睁开眼睛看一下。刚才他看见了满天的星星，知道是黑夜了，又闭上了眼睛。

“奶奶的！……”他骂了一句。

他从小是个孤儿，因为打仗勇猛，体力过人，被诘汾首领看中，带在身边。他确实立过不少大功，后来又当上了分支头领。如今他却被诘汾的儿子下令捆绑了手脚扔在野外，等待着野狼的光顾。

“他祖奶奶的！……”

他对部族的迁徙一直抱着激烈反对的态度。他是在大山里出生的，但他懂事的时候却已经在山外南迁的路上了。即便这样，他仍然思念那个深山密林。据老人们讲那山叫鲜卑山，他的祖先原先就住在那大山里，从而得名叫“鲜卑族”。据说那山年复一年只有两种颜色：绿色和白色。绿色是森林，白色是雪。山常年被森林或雪所覆盖，外来的人根本看不清楚山本身的面貌。但居住在山里的那些部族却知道山是什么样的。他们知道，在那个白色和绿色下边，是厚厚的肥沃的黑土，但那并不是山体的核心。在那层厚厚的黑土下边，才是真正意义上的山，那是一些无比巨大同时也是无比坚硬的石头！正是那些巨大而又坚硬的石头，托起了那片一望无际的山脉！鲜卑族正是那山的子孙，因而也就是石头的子孙。还有那个山洞①。据说那山洞就在鲜卑山脚下。首领们议事就集中到那个山洞里。鲜卑族离开大山南迁的决定就是在那个山洞里议定的。在拓跋鲜卑人心目中，那个山洞无疑与母体的门户一样神圣，他们这些大山的子孙就是从那个门户里走出来，走向草原的。

鲜卑山就是拓跋鲜卑的母亲呀，做儿女的为什么要遗弃母亲而且越走越远？这个世界上只有混蛋才会做出背叛母亲的事情来！这样一想，他就想骂娘。

他迷迷糊糊地躺着，突然听到了狼的叫声。叫声很近，看来有一群狼已经来到他身边。他清醒了，很愤怒，但什么办法都没有。就在这个时候，他听到了一个短促而轻微的呼啸声。他立即分辨出来了，那是射出来的箭的声音。他听到身边野狼重重地倒地并在挣扎。

好箭！他兴奋起来。从箭的呼啸声中他就可以听出箭手的功底以及弓的硬度。

一个人来到他身边，用刀子割断了捆绑他的绳索。不用问，刚才的箭就是他射的。

“你是谁？”他问。

“嘎岱的儿子。”

“哦。”

他坐在地上，揉着早已失去知觉的胳膊，一个老人从黑暗中走了出来。

“啊，嘎岱老人……”他说着，想站起来问候，但腿还没有恢复知觉，所以只是欠了欠身，重又重重地跌坐了下去。

① 指嘎仙洞，即《魏书》内所记的“石室”，1980年被发现，位于内蒙古呼伦贝尔市鄂伦春自治旗。

“啊，啊，别着急。”嘎岱老人说。

虽说天黑，但他仍然能够看得见老人长长的白胡子和一副很慈祥的样子。这个老人也是诘汾首领的老部下，目前是拓跋力微身边几个智者之一。

“谢谢您的儿子救我。”他说。

“不用谢我的儿子。我根本不知道你被扔在这里。是首领告诉了我你在这里，并让我和儿子来搭救你的。”嘎岱老人说。

“首领？是拓跋力微吗？”

“当然是他。”

“是他下令让我喂狼的，怎么后来又想救我啦？”

“他说今天夜里如果不救你回去，他就睡不着觉。”

“扯淡！那他怎么不自己来救我？”

“他说他箭法不好。”

“原来是这样。”

“他还要来看你。”

“真的呀？”

黑暗中传来了马蹄声，拓跋力微来了。嘎岱老人和儿子赶忙站起来迎接他。

“别起来，咱们坐下谈。”拓跋力微说着下了马，自己先盘腿坐在草地上。筑如扭过头看别处，理都不理拓跋力微。

“我知道你反对南下。但为什么反对？能告诉我吗？”拓跋力微直视着筑如问。

“那还用问吗？拓跋鲜卑在山里的时候是一头老虎，走出大山就会变成一条野狗。”筑如说。

“现在已经变成野狗了吗？”

“快了。”筑如说。

“嘎岱老伯，您说说，当年父亲为什么要把部族带出大山？”拓跋力微问。

“你父亲曾用整整十年时间去周游天下，回来后才做出走出深山的决定的。”嘎岱说。

“是吗？十年时间里，他究竟看到了什么？”

“他看到了很多原来住在深山老林里的部落，都在纷纷走出大山。他还看到，凡是走出大山的部族都在开始发达。所以他说，一个部族要兴旺发达，就必须走出大山。”

“您认为父亲的话对吗？”拓跋力微问。

“我认为对。你父亲是个目光十分远大的人。”嘎岱说。

“我认为诘汾首领的话不对。”红脸大汉筑如说。

“你怎么想的？”

“我想，只有驻扎在深山密林里，才叫鲜卑！一旦离开了大山，那就不是鲜卑了。”筑如说。

“你没有听说吗？走出大山才能够发达。”拓跋力微说。

“即便发达了也不是鲜卑了。”

“什么话呀，发达了不是很好吗？”

“我宁肯要不发达的真正鲜卑，也不愿意看到发达了的鲜卑变种。”筑如喊道。

“发达了就会变种？”

“现在已经在变！你知道鲜卑人在山里的时候是什么样子？男人一个个勇猛，女人一个个娇媚。咱们离开大山才多长时间呀？只不过是五十年吧。你看看现在这些家伙，打猎、摔跤样样不如从前了。你不信等着瞧吧，再这么走下去，将来会出现一个不会打猎，不会摔跤，不会骑马的鲜卑，但那叫鲜卑吗？”

拓跋力微的心情变得沉重起来。如果英雄的鲜卑将来真的变成一群懦夫，或者真正意义上的鲜卑真的要消失，那这个责任只有他和已经升天的父亲来负了。

“嘎岱老伯，您怎么想？”他问。

“筑如刚才说的这些话，五十年前也有人说过，而且当时还发生了激烈的争论。”嘎岱老人说，“你们知道争论的结果是什么吗？”

“是什么？”筑如问。

“与其等山外的部族足够强盛了以后打进山里来，不如我们自己走出山，自己也强盛起来。这就是争论的结果。”嘎岱老人说。

“真的走出大山才能够强盛吗？真的待在山里将来一定要挨打吗？”筑如问。

“是这样。”

月亮这时候才升起来。那是一弯下弦月，挂在遥远的天边，大地一片朦胧。

“我倒是想看看，谁能打进鲜卑山。只要大山还在，连鲜卑的小孩子都可以打仗。”筑如恶狠狠地嘟哝着。

“这事咱们现在还争论不出头绪。”拓跋力微说，“还是商量一下眼前的事吧。我们现在已经远远离开了大山，再回头早已不可能了。现在我们只有一条路，那就是继续南下。但老是这样走下去也不是个办法，大家已经很疲劳了。我觉得，如果遇到适合我们生活的地方，就先占据下来，之后再做打算。”

“也只能这样了。”嘎岱老人对筑如说：“你明白没有？谁要是再捣乱，谁就是拓跋鲜卑的罪人。”

“我永远不可能是鲜卑的罪人！”筑如喊道。

“那你今后不应该反对我。”拓跋力微说。

“好，我不反对你。”筑如说。

“以后，我们应该相互尊重一点。至少，你不应该仇恨我。”

“为什么？因为你救了我？但我根本就不怕死。”

“好了，不要争论了。”嘎岱老人说。

三个人站了起来。拓跋力微矫健地跨上了马背。他突然看见了他们三个人旁边还有一个人，他就是救了筑如的那个年轻人——嘎岱老人的儿子。他才想起来，在整个夜晚，这个年轻人一言未发。

拓跋力微骑着马慢慢地走着。荒原上无数堆篝火仍然在燃烧，不见两头。火光映红了大半个天空，本来应该是布满天空的星星几乎全隐去了。

这里有整整一个部族，他想着，激动了起来。仅仅在一天以前，这里大概什么都没有。荒原是那样静寂、苍茫，只有成群的黄羊、野鹿、狼群在这里出没。但到了今天，一支庞大的队伍从远处开了过来。现在，他们燃起的篝火把整个荒原都照亮了。哦，这就是我的拓跋鲜卑！他无法不爱自己这个部族。

目前这种感受他过去真的不曾有过。他是首领的儿子，但同时也是一个普通的鲜卑青年。他喜欢骑马，却从小不怎么爱打猎。赶着马群成天跑来跑去，一直过着牧马人的生活。这倒不是因为他自己愿意做一个普通人。拓跋鲜卑从首领到一般百姓全是这样。他的父亲诘汾在世的时候也自己放牧。那些普通牧人在草场上见到放牧的诘汾首领，就可以去找他，跟他可以像两个牧人一样面对面坐下来聊天。他们聊天气，聊牲畜的膘情，聊着聊着还争论。拓跋鲜卑的首领就是这个样子，只有他召集大家议事，带领士兵出征和打猎，或者出席什么礼仪性活动的时候，才穿上华贵的衣服，让随从们前呼后拥。

夜色越来越浓重，而荒原上的篝火似乎也燃烧得更起劲了，歌声也更加嘹亮起来。他也开始跟着哼唱。人们说，拓跋鲜卑有两件宝，一个是大山，一个是歌。如今我们已经远远离开了大山，但把歌声却带来了，他想着。是的，他们这个部族就是唱着歌，从遥远的过去走到现在，也从遥远的故乡走到这里，今后仍然要唱着歌走向未来，不管未来是什么样子，也不管前面有什么等着他们……

拓跋力微没有再去桦娜那里。黎明前，他回到自己夫人的帐篷。

夫人迎了出来。夫人是少有的美人，原先是个牧羊姑娘。

“桦娜好吗？”夫人问着，替他把马放到草地上吃草。

“她挺好的。”他说。

“她的两个孩子也好吧？”

“好。”

夫人叹了口气说：“我说了多少遍了，让你带几个护卫，不要老是一个人走路。”

“我不习惯。”他说着，也叹了口气。

“不是习惯不习惯的事。你没听说吗？西部鲜卑的杀手真的来了。”

“我也听说了。”

这样回答完之后他紧紧拥抱起夫人。他已经一天一夜没有睡觉了，虽然他很疲劳，虽然他提心吊胆，也遇到过一些麻烦，但他毕竟度过了又一个一天一夜。这是他即位以后的第十五个白天和第十六个夜晚。新的一天即将来临，还有无数个白天和夜晚等待着他，还有那个西部鲜卑派来的杀手，还有那些躲在暗处念咒语的萨满大师们……但他现在真的什么都不愿意想了，他想休息一会儿。

他像抱小孩一样抱起夫人，向帐篷走去。但夫人却拼命挣扎着挣脱了他。

她笑得都喘不过气来了。

“都什么时候了，你看，天已经大亮啦。”她说。

他抬头望去，秋天灰白色的高空中一行大雁向南飞去。“嘎——咕，嘎——咕”的叫声一直不断。

第二章

“我终于把整个部族带到了木纳山北麓驻扎下来，结束了持续了几十年的没完没了的迁徙。总算松了一口气。”拓跋力微说。

“不仅是您，其实整个部族都松了一口气。大家从精神到肉体都支持不住了。”阿盖说。

“是呵，是呵。”拓跋力微感叹道，“一个部族，用了几十年的时间完成了这么一次大迁徙。几十年的长途跋涉呀！这一路上多少老人死掉了，多少青壮年人都变老了，多少新生的孩子都长大了。”

“真是一次举世无双的壮举！”阿盖也感叹起来。

拓跋力微不说话了，很显然他又陷入了遥远的回忆。

其实，拓跋力微并没有很快进入回忆。他希望立即能够看到过去的那些情景，但他做不到。岁月像浓浓的雾一样遮挡着他的视线，使他不能够马上看到浓雾后边的东西，但他仍然在努力着，决心让视线穿透岁月的浓雾。慢慢地，他终于看到了……

他首先看到的是那条山道。他知道那是拓跋鲜卑第一次准备南下时开出来的山道。从大山里走到山外可真不容易，第一次他们费尽千辛万苦日夜劈山开路，最终还是没有能够走出去。但拓跋鲜卑并不灰心，一种走到山外去的渴望被关在山里，像洪水一样在那里喧腾着，骚动着，积蓄着可怕的力量。于是第二次南下又开始了。

天上下着瓢泼大雨，那年的夏天可真是个多雨的夏天。整个部族在艰难地跋涉着。他们的前面就是那条山道，那是一条弯曲、狭窄、高低不平的道路，在蒙蒙的烟雨中延伸着。后来道路不见了，高山深谷挡住了他们的去路，显然这里便是部族第一次南下无功而返的地方……

拓跋力微并没有亲眼见过这条崎岖的山道和它的终点，因为那时候他还没有出生。这一段经历他是听父亲讲的。但也许因为父亲讲的次数太多了，他对那个多雨的夏天和那条崎岖的山道以及挡在前面的高山深谷有了很深的印象，甚至一闭上眼睛似乎就能够看见。

退回去还是继续前进？这是诘汾首领必须做出回答的一个问题。如果再次退回去，那么拓跋鲜卑也许就永远不会有走出深山的决心了。但不退回去又能怎么办？因为前面已经没有路了。拓跋鲜卑第一次南下，一路劈山开路到这里又退了回去，并不是因为他们缺少决心，而是因为这里的山石确实是太坚硬了，他们的任何工具都失去了作用。

“将萨满大师们请来。”诘汾说。

萨满大师是鲜卑族里边一个十分特殊的群体，他们衣着奇特，沉默寡言，而且独来独往，他们甚至可以不听从首领的指令，因为他们与一般人无法知晓的神秘力量有联系。

萨满大师们被请来了。他们总共来了九个人，一个个沉默得像岩石。

“我就问你们一句话，拓跋鲜卑究竟能不能走出去？”诘汾问。

“你稍等片刻，我们先去探探路。”大师们说。

“你们去探路？”

大师们不说话了，都闭上了眼睛，过了很短的时间他们又睁开眼睛说：“能！”

“能？”

"我们已经出去走了一遭，走了整整五十年，刚刚才回来。"他们说，"能够走出去，但前面的路上有说不尽的艰难。"

"那……怎么走?"

"会有神兽[①]来引路。"大师们说。

正当诘汾半信半疑之时，他的前面真的出现了一只兽，其形似马，其声如牛，引导着他往前走去。路确实难走，不断有人掉进悬崖下边，但毕竟能走。他们就这样走了差不多有一年，终于走出了大山。走出大山，那神兽就不见了，诘汾首领下令，要求全部族要永远铭记神兽的恩德，并将神兽命名为"鲜卑兽"，按照"鲜卑兽"的形象制作青铜小牌若干，藏在身上……

拓跋力微从沉思中醒了过来。因为阿盖让他喝点鲜牛奶。

"啊，啊，谢谢你的好意，但你也知道，我已经咽不进任何东西了，包括牛奶。"拓跋力微说。

"您刚才睡着了吗?"

"没有，我想起了很多，一直想到这个。"拓跋力微指了指胸前的小牌。

"鲜卑兽。"阿盖说。

"你当然知道它的传说。没有它，也就没有后来在草原上的艰苦跋涉，没有我们的今天……"

"是啊。"

他们的话题又回到了大迁徙上。

"大迁徙总算在我的手上结束了，我感到欣慰。但没有想到，等待着我的是更为严重的挑战。我们是那样地弱小，但弱小并不可怕，可怕的是分裂。那时候我才真正意识到我们的部族面临着分裂的危

① "献帝命南移，山谷高深，九难八阻，于是欲止。有神兽，其形似马，其声类牛，先行导引，历年乃出。"(《魏书·序纪》)。

险。意识到这一点以后我真是胆战心惊呀。”

“正是那种险恶的环境，使您下了最后的决心要当一个出色的首领的吧？”阿盖笑着说。

“你说得不错，我没有退路了呀。”

“连我都看出来了，当时您真的没有退路了。”

“你真的看出来了吗？”

“看出来了，而且我一直观察您如何动作。后来您带着我出游的时候，我想也许拓跋鲜卑有救了……”

一

拓跋力微不知道西部鲜卑的杀手在哪里，但有人却知道，而且这个人在一个漆黑的夜晚已经在跟杀手面对面坐在一起喝酒了。

拓跋部的各个分支势力并不均等，他们有的兵强马壮，其头领在整个部族里的地位也很高，有的则比较弱小，他们的头领也不被重视。现在跟西部鲜卑杀手坐在一起喝酒的人，就是拓跋部最为强大的一个分支的头领，他叫郎巴。

从外貌上说，郎巴毫不引人注目。他五十来岁，中等个头，而且还比较瘦，丝毫没有鲜卑头领们普遍具有的那种高大威猛的外表。但大家都很服他，因为他有一副十分出色的头脑。嘎岱老人曾说过：“鲜卑人用箭射自己的对手，唯有郎巴用计谋射自己的朋友。”郎巴就是这样一个可怕的阴谋家。在诘汾首领刚刚去世的时候，他已经想到西部鲜卑肯定会派人来对拓跋力微下手了。因为对于西部鲜卑来讲这是一个千载难逢的机会。接着他又派出一些人，去寻找形迹可疑的人，很快就找到了这个杀手。他把杀手请到了自己的帐篷里。当然这都是在绝对保密的状态下进行的。

帐篷里点着一盏小小的油灯，光线很不充足，但他能够看出杀手是个长相十分凶悍的人。

“要是我现在就把你捆起来送到拓跋力微那里，那会出现什么情况？”他笑眯眯地看着杀手问。

“那还用说吗？如果那样的话，我被砍头，你会得到奖赏。”杀手说。

“但你也看出来了，我并不想那么做。”

“我看出来了。”

“好，咱们一边喝酒一边谈。”

“好。”

他们喝了起来，用的是牛角杯，喝的是奶酒。夜色掩盖了一切，这里很安全。

“我为什么不想害你，你知道吗？”郎巴问。

“因为你想害拓跋力微，答案只能是这样。”杀手说。

“但是，我为什么要加害于拓跋力微呢？”

“大概是，你想取代他吧？”

“啊，绝对不是。”郎巴说。

“要不，你是反对南下的。”

“也不是。”郎巴说，“我们这个部族用了整整五十年时间走到这里，难道我还要用五十年时间再回到老家吗？只有傻子才会那样想。”

“那你为什么？”

“说起来你也许不信，诘汾和拓跋力微，他们父子俩对你们西部鲜卑太不公平了。”

“那……你想怎么样？”

“我想杀了拓跋力微，那样我们拓跋鲜卑和你们西部鲜卑就可以友好相处了。你想吧，咱们两家联合起来，那我们的势力会有多大？”

“原来你是这样想。”杀手说，“但你杀了自己的首领，你们部族里会饶你吗?”

“有些人还会拥护我呢。”郎巴说。

“什么人会拥护你?”

“那些反对南下的傻瓜。”郎巴说着笑了起来。

“你把我叫到这里,就是为了说这个?”

“当然不是,我是想帮助你完成你的使命。没有我,你杀不了拓跋力微的。”

“我不信。”杀手说,“我的箭射得又远又准,我使起刀来出神入化。你知道我杀过多少人吗?从来没有失过手。”

“我知道你杀过很多人,但我断定,你从来没有杀过一个部族首领。”郎巴说。

“那倒是。”杀手承认了。

“一个部族首领,总是处于严密的保卫之中。不好下手的。”

“但我发现拓跋力微却总是独来独往,他有时候还去一个女人那里过夜。”

“连拓跋力微自己都并不知道有人在保护他。”郎巴说,“但他父亲那些老部下却早已开始对他进行着暗中保护。你别以为拓跋鲜卑那么简单。”

“是吗?”

“当然是。对一个杀手来说,那种暗中保护是很可怕的,对吧?”

“对。”

“因此,你想得手,就必须听我的。”

“那你说吧。”

“你会潜水吗?”

“当然会。”

“好极了。”

送走杀手，郎巴立即叫来了自己手下的一个忠实的射手。

“看见刚才出去的那个人了吧？他将要去射杀拓跋力微。你现在就跟上他，不管他能否得手，当他射出第一支箭以后你就立刻射死他，决不能留活口。”他吩咐道。

“明白。”

郎巴交代完这些以后就走出了帐篷。天正在破晓，新的一天又要开始了。虽说一整夜未睡，但他一点疲劳的感觉都没有，反而感到有点兴奋，就像一个棋手走了一步出色的棋一样。确实，他认为自己走了一步好棋。按一般人的考虑，他是不应该亲自会见敌方杀手的，一旦被人发觉，那后果不堪设想。但他却认为，只有自己出面见那个杀手并对他面授机宜，才能够把这个天大的阴谋控制在最小的范围之内。这步棋真是走得出人意料。那么下一步呢？下一步就是那个杀手去杀死拓跋力微，紧接着他派出去的射手又当场射死那个杀手。再下一步呢？那就很简单了，拓跋力微一旦被杀死，那么拓跋部就需要推举新的首领，而新首领是非他莫属，因为在各个分支里边，他的势力最强，他的地位最高。

他微笑着向前走去。他看到自己的百姓和兵丁已经起床了，大家都在喝早茶。太阳快出来了。

他突然又想起了什么，便停下了脚步。他想起了萨满。

他已经得到可靠的消息，有些人暗中请一些萨满大师念咒语，他们已经咒死了诘汾，如今又在咒拓跋力微。一想起这件事他就感到不安，因为他意识到，这件事说明至少一小部分萨满大师已经开始陷入世俗的纠纷之中。萨满大师是一些无所不能的人，他们如果真的联合某些势力再去跟另外一些势力作对，那么什么可怕的灾难都有可能发生。作为鲜卑族的上层成员，郎巴非常了解萨满。萨满本来是不应该参与世俗纠纷的，因为他们代表着天意。他们本不应该违背天意去成全某一件事或者阻止某一件事。“顺天意”是他们行为的最高准则。现在倒好，一些萨满大师却开始“顺人意”行事了。按说，这些人应该算是萨满的叛徒，他们肯定会得到真正萨满的严厉惩罚。

对了，真正的萨满仍然存在，他们才是最强大的力量，他想。将来我真的当上部族首领以后，首先要杀掉那些萨满的叛徒，要以诘汾首领报仇的名义杀掉，那样我就可以得到真正萨满们的拥护，还可以消除威胁。但目前还是让那些萨满的叛徒们去咒拓跋力微吧，咒死他更好。

整个部族又上路了。他看到不见头尾的长阵从眼前经过着。大概没有人想得到前行路上会发生什么吧？你们会大吃一惊的，他微笑着。

拓跋力微的夫人爱干净，赶一天路到了傍晚都要洗澡，因此每到晚上宿营，拓跋力微的军帐总是搭在河流的岸边。

这一天黄昏，军帐刚搭建起来，夫人就迫不及待地跑向河边，她一边跑一边脱衣服一边扔，就那么一路扔着跑到河岸，跳进了水里。就在这个时候拓跋力微回来了。夫人像一条白色的鱼一样灵巧自如地游着，还向他招了招手。他扯动马缰绳走到河边下了马，看着她游泳。太阳正在沉入遥远的地平线，晚霞映在波涛里欢快地跳动着。

这是夏日一个暖洋洋的黄昏，很容易使人忘掉疲劳和危险。但危险却早已潜伏在这里了。河的拐弯处长着一些芦草，西部鲜卑的杀手已经藏在那里了。这几天他一直跟大队人马一起走，赶着几匹马。大家都很疲劳，没有一个人去注意他，只以为他是拓跋鲜卑某一个分支的人。刚才他在河的上游，看到拓跋力微的军帐开始搭建，就从那里下了水。他的水性很好，一直紧贴着河床的底部潜行到这里。现在他在芦草中间露出了脑袋，通过芦草茂密的叶子缝隙，观察着一切。拓跋力微就站在他斜对面的河岸上，从这里射中拓跋力微的心脏，他有十二分的把握。射倒拓跋力微以后他可以像一条鱼一样顺着河底游走，游到很远的下游再上河岸，趁着夜色跑掉。但他并不急着动手，因为他考虑拓跋力微是不是也会下到河里洗澡。如果在河岸上射倒拓跋力微，那会引起一些骚动，那样也许不利于他逃脱。但如果把拓跋力微射死在河里，很短的时间里任何人都不会发现首领已经死了，但他却可以在这个很短的时间里游得更远一些。

于是他决定再等一会儿。

夫人终于爬上河岸，用一件长袍裹住身子边跑边喊："快来救我，蚊子要吃掉你老婆了……"

拓跋力微牵着马过去，为夫人赶蚊子。夫人在他的护卫下朝着军帐走去。

看来不能再等了，杀手拿出弓搭起了箭。

"那是什么人？要干什么？……"

被丈夫抱着的夫人一只胳膊勾着拓跋力微的脖子，用另一只手指着河面说。于是拓跋力微转过身来，看到芦草中的那个人。

也许认为很有把握而不需要隐蔽了，也许是为了瞄准方便，杀手的上半身已经暴露在芦草外边，所以拓跋力微很清楚地看到了他左手拿弓右手抽箭的动作。

拓跋力微明白即将要发生什么了，他放下夫人并对她耳语道："快跑，听话。"接着稍微犹豫了一下，却突然朝着杀手走了过去。他自己都不明白为什么这样做，只是知道自己心中突然产生了一种与死亡挑战的豪气，就那么甩开稳健的大步朝杀手走着，甚至在心里喊着："小子，你射不死我。"

夫人惊呆了，一只手仍然指着河面，站在那里一动不动。

杀手也很吃惊，一时竟想不起自己应该怎么做。他万万没有想到拓跋力微竟然朝自己走来，他想干什么？但他还是很快缓过神来，想到应该赶快放箭。可是他还没有来得及瞄准，他的手腕就被一支锐利无比的箭射穿了。他明白自己已经暴露，就想很快潜入水中，但还没有等他有所动作，又有一支箭射了过来。这一支箭更厉害，一下子射中了他的咽喉。他张开四肢漂了起来，像一张摊开的牛皮一样在河面上摇荡着。

拓跋力微仍然在走，他看到嘎岱老人带着几个射手到了河边，从河里边捞起刚才那个人。

嘎岱老人来到他面前，手里拿着两支箭。

“首领，有人想杀死你。”嘎岱说。

“我看见了。”拓跋力微这时候才开始害怕起来，感到浑身无力，身上冒冷汗，但他克制着自己，不想让嘎岱老人看出来。

“但他没有成功，我们却成功地保护了你。”嘎岱说。

“谢谢你们，我现在才知道，其实你们一直在暗中保护着我。”

说完他微笑了起来。他的神经也慢慢地放松了。他还想到，刚才发生的事情不能说不可怕，但在那个千钧一发的时刻自己却一点都没有惊慌，还朝着杀手走了过去。我当时是怎么了？他想着，却怎么也想不明白。

“我还有更重要的话对你讲。”嘎岱说。

他们走进了军帐。

“刚才，我们只是射伤了杀手，但有人却又射了一支箭，把他杀死了。”嘎岱看着手里的两支箭说。

“这就是说，有人要杀人灭口？”

“是这样。”

“但……那是谁呢？”

“不知道。”嘎岱从手里的两支箭里拿出一支说，“但从箭上的标记看，这箭是郎巴那个分支的。”

“哦？”

“这件事怎么处理?”

“你让我想一想。”拓跋力微在军帐里来回踱起步来。军帐的一个角落用布幔隔着，夫人的哭泣声从那里传来，她肯定吓坏了。

“我看郎巴这个事目前不能对任何人说。因为现在根本不是时候。”思考良久拓跋力微才说。

“我也是这么想，他的势力太强大了。”

“不过，这支箭咱们保存好，也许将来用得着。”拓跋力微说完笑了起来。

“还有那几个念咒的萨满，我已经弄清楚他们是谁了。”

“好极了，我现在就去见他们。请你给我带路。”

“什么？你要见他们?”

“我还能怎么样？躲？我能躲得过去吗？还不如让他们当着我的面念咒，要是他们真能咒死我，我也就认了。”

“啊，这个……”嘎岱老人犹豫着。

夫人从布幔后面跑了出来。她眼睛红肿着，泪水仍然在流。

“咱们不当这个首领不行吗?”她几乎在求他。

“啊，不行。我们只能面对一切危险，不顾一切地迎着危险走过去。没有其他办法。”拓跋力微抚摩着夫人的肩膀说，“刚才我已经明白了，一个人面对死亡并不是一件困难的事。”

当天夜里拓跋力微让嘎岱老人带路，找到了那几个萨满大师，原来他们在一个山沟里。这些大师在举行一种古老而神秘的仪式，正起劲地念着，跳着，手里的皮鼓在响，挂在腰间的金属物件也在响，响成了一片。他们有的满嘴白沫，有的两眼通红，有的在不停地喊叫。据说他们一旦进入这样的状态，就可以一刻不停地连续折腾几天几夜。拓跋力微站在他们身旁，看着他们怪异的样子，心里一阵阵地发冷，但他努力地克制着自己，表面上不动声色。

突然，他们之中的一个发现了拓跋力微，停止了跳跃。接着又有几个看见了他，慢慢地大家都静下来了。

“你们跳呀，念呀。怎么都不动了？”拓跋力微说。他声音很低，像受了委屈似的。

几个大师都不说话，看着他发愣。

“你们把我咒死了，对拓跋鲜卑有什么好处？”他悲哀地说。

“我们……不念了。”几个大师中的一个说。

“那可不行。你们一定要念下去，跳下去。”

“我们不念了。”几个人几乎同时说。

“念。至少要念到天亮，在那以前谁也不允许离开这里。”拓跋力微强硬起来。

几个大师你看看我，我看看你，接着真的又念了起来。但他们无论如何也进入不了刚才那个状态了。皮鼓和金属物件仍在响，但那声音已经有气无力，他们的跳跃也变得像应付某一种差事。

天亮了。

“今天就这样吧，我们还需要赶路。你们可以晚上到我的军帐接着念。”拓跋力微站起来说。

大师们相互看了看，接着把萨满大师的服装脱下来放在他前面。

“我们不念了。我们已经没有资格继续当大师了，因为我们失败了。”他们说着，纷纷跪下磕头。

太阳升起时，两条消息在整个部族里风传开来：头一个消息说，西部鲜卑的杀手昨天晚上向拓跋力微连着射了两支箭，但那两支箭都没有射到拓跋力微站着的地方，却从半路又飞了回去射死了杀手自己；第二个消息说，那几个萨满大师正在念咒，突然看到拓跋力微出现在他们面前，几个大师像是被施了魔法似的不能动了……

整个部族都在议论这两件事，在议论纷纷中上了路。对这两条消息有信的，也有不信的，还有半信半疑的。但有一点大家是基本认同的，那就是拓跋力微已经躲过了一劫。

只有拓跋力微心里清楚，这两条消息是嘎岱老人散布出去的。

二

又走了半个月左右，带人出去探路的筑如骑着马跑来报告说，从这里往南骑马走五天的地方，有一条滚滚大河，而在河那边有一道望不见两头的墙。

“墙？你说在那里有一道墙？什么墙呀？”拓跋力微以为自己听错了。

“就是墙嘛。就是……像鲜卑人为了防止野兽侵入而筑起的墙。不过，鲜卑人的墙是用木桩子围起来的，而那条大河那边的墙是石头垒起来的。”筑如脸红脑涨地说，因为他自己都不明白怎么说清楚所看到的那个奇特的景观。

拓跋力微听着，比筑如还糊涂。

“那里有一户人口众多的人家吗？”他问。

“绝对不是。他们好像是把……整个一个很大一块地方都……围起来了。”筑如说。

“那是干什么呀？”

“不知道。”筑如说。

“好了，还有什么？”拓跋力微问。他不想再问墙的事了，但刚才筑如并没有说清楚的那道墙似乎仍在他眼前若隐若现。那里有一道墙？那墙后面是什么？那里的人为什么要筑一道墙？他想着。

“再走一天的路程，我们就可以到达山的北麓。那里有河流，草场也很好，野物又特别多。”筑如兴高采烈地说着。

“你是说，我们可以到那里安家？”

“再好不过了。”筑如说。

“那山叫什么山？”拓跋力微问。

“叫木纳山[①]。”

“哦，木纳山。那地方现在有什么人？”

“那里过去是匈奴人的地方，但现在已经没有人了。”

“没有人？是真的吗？”

“是真的。”

“就到那里去。让那个地方变成拓跋鲜卑的天下！”拓跋力微兴高采烈地喊道。

“好咧。”筑如策马飞驰而去。

一个消息像长了翅膀一样在整个部族内传开：我们的目的地就在前面，到那里只有一天的路程！这个消息似乎有一种神奇的魔力，为整个部族注入了活力。疲劳不堪的人们振奋了起来，队伍行进的速度突然加快了。拓跋力微站在高坡上，都能够清楚地看到自己的队伍像一条河流一样滚滚流去。

到了傍晚，拓跋力微带着一些人已经率先到达了筑如所说的那个地方了。他看到这里有山有水，而且地势辽阔，确实是个好地方。这时候后面的队伍也开始过来了。西边是一溜矮小的山脉，晚霞在山脉那边缓慢地消失着。

“既然我们要在这里长期住下去，那就要住得有章法。”拓跋力微说。不知什么原因，他这时候突然又想起了筑如所说的那道墙。他还没有见到过那道墙，也想象不出那墙到底是什么样子，但他似乎感觉出那墙的存在代表着一种秩序或者章法。

“那……怎么住啊？”筑如问他。

“你想吧，即使是一户人家，在他搬到某一个地方居住的时候，

---

① 木纳山，即阴山古称。《辽史》地理志作“牟那山”，清朝官方文书中写为“木纳山”。

需要考虑柴火堆在哪里，人住在什么位置，还要考虑周围环境——河流、道路的位置。为什么？就是为了过日子方便。一个部族也一样。我们必须考虑整个部族的安全、方便、进退自如。”

“你说得倒对，但怎么摆布呢?”筑如开始大伤脑筋。

“你问嘎岱老伯呀。”拓跋力微说。

嘎岱老人像一个出色的设计师，用整整两天的时间完成了部族的驻扎布局。他把拓跋力微高大宽敞的军帐搭建在一个高处，说这样便于他观察周围的动静，也便于各分支的头领能够很容易找到他。当然，在拓跋力微的军帐下边有一条河，那是为了夫人洗澡方便。拓跋力微从军帐前出发，骑着马到每一个分支巡视了一遍，觉得这个布局很合理，就心满意足地返回军帐。这时候已经是晚上了。

夫人愉快地迎接了他，给他端来牛奶和食物。因为没完没了的跋涉总算结束，她显得很有精神。

就在这时听到筑如在外边喊：“首领，不好了。”

他跑了出去。夜色中筑如骑着马从坡下冲了上来。

“有一支人马冲上来了。”筑如说。

“什么人?”

“天黑看不清楚，反正是来者不善。”筑如说，“嘎岱老头所谓的防线狗屁不是。已经被他们冲破了。”

“多少人?”

“最多二三十人吧。”

“去看看。发信号!”

一听说只有二三十个人，他心里就有了底。拓跋鲜卑善于放箭，连七八岁的女孩都能够射倒百八十步以外的野兔，何况现在来侵犯的是比野兔大得多的二三十号人!

他带着一些骑者向前奔去。他的夫人亲自跑到制高点点起一堆火。那堆火就是全部族的“信号”！他知道，看到“信号”以后，全部族每一个人，包括老人和孩子都会拿出弓和箭，无数个弓会被拉成满月形，每一张弓上都会搭着一支锐利无比的箭。那些箭一部分会盲目地乱飞，但还有一些箭会长了眼睛一样直追来犯者的要害。拓跋鲜卑就有这种本领：在漆黑的夜晚，哪怕听到一种飘落的雪花一样轻微的声音，他们都能够看到发出声音的那个物体的形状。如果那个物体是敌人，那么拓跋鲜卑人的箭就会像长了眼睛一样射进对方的心脏或者咽喉。

正如他所预料的一样，当他带着人跑过去的时候，那些来犯者已经全部倒地上了。大部分早已没有声息，只有少数几个在发出痛苦的呻吟——他们是被小孩子射倒的。

“点上火把。把活着的拉到火把前面去。”他说。

草原上燃起几支巨大的火把，他坐在火把前面。有五六个流血呻吟的人被士兵们拖来扔在他前面。那几个人像几条从河里扔上岸的草鱼一样在那里痛苦地挣扎着。

“请说吧，为什么要扰乱我们的睡眠？”他问。

“要睡，你应该睡在你自己的老家，怎么跑这儿来了？”一个声音说。

这是拓跋力微前面那五六条“鱼”中发出来的声音。那些“鱼”仍在那里翻滚着，挣扎着。拓跋力微哈哈大笑。

“谁在说话呀？最好是站起来说。而且，我听不懂你的话，得请嘎岱老人来一下。他懂得各种语言。”拓跋力微说。

嘎岱老人被请过来了。这个长着长长白胡子的老人弯着腰在那些“鱼”中间走来走去，后来停在一个人头旁交谈了起来。

“首领，他要跟你说话。”嘎岱说。

“那好，把他带到我的帐篷。”拓跋力微说，“不过给他包扎一下伤口。”

拓跋力微回到军帐坐在正面的位置上。刚才受伤的那个人被两个士兵搀扶着走了进来。

“好了，你不是有话要跟我说吗？现在请说吧。看来你的伤势并不重，但这只说明你运气好，而并不说明我们拓跋鲜卑没有好射手。因为射倒你的人是一个孩子，最多不过七八岁。”拓跋力微微笑着说。

俘虏是个年轻人。他被射中了脖子，现在脖子上裹着一条腰带。

“你的射手真的很出色。但我要告诉你，射手再好也没有用。因为现在已经不是靠射箭的年代了。你信不信吧。”年轻的俘虏说。因为脖子被射伤，他说话的声音显得有点古怪。

“那请告诉我，现在应该靠什么？”

“说了你也不一定听得懂。”俘虏说。

“你还没有说呢，怎么就知道我听不懂了？”拓跋力微笑了起来。他有点喜欢眼前这个死到临头还不服输的家伙了。

“那我简单地告诉你吧，有一种东西比弓箭更厉害，厉害百倍。”

“那是什么呢？”

“你会慢慢明白的。”

“你说的那个比弓箭厉害百倍的东西在什么地方？”

“在长城那边，现在距你已经不远了，而且你正在朝它走去。”

“那是个什么样的东西？”

“那东西好比大海，你一旦掉进去就出不来了。”

“我也会掉进去？”

“那当然，因为你正朝着那个大海走着。总有一天你会掉进去，你就被淹没了。”

“我不信。”

“那你等着吧。你可以杀死我，但最后灭亡的肯定是你。假如五十年以后有人来找你，肯定找不到了，因为那时候你已经不存在了。”

“那好，咱们走着瞧吧。”拓跋力微说完，对他的手下喊道：“给他治好伤，把他放回去。”

“什么？你想放了我？”那个人问。

“是的，我要放了你。假如你能够活到五十年以后，那时候你务必要来见我，看我还存在不存在。”拓跋力微喊道。

就在这时候，夫人快步走进军帐，在他耳边说：“你出来，又出事了。”

三

真的又出事了。

夫人带着哭腔说：“刚刚传来消息说，浩斯带着他的人马跑了……”

“什么？”他一听这消息就感到头顶上响了个炸雷。浩斯是个分支头领。

说实话，虽说部族里好多人反对南下，但却从来没有出现过分支头领带着人马逃跑的情况，因为拓跋鲜卑从来是一个向心力较强的部族。现在南下行动基本结束，整个部族已经准备在这里安营扎寨了，却竟然有分支头领带着自己的人马离开了大家，他知道这绝不是一个好的开头。这种事有了先例，就很有可能还有人效仿。而且更使他伤心的是，这个带了坏头的不是别人，而是浩斯！

哦，浩斯，浩斯！……他心里不停地重复着这个名字。他跟浩斯从小一起长大，而且一直是好朋友，浩斯现在竟然背叛了他！

“你们俩像亲兄弟一样亲密，他怎么能丢下你跑了呢？”夫人哭了起来。

拓跋力微仍然想着自己的好朋友浩斯。是的，他们确实是好朋友，从小就很要好，不分你我。但他也知道自己这个朋友反对南下，尤其当了分支头领以后曾多次对他表示他不愿意南下。“你主张南下，我反对南下。咱们的友谊总有一天要到头的。”他的朋友说。现在看来他们的友谊真的走到头了。

要是其他人带着人马离开他，拓跋力微会愤怒的。但当他知道跑了的是自己的朋友的时候，他只有难过了。

“怎么办啊？”夫人问。

“我去追他。”他悲哀地说。

“他能回来吗？”

“大概不会。我是想见他。”他说。

“你等等，浩斯老婆腰有毛病，你把我的豹皮护腰带给她……”夫人哭着跑进了帐篷。

拓跋力微拒绝带任何人，只身一人骑马消失在夜色中。

冰凉的夜风迎面吹来，他放开缰绳快速奔驰在沉沉黑夜里。一个分支有一千多人，而且拖儿带女，赶着牲畜，走得会很慢，他相信自己很快就能追上。但追上又能怎么样呢？快到后半夜的时候，他终于听到前面的黑暗中传来很多人的脚步声、车轮的滚动声等。

“停下来！”他喊着。

前面的声音慢慢停下来了。他并没有下马，只是放慢了速度走去。他看到一些黑糊糊的影子立在路边，大家已经知道他是谁了，静静地默立着。一个黑影站在了他前面。

“我知道你会来。”黑影说。这个人就是他的朋友浩斯。

“但你却不辞而别了。”他说。

“没有办法。我想避免没有意义的争吵。”

“但你让我难过了。”

“我也很难过。”

“但你不顾朋友的情谊。”

“拓跋鲜卑的利益高于朋友的情谊。”他的朋友说，“咱们是男子汉，而且你我都不是一般的鲜卑汉子，而是当领头的。咱们的肩上有天大的责任。”

“我相信你是为了拓跋鲜卑的前途着想，但你的路子错了。”

“我看你才错了呢。”

“不要争论了。”

“是啊，争论毫无意义，因为你我谁也说服不了谁。一切让时间来证明吧。”

“好吧。”

“五十年以后，你会明白咱俩谁对谁错的。”

又是一个五十年！拓跋力微不禁打了个寒噤。刚才那个俘虏也说过五十年。

“咱们拥抱一下吧。”拓跋力微说。

两个朋友拥抱了起来。拓跋力微闻到朋友身上熟悉的气味。就是这个熟悉的气味差点使他哭了起来，但他咬紧牙关终于没有让眼泪流下来。他感觉出他的朋友也在努力控制着自己。

拥抱完了，拓跋力微将夫人给的豹皮护腰拿出来。

“这是我夫人送给你夫人的……”他的声音颤抖得厉害。

“替我谢谢她……”浩斯说完便转身走了。

东方出现曙色的时候，拓跋力微骑着马慢慢地往回走着。红肿的眼睛说明他刚刚哭过。那曙色由乳白变成深红，接着又变成橘红，接着又变成了无边无际透明的红色，好像在东方的地平线上燃起了熊熊的野火。

我没有权利哭，不，是没有哭的工夫，他想。

五十年，他们都说五十年！接着他又想道。

他是太阳升起以前回到军帐的。他一进军帐就要求夫人让他一个人待在里边，而且不能让任何人进来。

四

谁都说不清楚那一天拓跋力微是怎么度过的。一些分支头领有事来找他，结果全被他的夫人挡了驾。他们问首领究竟在什么地方，夫人说他就在帐篷里。他们问他在帐篷里干什么，夫人说我也不清楚他在干什么，但他有话，不让任何人进去。

军帐里似乎什么动静都没有。他夫人几次轻手轻脚地走过去，从军帐的缝隙里观察里边的情况。里边很暗，夫人第一次费了很大的劲才看到他坐在首领的座位上发呆。再仔细观察，他是在流泪。中年汉子的泪水像两条粗大的溪流在他的脸颊上汹涌着。夫人吓得赶快退了回去。这是一早的事。到了中午她又去观察。这次他已经不流泪了，在军帐中央站着，一动不动，他高大的身躯好似军帐里粗大的柱子。下午桦娜跑来了，一见到夫人就又笑又叫："你家那个该死的究竟怎么回事呀？好几天不见踪影，我那里的鲜奶变成了酸奶，酸奶又放得变味啦。"夫人说："别说你，现在连我都不让靠近啦。"于是两个女人又去观察动静。结果发现他仍那么站着，好像一直没有动过。他站了多久呀！桦娜回去了，夫人去找嘎岱老伯。这时候太阳已经落了。

嘎岱老伯坐在河边烤肉。他拢起小小的一堆火，把猎物的肉割成细条用木棍挑起来在火上烤着，那肉发出嗞嗞声，冒着油泡，一股无法用语言形容的香味顺着河风飘向下游。

"老伯，他这是怎么了？"她问。

"怎么了？"

她将今天的情况说了一遍。

"哦，他在孵化。"老人说。

"什么？孵化？"

“直到今天，他只不过是一颗雄鹰的蛋，但他现在正在孵化。因此他很快就会变成一只真正的雄鹰。我们都应该高兴。明白了吗？”嘎岱老人说着，仍在一心一意地烤他的肉。

“我不明白。”夫人说。

“那么我再换一种说法。”老人开始吃烤好的肉，“他原来像一块山里的矿石，现在他把自己扔进烈火里边，他就会变成一块坚硬的青铜。”

“您是说，他会变成另外一个人？”

“对，他正在变。”

“怎么突然要变啦？”

“他不得不变。”老人哈哈大笑起来，吃着肉，看来老人的牙齿很好，发出响亮的声音。“因为他是一个弱小部族的首领。”老人又说。

夫人叹了口气。河边的风很凉爽，灰白色的天空中一些星星开始显现着。

五

后半夜，拓跋力微走出了军帐。“哦，起雾了……”他嘟哝道。雾确实很大，虽说伸手不见五指，但他仍然感觉出雾气像柔软的绒毛一样轻轻地擦着他的脸颊。他把手伸向空中抓了一把，手掌马上就湿了。

他向黑沉沉的野外走去。

其实他自己都没有意识到，在被后人称为公元220年夏末的一个极为普通的夜晚，在同样被后人称为阴山北麓的这个荒原上已经发生了一个重大的事件。

这个重大的事件就发生在他心里，就是他变成了另外一个人！

头一天黎明时分，当他在朦胧的曙色中回到军帐的时候，他已经意识到自己没有退路了。这是他当首领以来的第一次。过去，其实他是怀着侥幸心理的。就像他在草原上放马一样，眼看暴风雨来了，很可怕也很紧张，但突然风向一转，暴风雨又远去了。或者暴风雨中马群遭到惨重的损失，但到了第二年又会繁殖起来。他以为当首领也会出现这样的情况，别看有时候困难重重，到了最关键的时候也许突然会化险为夷。只有到了昨天夜里他才明白，只要你当上了首领，你就永远不会遇到那种情况。你一旦当了首领，就会立即面临数不清的阴谋、背叛、欺诈、攻击等等。一个首领所面对的，是一个无情的世界。稍不留神就会掉进万丈深渊，粉身碎骨。似乎这个世界上的每一个人都变成了首领的敌人，对首领充满敌意。包括你最要好的朋友，也有可能背叛你。

这就是他所面临的真实处境！

意识到这一点以后，他长久地哭泣着。但他已经明白自己绝没有退路。他不能不当首领，在整个拓跋鲜卑中没有人能够替代他。他就是当首领的命！

那只好当下去了，他想着，停止了哭泣。那就有一个怎么当的问题。他知道有两种状况：一种是稀里糊涂地当，窝窝囊囊地当，但其结果是把整个部族都拖进灾难。他不愿意看到这样的结果。第二种就是去当一个出色的首领，但我能行吗？他缺少信心。因为他明白了，一个出色的首领必须具备健壮的体魄，铁石般的心肠，过人的谋略和无情的手段。这样想着，他的心就开始颤抖。我要是真的变成那样的人，多可怕呀！他想着。在他看来，那样的人已经不是一个一般意义上的人了。不，那不是人，那是野兽！那应该是一头老虎，但还必须具备狐狸的狡猾。那应该是一匹狼，但又要有豺狗的无耻。

他长久地站着，最后还是意识到自己只能变成一只野兽。接着他又开始思考自己究竟能不能真正变成野兽。他必须忘掉爱、亲情、同情、怜悯等人的最美好的情感。他能做到吗？

我能够做到，我必须做到！最后他在心里大声喊道，接着就像一个突然中箭的勇士一样仰面倒了下去。他的脑海里一片空白，他很希望自己就这样一动不动地躺一万年。但不行，在他空白的脑海里开始出现了一个怪物。一开始那怪物像一个老虎，它在痛苦地扭曲着身躯，挣扎着。很快，它的屁股上长出了狐狸的尾巴，接着在头顶上又长出了锋利的犄角，再一看又长出了鹰一样的翅膀……

他醒了，站起来，走出了军帐。

他看到夫人站在他面前。这个美丽的女人也许一直这样站着，从头一天的黎明一直站到现在。不太远的地方传来河水哗哗的声音。

“你怎么了？差不多一天一夜没有一点声息……”夫人问。

“啊……没有什么……我现在只想跟你一起到河边去。我们多少天没有温存了？委屈你这朵美丽的花了。”他说着，伸出一条胳膊揽起她的肩膀。

“咱们明天不行吗？你应该吃点东西了……”夫人说着，但还是随着他走去。

“啊，不行。趁我还没有变成怪物以前，我们应该珍惜我们的每一个时辰。”他说。

他与夫人在河边待了差不多两个时辰。回来以后他很平静地喝茶，喝完茶还躺了一会儿。

“你去把嘎岱老伯叫来。”他对夫人说。

嘎岱老人进来了。

“你有一个箭法出众的儿子。”他说。

“什么？”

“那天我把筑如扔在野外，是你儿子去救的他。在漆黑的夜里，你那个儿子射倒了狼。”他说，“而且我发现你的儿子在那大夜里一句话都没有说，说明他是一个很稳重的人。”

“你是想……”

“让你的儿子跟我走吧。”他说。

“去什么地方？”

“随便走走。我只带你儿子一个人，你儿子叫什么名字？”

“阿盖。”

“阿盖？”

“阿盖就是山洞呀。我是为了纪念咱们故乡的那个山洞。”嘎岱老人说。

“我要走一些日子。但别让大家知道我不在。家里其他事，我让筑如招呼。”他说。

嘎岱老人走了以后，他又叫来了筑如。

“我要出去走走。这期间，这里的事情就交给你管。”他说。

“可以。”筑如说。看样子，他很有信心。

“这期间出了事，我可要跟你算账。”他笑了笑。

“你放心走就是了。”筑如显得有点不耐烦了。

那天下午，两个骑马的人离开军帐朝南走去。他们是拓跋力微和嘎岱老人的儿子阿盖。两个人都穿着便装，带着弓箭和长刀，很像两个猎人或者赶远路的侠客。

第三章

拓跋力微好像累了，坐在那里一动不动。阿盖盯着眼前这个久经风霜的老人。他听一些人讲过：拓跋力微年轻时很普通，那时没人想到这个普通的青年将来会威震四方。但那年当他第一次跟随拓跋力微渡过黄河进入长城内的时候，他感到自己遇到了一个时代伟人。从那个时候起他就下定决心跟随着他，辅佐他完成历史伟业。

“阿盖，你在想什么?”拓跋力微又开始说话了。

“啊，啊，我在想跟着您第一次渡过黄河的那一次。”阿盖说。

“哦，那次很有意思。”拓跋力微说。

“那次我们走了十多天，一路上我很注意听您所说的话。我终于猜到了您在想什么。”

“是吗？那你说说看，我看你猜得对不对。”拓跋力微突然双目炯炯。

“比如说，那天我们到了黄河边……”阿盖也突然来了精神。

那是一个清晨，他们两个人骑着马一路小跑着到了河边。刚刚即位的拓跋力微四十六岁，而他自己才刚过二十岁生日。他们牵着马上船时，看到了各种各样的穿戴，听见各种各样的语言。

“……当时您就想：总有一天，我要让这些人都穿上鲜卑族的服装，都说鲜卑语。也就是说，您想把天下所有的人都变成鲜卑人。”

“哈，有意思。说下去。”拓跋力微几乎喊了起来。

“因为您认为，唯有鲜卑族才是天下最优秀的民族。而且您还懂得，要想把天下变成鲜卑人的天下，最有效的办法就是把天下所有的人，包括那些匈奴人、突厥人、室韦人、汉人等等，统统变成鲜卑人。”

“你说得太对了。这个想法是刚登上船的那一刻产生的。等我们进入长城内的时候，我的这个想法就更为强烈了。”

“正因为如此，我才认定您是一个伟人。”阿盖说。

“哼，伟人！你说我是伟人。”拓跋力微嘟哝道，“但你现在看吧，我们把天下的人都变成鲜卑人了吗？”

“这个……”

“没有。我们没有能够实现当初的愿望。”拓跋力微的声音变得悲哀起来。

“这个……”

“你还记得筑如吗？”

“记得。”

“有一天我把他捆起来扔在野外，后来你去救了他。当时我们有一次谈话。谈了什么，你还记得吗？”

“哦，哦……”阿盖开始在自己的记忆深处搜索当时的情况。毕竟是五十八年前的事了。

突然，那个红脸大汉的声音从他记忆深处响了起来：

“我宁肯要不发达的真正鲜卑，也不愿意看到发达了的鲜卑变种。”……

“将来会出现一个不会打猎，不会摔跤，不会骑马的鲜卑，但那叫鲜卑吗？”……

那个筑如当时就是这么说的。

阿盖吃惊地望着拓跋力微。他似乎突然明白了眼前这个已经走到生命尽头的老人在想什么。

“事实不幸被筑如言中了。这是历史的不幸。”拓跋力微说，“现在我们的一些孩子已经不会打猎，不会摔跤，不会骑马了，有的甚至不大会说鲜卑语了。这就是我们看到的结果。你知道，当年有一个俘虏对我说过什么话吗？”

“啊，我知道，我想起来了。”阿盖喊道。

那是拓跋鲜卑刚刚在木纳山北麓落脚的时候。那天夜晚，有三十来名来路不明的人来犯，结果一个个被射倒。其中有一个年轻人脖子受伤，被带到了拓跋力微的军帐里。在军帐里，那个年轻的俘虏说过一些话。

那个年轻的俘虏当时说的是：“你可以杀死我，但最后灭亡的肯定是你。假如五十年以后有人来找你，肯定找不到了，因为那时候你已经不存在了。”……

“还有一个人说过同样意思的话。他是我的好朋友浩斯，一个分支的头领。他带着自己属下的人马跑了。当我追上他的时候他对我说：你带领拓跋鲜卑南下是走向灭亡，不信五十年以后再看。”

“我听说过这件事。你的这个朋友现在在哪里？”

“他大概回到了鲜卑山。”拓跋力微说，“我真想见到他。五十八年了呀，他怎么就不来看看我？”

“但是，拓跋鲜卑没有灭亡呀。我们仍然存在，而且已经发达了。”

“但你知道吗？在有些人看来，真正意义上的拓跋鲜卑已经开始消亡了。”

“他们的想法对吗？”

“不知道。”

接着是长久的沉默。

“好了，好了。现在让我们回忆一些轻松愉快的事情吧。”拓跋力微说。

阿盖望着首领，他不知道首领又想起了什么。

“我想起了嘎洛……”拓跋力微说。

“啊，嘎洛！”阿盖想起了那个英姿勃发的姑娘。

二

拓跋力微带着阿盖穿过木纳山的时候已经是第三天的早晨了。无边无际的平原上，一条大河在缓缓地流过。

“看到了吗？河那边是另外一个世界。”拓跋力微用马鞭指着河对岸说。

“看到了。”

“咱们去看看，那里究竟有什么。”他朝马屁股打了一鞭，快速向前跑去。阿盖紧紧跟在后边。

河边有一个渡口。那里聚集着很多人，两艘大木船已经靠在岸边。拓跋力微跑到跟前下了马，看到聚集在这里的人穿着各种各样的衣服，说着各种各样的语言，有下船的，也有等着上船的，热闹异常。

人们上船时，都给船家送点什么，那是对船家帮助他们渡河的回报。那些人拿出来的东西真是五花八门：有晒干了的野果，有风干的肉条，有小猎物，少数人还拿出碎银子。拓跋力微把一张上好的狐狸皮扔在船家脚下。这狐狸是昨天阿盖射死的。船家的眼睛立刻亮了。

“匈奴？”船家问着。

拓跋力微摇了摇头。

“突厥？”

拓跋力微仍然笑着摇头。

“鲜卑？”

他点了点头，径直走上了船。阿盖牵着两匹马也上了船。他坐在船头，望着河对岸，在他的感觉里，不是船在走，而是河对岸的景物在缓慢地向船靠拢。后来他开始观察船上的人，很快发现了两个鲜卑人。因为那两个人穿着斜襟的短装，裤脚很宽。看得出来，那两个鲜卑人也在注意他。

“阿盖，你去把那两个人叫来。”他说。

两个人过来了。

“你们是鲜卑人。”他说。

“是。你俩也是鲜卑人。”两个人中的一个说。

“你们是哪个部落的?”他问。

“没鹿回部的。”

“哦，你们的首领叫窦宾吧?”他问。因为他听说过，有一个叫没鹿回的鲜卑部落在木纳山以南活动，他们的首领叫窦宾。

“我们的首领是窦宾大人。你们是什么人?”

“我们是拓跋鲜卑。”拓跋力微说。

“那你们来这里干什么?”

“我们是猎人，打算用猎物皮张换点东西。”拓跋力微说，“但是，我们也想拜见你们的首领。”

他是返回阴山北麓的前一天才去会见没鹿回部大人窦宾的。那以前，他带着阿盖，马不停蹄地跑了好多地方。

他终于看到了筑如所说的那道墙。墙的雄伟壮观使他吃惊了。“天啊，这道墙究竟有多长呀!”他感叹着。但接着却对阿盖大发议论。

“从这道墙上你看到了什么?”他问阿盖。

阿盖微笑着，没有说话。

“从这道墙上我们应该看到，一种安分守己过自己小日子的愿望，一种不愿意跟外边过分来往的戒备心理。但这样好吗?就是一间小房子，如果封闭门窗时间长了，里边的空气也会变得污浊不堪的。”

一直沉默着的阿盖这时候说话了。“首领，你是想让外边的空气进入墙内，是吗?”他说。

“你知道我那天在河边渡口上想什么了?”他问。

“想什么了?”

“我想，那么多种服装，那么多种口音，多不方便呀!”

“哦，我明白了，您当时想，要是把那些人统统变成鲜卑人该多好。”阿盖说。

拓跋力微哈哈大笑。“好了，咱们到墙那边看看，究竟有什么宝贝。”他说。

他们好容易找到墙上的一个入口处，那里有士兵把守，但也没有盘问他们什么，就放进去了。

他们接连去了好几个小城镇看了看，拓跋力微一路走一路发议论。

“他们过得确实很不错。”他感慨道，“有种地的，也有放牧的，而且相互可以交换。他们吃穿用的已经很不错了。我现在才明白，父亲诘汾首领的主张是对的，我们应该离开大山，走进更广阔的世界。”

“不过，他们这里也有很多毛病。”他继续说，“办事总是那么烦琐，没有一个利索劲。据说，要宰一头牛，还要讨论半天，还要向管事的报告。他们这里管事的有好多层，就那么一层一层地往上报，最后批准下来的时候，也许那牛早已经老死了。这个不行，应该改变。”

最后他们一直西行，到了河边。

“看到没有？河那边就是朔方鲜卑。”他用马鞭指着说，“父亲曾说过，他们是我们的死对头。不消灭他们，拓跋鲜卑永远没有安宁日子过。”

“在大河北岸有三股鲜卑势力。一股是我们，另两股是窦宾的没鹿回部和朔方的西部鲜卑。”阿盖说。

“是这样。西部鲜卑是我们的敌人，那么没鹿回部应该是我们的朋友。咱们这就去拜访没鹿回部的窦宾大人。”他说。

二

没鹿回部大人窦宾的军帐很壮观，高大宽敞的军帐被很多旌旗簇拥着，要进到军帐，还必须通过好几道关卡，每一道关卡上都有卫兵把守。

“你们是什么人？要干什么？”

在第一道关卡上他们就遇到了盘问。

阿盖向前走了两步说：“这位是拓跋鲜卑的首领拓跋力微。他专门来拜见窦宾大人。”

“是吗？请等一下，我们要禀报。”卫兵们说，其中一个往军帐飞跑。

“真麻烦。他这是跟谁学的呀，鲜卑人没有这个规矩。”拓跋力微说。

大概过了两个时辰，有十几个人从坡上下来。那些人全部穿戴着盔甲，腰上挂着战刀，一步一步地走下来，来到关卡口子上站定。

他们身后闪出一个中年人，对拓跋力微说：“这两位是窦宾大人的儿子速侯、回题。专门来迎接拓跋力微首领。”

那十几个人中的两个年轻人微笑着朝他点头。拓跋力微看了他们一眼，便看到两个年轻人脸上自信、高傲的神态，他也微笑了起来。

“看来给你们添麻烦了。其实，我们只不过是走路口渴，跟你们讨点水喝，顺便见见窦宾大人，请教一些事情的。”他说。

速侯、回题兄弟俩相互看了一眼。他们很可能没有弄明白拓跋力微刚才的话是一种恭维还是一种藐视。

“请吧。”

窦宾看上去比拓跋力微长几岁，是个很沉稳的人。他从军帐迎了出来，请拓跋力微走进帐篷，坐在贵宾的座位上。

“听说你们到了木纳山以北的草原上。过得怎么样?”窦宾问道。

“我们还没有站稳脚跟呢。我们穷，也很弱小，再加上我这个首领又没有什么本事。”拓跋力微显得十分谦虚。

“你不要客气了，谁不知道拓跋鲜卑是一只猛虎。”窦宾说。

“那是我父亲诘汾当首领的时候。”

“以后有什么打算?”窦宾问。

“我们拓跋鲜卑今后听你的。”拓跋力微说。

“什么?”

“驻在朔方的西部鲜卑是我们的死对头。我们没有力量跟他抗衡。我们需要你的保护。只要保护我们拓跋鲜卑平安无事，我们一切都听你的。”

窦宾望着拓跋力微。他无法不相信拓跋力微说的是真话。一个部族首领就这样来找他，没有繁文缛节，不讲一丁点礼仪，说话直截了当，这反而使他感到眼前这个人从里到外都是真实的。真是一点都不错，拓跋鲜卑经过几十年的长途跋涉来到木纳山背后，还没有站住脚，而西部鲜卑早已对他们虎视眈眈。他们急需要有一个靠山，而他们的靠山只能是没鹿回部。这还能有假吗?再说了，他窦宾没有理由拒绝拓跋力微的请求。拓跋鲜卑少说也有好几万人马，拓跋力微投靠他，他的势力就会大大增强。傻子才不接受拓跋力微的请求呢!

“好，我接受你的请求。”窦宾大声说。他现在的态度已经明显带着居高临下的意味了。

“谢谢。那我们回去了。”拓跋力微说。

“别忙。咱们好多事情还没有商量呢。”窦宾说。

“不用商量，你吩咐就是了。”拓跋力微说，“我得赶紧回去，过几天还来。我要带着我那些分支头领来正式拜见你。哪有现在这样空着手来的?我要向你进贡。”

“那好吧，我依你。”窦宾高兴地说。

三

拓跋力微和阿盖进入木纳山的时候已经是后半夜了。明晃晃的月亮挂在当空，将水银般的光洒在山梁上。拓跋力微一直吹着口哨急驰着。

阿盖紧紧跟在他身后，一直望着他魁梧的背影。

前面的山谷里突然传出吹口哨声，接着一个年轻姑娘出现在月光下。那姑娘骑着马，背着弓箭挎着长刀，显得神采奕奕。

“你们好？”姑娘用鲜卑语问候他们。

“啊，你好姑娘。夜已经很深了，你怎么还走在这个深山里呀？”拓跋力微问着。

“我打猎回来。”姑娘说。她的马鞍子上真的挂着豹子皮什么的。

“你的箭法真不错。”拓跋力微赞叹道，“我没有猜错的话，你是没鹿回部的。”

“你没有猜错。你们是拓跋部的吧？”

“我是拓跋部首领拓跋力微。但你可能不信。”拓跋力微说着笑了起来。

“那么我是窦宾的女儿嘎洛，你也可以不信。”姑娘也笑了起来。

“好了，我祝你一路愉快。”拓跋力微说道。

“谢谢你的祝福。我也希望你们两个人早一点回到自己的部落。”姑娘向他们挥了挥手。

他们告别了姑娘，继续赶他们的路。拓跋力微又愉快地吹起了口哨。阿盖紧紧跟在他身后。

四

拓跋力微带着年轻的阿盖走了十多天，一直到他回来，整个部族里不少人都没有发现他不在。这说明，虽说他已经即位当了首领，但在好些人心目中他仍然是个可有可无的角色。但是他一回来，就让他的部众永远记住了他，再也没敢忘掉。

他是一早回来的。走进军帐，夫人就为他端来了牛奶和奶酪。接着说起他走后发生的事情。

“几个分支头领想带着人马离开我们。筑如把他们抓来一个一个砍了头。”夫人说。

“都是哪些头领？”他边吃边问。

夫人说出了那几个头领的名字。

“把头领杀了，他们属下的人都气疯了吧？”他问。

“听说都聚集在一起，白天黑夜地挥舞着战刀喊叫着，说要为他们的头领报仇，要杀死筑如。”夫人说。

“他们要杀的是我。”他说。

“是吗？”

“他们都不愿意南下，是我把他们硬带到这里。他们恨透了我。”

“那怎么办？不会对你下黑手吧？”

“不会，因为他们的头领已经被筑如杀了，他们已经成了没有脑袋的鸟。”

“还有一件事，筑如跟郎巴闹翻了。”夫人说。

拓跋力微一听这话大吃一惊，忙问怎么回事。

“你走时不是让筑如替你管部族里的事吗？看来郎巴对筑如很不服气，处处跟筑如作对。筑如那个脾气哪能容忍？他派人去抓郎巴问罪，结果派去的人被郎巴扣下了。于是筑如干脆派兵去包围了郎巴的大本营……”

“那后来怎么了?”拓跋力微着急地问。

“郎巴毫不退让，他和筑如两个人隔着大本营的围墙对骂了起来。筑如说，你从来跟首领不一条心，想取代他，西部鲜卑的杀手是你的射手射死的，当时我就在旁边看见的。郎巴说，你是反对南下的，我却一直拥护南下，你甚至不把首领放在眼里。筑如说，你等着吧，拓跋力微再嫩也能够分清楚谁好谁坏，他迟早要跟你算账的。”

“郎巴怎么说?”

“听说郎巴当时就哭了。”

“哭了?”

“郎巴哭着说，拓跋力微应该了解我是一个怎么样的人，如果他不了解，我宁肯去死。”

拓跋力微脸都白了，久久地沉思着。

“我从来不参与你们男人之间的事。但咱们是夫妻，就算我今天给你说心里话吧。依我看，那个郎巴太阴险了，而筑如虽然是个粗人，但从里到外都是真实的。”夫人说。

“这个我知道。”

就在这时有人来通报，郎巴来求见首领。

“让他进来。”拓跋力微说。

郎巴一进来就哭了。“首领，有人说我跟你不一条心，还说我想取代你。我哪儿有那种心思?别的不说，你是诘汾首领的儿子呀，想起老首领的恩德，我也不会有那份心思呀。”他哭诉着，“但首领您真的不信任我，我可以不当分支头领嘛……”

拓跋力微的神情变得非常平静。“啊，现在正是我们部族最为关键的时刻，我还希望你跟我同心协力呢。”他说。

“那……?”

“你回去吧。”

郎巴走了。夫人从布幔后边走出来，看着丈夫。丈夫的神情是那样地平静，平静得几乎没有一点表情。

很快，筑如又进来了。

“你总算回来了。如果没有我，你走后这些天肯定要出大事。”这个红脸大汉粗声大气地说着，接过夫人递来的酸奶喝了起来。

“说说情况。”拓跋力微说。

“有三个分支的头领准备带着人马离开，让我给砍了头。还有那个郎巴，野心太大了，迟早是个祸害，我这次跟他摊牌了。我看把他弄掉算了。”

“可是，你想过没有？我们这样在内部斗来争去，西部鲜卑趁机打过来怎么办？”拓跋力微说。

“怕什么？我们跟他拼了。”

“拿什么拼？那三个分支的士兵，还有郎巴，能跟我们去拼吗？到时候很有可能他们从内部策应西部鲜卑。”

“那也不怕，最多是个死。我从来不怕死。”筑如说，“咱们内部有些人反对你。你别怕，我铁了心要跟你站在一起，我要保护你。”

“你先回去。没有我的命令，你不能采取任何行动。”

筑如出去后拓跋力微站在军帐中央，久久地思索着。

“把嘎岱老人请来。”他对夫人说。

夫人还没有走出军帐，嘎岱老人自己来了。

“老伯你快告诉我，究竟是什么情况？”拓跋力微着急地问道。

“筑如已经公开点了一些人的名，说谁谁是忠于拓跋力微的，谁谁又是反对拓跋力微的。他还公开说，等你回来以后迟早把那些反对你的人收拾掉。”

“啊！……”拓跋力微轻轻地叫了一声，对嘎岱老人说，“别的不说，只郎巴手下就有八千人马呀。”

“你应该当机立断了。”嘎岱说。

“我明白。”

拓跋力微已经看清楚了，整个部族面临着分裂的危险。他更明白，避免分裂，只有一个办法……

“怎么了？是不是事情很严重？”嘎岱老人出去以后夫人问他。

“啊，筑如是个光明磊落的人，他过去反对我，但不搞阴谋。现在拥护我，也是真心实意……”他说。

“你说得对。”夫人说。

“听说筑如老婆去年死了，给他丢下一个四岁的孩子……”拓跋力微说着，痛苦地低下了头。

到了中午的时候，在军帐前面搭起了一个高台，他坐在上边，把各分支头领都叫来了。其实好多百姓也都闻讯而来，站了黑压压的一片人。其中那三个被杀了头领的分支来的人最多，而且他们中很多人都带着长刀和弓箭。

他站起来开始说话，声音不高，但凡是来的人都能听得到。

“听说我走了以后，咱们这里出了大事了。”他说，“有人想分裂我们这个部族。”

“杀掉那些家伙。”筑如喊道。他就站在拓跋力微身边那些人里边。大概因为生气，脸色更红了。

“我们还很弱小，而且刚刚在这里立足。为什么要分裂？那样有什么好处？对谁有好处？”拓跋力微的声音越来越高，“有一个人是罪魁祸首，他杀了三个分支的头领，又派兵把一个分支包围了起来。他究竟想干什么？”

“什么？你是什么意思？”筑如侧过脸看着他问。他听出拓跋力微在谴责他。

“我倒想问你，你究竟想干什么？”拓跋力微问。

“我？你还不清楚我想干什么？”

“我看你是想当首领。”

“什么？你混蛋！”

“那你自己说，你是为了什么？”

“我是为了拓跋鲜卑不分裂！”筑如气得脸色紫青，喊道，“你想把我怎么样？”

“你已经犯了死罪。”拓跋力微对下边的兵丁喊：“把他砍了。”

筑如想反抗，但并没有成功，很快被绑了起来。那天的太阳很毒，热辣辣的晒得人们头疼。他知道死到临头了，对拓跋力微说：“我有话跟你说。”

拓跋力微走下高台，走到筑如身边说：“你说吧。”

“我要死个明白。你为什么要杀我？”筑如低声问。

“你刚才最后一句说了什么？”拓跋力微问。

“我说，我是为了拓跋鲜卑不分裂。”

“那你听着，我杀你，也是为了拓跋鲜卑不分裂。”拓跋力微说，“现在明白了吧？”

好汉筑如怔住了，他像不认识拓跋力微似的看着他，后来竟呵呵呵地笑了起来。

“明白了。不过，我没有想到你是个可怕的阴谋家。”筑如说，“你将来会比你的父亲还可怕。不，也许现在你已经超过你的父亲了。”

“怎么想起说我的父亲？”

“我现在告诉你，你根本不是什么天女的儿子。你是诘汾首领的大老婆生的，你母亲就是被你父亲杀死的。”

“什么？”

“你父亲真是个铁石心肠。他不仅杀了你母亲，还差点杀了你的哥哥。但你哥哥逃脱了。”

“我的哥哥？他在哪儿？”拓跋力微着急地问。

筑如脸上出现了嘲讽的冷笑，说：“就说到这儿吧。你不是要砍我吗？现在该动手了。不过我还想说一句，将来你要是能够见到你的哥哥，那么你会发现，你哥哥的脖子上也挂着跟你一样的鲜卑兽小牌。”

“说下去。”拓跋力微急切地说。

“哈哈，不说了，真的不说了。”筑如喊道。

拓跋力微相信他已经不会再说什么了，便回头走进了军帐。走进军帐之前他朝身后挥了挥手。他听到筑如临死的喊叫，似乎也听到利刃与肉体相互碰撞的声音。他闭上了眼睛。

聚集在高台下边的人们好像都傻了，就那么静静地站着。事情来得这样突然，他们都还没有从惊悸中缓过神来。但他们不得不接受眼前的事实：连诘汾首领都让他三分的好汉筑如，被刚刚即位的拓跋力微几句话就砍下了脑袋。

只有一个人没有那么吃惊，他看着筑如像一个笨重的口袋似的倒在地上，看着首领走进了军帐，脸上出现了神秘的微笑。

这个人就是嘎岱老人的儿子阿盖。

这个聪明的年轻人想到了：拓跋力微首领做了一次正确的选择，他用筑如的一颗脑袋，稳住了郎巴的八千人马和那三个分支，稳定了整个部族。而且首领用这次举动证明了，他想要的是一个团结统一的拓跋鲜卑，谁损害了这种团结和统一，他就对谁不客气，哪怕是拓跋鲜卑的功臣！

五

他整夜未睡。夫人将娇小的身躯紧紧贴在他的怀里，一个劲地说着，而他只是用粗糙的手掌不停地摩挲着她的腰，很少说话。

“有人说，你很有谋略。说你自己离开了部族，留下筑如替你杀了对手，你回来了又把筑如杀掉。这样你既笼络了人心，又让大家知道跟你作对没有好下场。”

他没有说话，只是叹了口气。

“……被筑如杀了头领的那三个分支的人都说你替他们出了口恶气，有的感动得哭了。”

他仍然没有说什么，好像在想着什么。

“听说那个郎巴还说，他也许根本不是拓跋力微的对手。”

他冷笑了一下。

“我有点怕。”夫人说。

“怕什么？”

“我好像突然弄不明白，我的丈夫究竟是个什么样的人了。”她说。

“你丈夫是个首领，而且是拓跋鲜卑的首领。”他说，声音显得很悲哀。

“但过去你好像不是这个样子的。”

“过去我还没当首领呢。”

夫人感觉到他的声音有点哽咽，伸手一摸，摸到他脸上满是泪水。

“你怎么了？”她问。

“可怜的筑如……”他喃喃着，突然翻身坐起来说，“要是我不能够让拓跋鲜卑强盛起来，那我就真的对不住他了。”

六

过了几天，拓跋力微带着各分支的头领去拜会窦宾。为了表示尊敬，他们在距窦宾的军帐十里左右的地方就下了马，牵着马前行。窦宾那边也很重视，派出两个儿子速侯、回题和女儿嘎洛来迎接。这样，拓跋力微第二次见到了嘎洛。嘎洛十七八岁，皮肤黝黑，仍然跟那天夜里一样，背着弓箭挎着长刀，显得很有风采。

“这么快我们又见面了。”拓跋力微说完哈哈大笑。

“看来那天夜里我们都没有欺骗对方。”姑娘也在笑。

欢迎仪式很隆重，是完全按照古老的鲜卑习俗进行的。欢迎仪式后是宴会。接着，窦宾领着拓跋力微走进了军帐后边的一个很小的帐篷。

“刚才那都是虚的，现在我们应该谈谈实的了。”窦宾剔着牙说。拓跋力微刚才已经注意到了，窦宾很能喝酒，而且似乎喝多少都不醉。

“一切由你来决定。我服从就是了。”拓跋力微说，“我现在最担心的是西部鲜卑。他们是我们的死对头，现在我和你联合了，他当然也变成了你的死对头。”

“他本来也是我们没鹿回部的对头。”窦宾说，“你是不是觉得我们应该联合起来打他们？”

“还是你来决定。”拓跋力微说。

“那好，与其让他来打我们，还不如我们去打他。”

“好。”

“你从北边打，我从南边打，咱们两头夹击。”

“听你的。”拓跋力微说。

当天夜里，月光如水。拓跋力微在下榻的帐篷外边站了很久。远处传来浪涛拍岸的声音，说明那条大河离这里并不远。他想起了河那边不见两头的长墙，想起那里的城镇，又想起了河西岸的西部鲜卑。

“首领，披上斗篷吧，夜里凉。”一个声音从身后传来。

“哦，阿盖，陪我站一会儿。”他说。

于是阿盖站在他身后，等着他说什么。

“你说我们值得不值得？”拓跋力微问了这样一句没头没尾的话。

“完全值得。”阿盖说。因为他懂得首领问话的含义。

“我们付出了拓跋鲜卑的尊严。”拓跋力微说。

“但换来的却是拓跋鲜卑能够立脚的可能。”阿盖说。

“是啊，是啊。只有跟没鹿回部联合，我们才能够在木纳山北麓待下去。”拓跋力微说，“但窦宾占的便宜可太大了。”

“你说的是眼前。从长远看，不一定是那个情况。”阿盖说。

“你真的这样想？”

“真的。”

“你觉得窦宾这个人怎么样？”

“一个老滑头。”阿盖说。

“是啊，他痛痛快快地答应要攻打西部鲜卑。还说两家南北夹击。但我知道，他的意图是让我们和西部鲜卑相互残杀，他要坐收其利。但我还是答应了。”

“应该答应。这是放长线，为的是将来钓大鱼。”

“但这次也不能让他占便宜。”

“我明白了。”

“那你马上去筹划。”

“好。”

拓跋力微望着阿盖远去的身影，微笑了。

月光下出现了一个人影。那是嘎洛。这个皮肤黝黑的姑娘径直来到他身边。

“你怎么不睡？”她问。

“我睡不着。”他说。

“我知道，你是在想大事。”

“我没有大事可想。只要不被别人吃掉我就谢天谢地了。”他说着笑了笑。

“原来拓跋鲜卑的首领这么窝囊呀？”

“这叫窝囊吗？我倒不觉得。”他很认真地说。

“前几天夜里，我在木纳山里遇见你，我曾断定我遇见了一个英雄。”嘎洛说着笑了起来。

“奇怪，你怎么只看我一眼就觉得我是一个英雄了？”拓跋力微也笑。他也想起那个月夜。

“在月光下，你浑身银白，我就想起了穿纯银盔甲的英雄。你想吧，山谷里是那么安静，只有月光，银色的你突然出现在我面前……”

“是啊，是啊，那天夜里月光确实很美。”他说。其实他也想起了月光下出现的那个姑娘，那个骑着高头大马，挎长刀背弓箭的姑娘。

“那天夜里，你是不是觉得我也很美？”嘎洛问。

“是很美。”

“这些天，我总是想起那个夜晚。”嘎洛轻声说。

“你要是有空，我们可以一起进木纳山打猎。”

“好主意。就你我两个人，不能有第三个人在场。夜里，我们就在山里过。”嘎洛高兴地说，“但愿那个夜晚也有月光。”

“每个月都有一个月圆的夜晚。只要没有云彩，那月光是没的说的。”

“啊，你说得对，下一次月圆的时候，咱们到山谷里去。怎么样？”

“好，就这么说定了。”

“一言为定。”

七

回来之后拓跋力微在军帐里召集一些人议事。攻打西部鲜卑是他有生以来第一次打仗，他决不敢轻率。但议了几次，他对那些老资格的分支头领们所提出的作战方案根本就不满意。

“你们这些方案都是老一套。但你们想到没有，过去我们打仗，一般是一对一，我们只有一个对手，而这次却不一样，我们面对的是一明一暗两个对手。你们这一套根本不行。”他不满意地说。

“我们也知道有两个对手，但不这么打还能怎么打？仗不就是这么打吗？”那些头领说道。自从拓跋力微砍了筑如的头以后，他们对拓跋力微不敢小看了，在谋略方面他们甚至开始佩服拓跋力微。但一说起要作战，他们仍然很自信，根本不把首领放在眼里。

“但你们这样的打法，能打胜吗？”拓跋力微问。

“那谁能说清楚？打仗本来就是瞬息万变的事。也许能胜，也许就败了。”

“这么说，你们根本就没有打胜的把握？”

“胜败都是可能的，但败了又有什么可怕的？打败了我们仍然是英雄。”那些头领激动地喊道。

“没有胜的把握，这一仗我们宁可不打。”拓跋力微说，“我们败不起。”

“我倒是觉得，”阿盖这时候说话了，这个沉默寡言的年轻人一直站在拓跋力微的身后，“我们的目的不一定是打败西部鲜卑，而只要自己不受损失就可以了。目前对我们来说，不败就是胜利。”他说。

拓跋力微的眼睛亮了，他觉得阿盖说得很有道理。但那些头领们却喊叫起来。在他们看来这个年轻人说的是梦话。

拓跋力微用手势制止了大家的喊叫，对阿盖说：“把你的想法说得再详细一点。”

“按我们现在的力量和我们所面临的形势，我们打败西部鲜卑不但不可能，同时也没有必要。”阿盖开始说起来，“说到底，这次攻打西部鲜卑是没鹿回部的一个阴谋，目的就是同时削弱我们和西部鲜卑两个方面的势力。我们不能上他们的当，参加攻打，安全撤出来就可以了。”

“听明白了没有？你们现在就回去，做好出征的准备。”拓跋力微挥了挥手。

大家散去以后，拓跋力微走出军帐，阿盖没有走，他跟在首领身后。已经是傍晚了，时间过得真快。他们朝着在晚风中像海水一样涌动着的草浪深处走去。

“我要任命你当这次攻打西部鲜卑的总指挥。”拓跋力微突然说。

“什么？”阿盖吃惊地叫了起来。

“因为只有你才明白打仗的目的是什么。这次这仗，所包含的奥妙太多了。而刚才那些蠢货，却以为打仗不过是打打杀杀。好了，你去休息吧。”

“我能睡得着吗？”阿盖笑了起来，说，“您要是真的让我当总指挥，那我必须想清楚好多事情。”

阿盖走了。

第四章

……漫漫长路，似乎永无尽头。

不知怎的，拓跋力微一闭上眼睛就看到自己的部族艰苦跋涉的情景。他就出生在拓跋鲜卑走出大山走入草原以后的路上。他记事以后的第一个记忆就是自己骑在马背上，紧贴着身后一个人的前胸。他前面是望不到头的长阵。那长阵一直就那么走着，好像永远不会停下来似的。

他身后那个人是谁？他后来一点印象也没有了。但他的感觉里那应该是个女人，因为他还记得那个人的胸口很丰满也很温暖，只有女人的胸口才会是那个样子。还有那个人身上的气息，也很像是一个女人，跟桦娜身上的气息很相似。

他的整个童年就是在不停摇晃着的马背上度过的，那是一个多么漫长的童年呀！他在摇晃着的马背上望着无边的蓝天和无边的大地，也望着一路上那些惊心动魄的情景。

他记得有一次下大雨。一开头，一团团奇形怪状的乌云在天空中飘来飘去，看似有很多巨大的怪物在那里相互追逐，混战，接着它们又拥挤在一起，连成了一片，静静地凝聚着。突然，一道闪电将天地劈开，随着滚滚雷声，瓢泼大雨便下了起来。那场雨下了七七四十九天，大地变成了无边的汪洋，部族里很多人马被洪水冲走，但大家仍然在走，一刻都没有停顿。

他还记得有一次有很多的火球从天而降。那是一个没有月亮的深夜，满天星星在无声地闪烁着，当时部族已经宿营，疲惫不堪的人们大部分已经进入梦乡。突然传来巡夜的士兵们的喊声，惊醒了睡梦中的人们。大家陆陆续续地跑出帐篷。“看，快看，天上……”士兵们喊着。大家这才看到满天的流星雨。流星雨很美，在天空中形成了无数条银线在飞舞。但接着却有一团团巨大的火球从天上砸了下来。火球最大的大概有匈奴人的毡包那么大，小的也有牛羊大，从高空呼啸而下，一落地就发生爆炸，并引起了野火。诘汾首领立即命令部族启程，不顾一切地冲出了火海。

他还记得那次地震。那是在大白天，大家正在赶路，突然大地开始剧烈地摇晃起来，骑马的人们纷纷落马，牛车因为道路突然倾斜而滚下坡去。大家眼睁睁看着前面一个陡峭的山崖摇晃了几下竟然倒了下去，接着是河水倒流……

真是千难万险啊！但现在回想起来却一点都不感到可怕。

“第一次打仗，你是不是一点都不紧张?”拓跋力微问阿盖。

“当然紧张，但我相信自己能打。”阿盖说。

“我跟你差不多，还没有开始打以前很担心，怕被打败。但真的打起来了，我倒是有信心了，觉得打仗也不过如此。”拓跋力微呵呵地笑起来说，“其实，这个世界上的事并不复杂。你感到复杂，是因为你没有把事情想明白，一旦想明白了，任何事情都会变得简单。”

“是啊，我们就是这样过来的。”

“那次我们冒着大雨走了三天三夜，天亮时发起进攻。”拓跋力微说。

“那天的雨多大呀!”阿盖感叹着。

一

阿盖被任命为攻打西部鲜卑的总指挥。这是一个出乎一切人意料的任命。当时甚至一些分支的头领都弄不明白这个叫阿盖的人是什么人。但不管大家认不认识他，他却干得十分出色。

拓跋力微把全部族最精锐的几支队伍全交给阿盖指挥。阿盖集合完队伍就爬上高坡，走进拓跋力微的军帐。

那是一个暮云低垂的黄昏，木纳山以北的草原在晚风中像海浪一样起伏涌动。几千名拓跋鲜卑汉子手持大刀长矛，身背弓箭，骑着高头大马聚集在荒原上。他们看着自己年轻的总指挥朝着首领拓跋力微的军帐跑去。他们的新任总指挥只有二十岁，在整个出征将士里边也算小字辈，但他们已经决定服从这个小字辈总指挥的指令。这就是拓跋鲜卑。

“首领，您下令吧。”阿盖走进帐篷说。

拓跋力微背对着他站着，一动不动。他站在一旁等着。过了好久，拓跋力微才转过身来，脸色像岩石般冷峻。

“这次出征有两种结果。”拓跋力微说，“一种是被西部鲜卑打散，在溃退的路上让窦宾收拾掉。另一种结果是，将西部鲜卑的军队像赶羊群一样赶到窦宾的正面，让他们与窦宾决战。”

“不是两种结果，而只能有一种结果，就是首领您讲的第二种结果。”阿盖微笑着说。

“你有把握?”

“有。”

“那你说说，怎么才能达到第二种结果?”

“集中兵力猛打，不给他喘息的机会，让他们明白，与拓跋鲜卑对抗是没有指望的，唯有向窦宾的方向突围才有可能活命。”

“能做到吗？”

“能。”

“那……出发吧。”

这时候又有一个人走了进来。他是郎巴。自从拓跋力微砍了筑如以后，郎巴对首领表现出了十二分的尊重与配合，对阿盖的任命也表示完全拥护。拓跋部新的核心正在形成，其中有嘎岱老人、阿盖和郎巴等。这次出征，郎巴主动表示要当好阿盖的副手。

“有什么事吗？”拓跋力微笑着问郎巴。

“没事。我是想说，该出发了。”

“好吧，这次就看你们的了。”拓跋力微说。

送走阿盖后，拓跋力微就去了桦娜那里。已经是傍晚了，草原上开始暗了起来。他看见桦娜正赶着几头牛走着，就追上去，下了马，跟她一起赶着牛走。

“很多男人都打仗去啦。”桦娜说着，叹了口气。

“你不高兴了吗？”

“我男人就是打仗死的。”桦娜说，“不过，男人们总得去打仗。男人有男人的事。将来我的两个儿子长大了，他们也得去打仗。”

“你丈夫是英雄。将来你的两个儿子也应该当英雄。”他说。

“但愿如此吧。”

他们到了桦娜的帐篷前。

“你喝牛奶吗？”桦娜问。

“不喝了。”

“外边凉。进帐篷睡吧。”

“好吧。”

那天夜里他睡得很死，一觉睡到天大亮才醒来。他睁开眼睛，发现桦娜不在了。外边传来奶桶的咣当声。他穿上衣服走出帐篷。

嗬，这么大的雾呀，他嘟哝道。

白色的雾在草原上飘浮着，他看到十几步远的地方桦娜的身影在几头牛之间晃动。草尖上全是露水，像刚刚下过雨一样。

“你起得真早。”他走过去说。

“习惯了。”桦娜微笑着说，开始挤牛奶。她穿着宽松的袍子，一副愉快而懒洋洋的样子。

他看着她挤奶。她的姿势很好看，挤奶的动作是那样地自如，褪了色的衣服里是滚圆的肩膀，长长的头发披在肩膀上。

一个朴实、勤劳而美丽的女人，他想着。

“你怎么站着不动啦?”她问。

“我在看你。”他说。

“你来过多少次了，还没有看够呀?”

“没有。”

“那你就看吧。只要你在我身边，我心里就踏实。”她说。

二

过了一些天，拓跋力微带着嘎岱等几个人赶上了大队人马。阿盖明显晒黑了，跑来迎接他。

“你把情况说一说。”拓跋力微说。

这里草原上满是大小不一的石头。阿盖拣来一些石头，开始在地上摆布起来。

“他们南北两面的防守很严密。而且很有章法。”阿盖开始说，“但我还是找出了他们的疏忽。他们的那些军队，相互之间缺少联络，打起仗来不会有很好的相互配合。”

“那你说应该怎么打?”

“趁黑夜深入到他们的核心部位。”阿盖说着，指着一块大石头说，“这里是西部鲜卑蒲头大人的军帐。我想直接去攻打这里。”

“一旦被发现了我们可就被包围了。这么多人马，能不被发现吗?”

“我已经亲自探过路了，完全可以神不知鬼不觉地过去。而且您注意到没有，今天夜里要下雨。”

拓跋力微看见天边真的有浓云在聚集。

“好，就按你说的办吧。”他说。

他这是第一次打仗，但他相信阿盖的打算是正确的。如果真的突然攻打蒲头的军帐，那蒲头只能仓皇逃跑，而整个西部鲜卑也随之失去指挥。

日落时真的下起了大雨，大队人马冒雨前行，天很快黑了。

他们冒雨走了三天三夜，在第三天破晓时向蒲头的军帐发起了进攻。蒲头本人和他的卫队大概都没有弄清楚究竟是什么人来攻打就仓皇出逃了。他们出逃的方向正合拓跋力微的希望，那正是窦宾的方向。

“现在怎么办?”阿盖问拓跋力微。

“再追一程，完了以后赶紧撤出。蒲头的那些士兵一旦回过神来，会拼命地追打我们。”拓跋力微说。

“照办。”

就在这时候，他们的身后开始传来马蹄声和喊叫声，说明蒲头的部下已经发现首领遭到了突然袭击。大雨仍在下个不停。蒲头和他的卫队在前面跑，拓跋力微带着人马在后面紧追不放，而拓跋力微的后面有更多的追兵在追赶。一气跑出百十里，拓跋力微估摸着天快要亮了。

“撤。”他说，便扯动马缰绳向斜刺里跑去，他的全部人马都跟在他后面。他跑上一道坡勒住了马，回头瞭望。天黑得什么都看不见，只听到数不清的马蹄声在那里跑过。

“他们在追自己的首领。”阿盖勒着马站在拓跋力微身边说。

“窦宾老兄现在大概在睡觉。他以为，天亮以后会有人向他报告拓跋力微的兵马受到了重创，蒲头的损失也不少。他本来打算那时候出面收拾残局的。但他确实想错了。”拓跋力微说。

“现在我们怎么办？”阿盖问。

“我想听听你的想法。”

“我们应该到窦宾的侧面去等待，等到窦宾溃退下来，我们就去接应。”阿盖说。

“你的想法跟我一样。就这么办吧。”

三

窦宾的情况跟拓跋力微的判断几乎不差分毫。他正在呼呼大睡，就遇到了猛烈的攻击。他怎么也想不明白，为什么西部鲜卑的蒲头大人亲自率领队伍来打他。按他原来的想法，西部鲜卑这时候应该跟拓跋力微打才对。现在他们却打到这里来了，那么拓跋力微又哪儿去啦？但不管怎么说，现在他必须赶快逃命。他兵力没有摆布好不说，西部鲜卑进攻的势头也太猛烈了。

他全线崩溃，一路溃退下去。在仓皇逃跑中，他的坐骑被射倒了，他只好徒步奔跑起来。正在这样要命的时刻，突然有一支人马从侧面冲出来，向紧追不舍的西部鲜卑发起了进攻，这样他才有了摆脱追杀的机会。

他在少数几个卫兵的护卫下，爬上了一个土丘，向着刚才跑过来的方向望去。天已经亮了，雨也小了一点。他认出来了，刚才为他解围的是拓跋力微的队伍，他们在乌云低垂的荒野上与西部鲜卑英勇搏杀着。

“你们看看人家，再看看你们自己。”窦宾愤怒地盯着身边的人骂。其实他身边没有几个人，除了几个贴身护卫以外，就是他的两个儿子——速侯与回题。

“你妹妹呐?”他又问两个儿子。

“她在右翼那边。”速侯说。

“现在还说什么左翼右翼，早已溃不成军了。赶快去找，要是找不到嘎洛，你们俩就提着脑袋来见我。”窦宾咆哮道。

他看到，拓跋力微的队伍也开始溃退了。但西部鲜卑并没有立即追上来，大概是在整顿兵力。他站了起来，带着那几个人走下土丘。这时候，拓跋鲜卑的一个小头领带着人马跑了过来。

“窦宾大人，我奉命来护送您撤退。”那个小头领说。

“哦，哦。拓跋力微兄弟呢?”窦宾问。

“他让我告诉您，他要亲自断后。”小头目说着，牵来一匹马说，“请大人上马。”

窦宾激动地看着这匹矫健的骏马，它鞴着华贵的鞍具，笼头上镶着大块大块纯银的装饰。雨又开始下起来。

“爸爸，我回来了。”随着一声清脆的声音，嘎洛从雨幕中显现出来。

“你挺好吧?”窦宾看着自己的爱女。他用手使劲撸了一把脸上的雨水。

“什么事都没有。”嘎洛说，突然发现了刚才送来的那匹马，便高兴地喊：“这是拓跋力微的马。”

“什么?”窦宾一时没有反应过来。

“我能认出这匹马。上次在木纳山谷里，他就骑着这匹马。”嘎洛说。

拓跋鲜卑的小头领这时候笑着说：“嘎洛说得不错。这是我们首领的坐骑。他说把它让给窦宾大人骑。”①

---

① “与宾攻西部，军败，失马步走，始祖使人以所乘骏马给之。”（《魏书·序纪》）

窦宾突然流出了眼泪。“拓跋力微，我的好兄弟……”他大声喊着，让手下扶上了马。

雨下得更大了。

四

上午，大雨仍然下个不停。西部鲜卑的部队已经停止了追击。拓跋力微站在高坡上，透过灰蒙蒙的雨雾望着西部鲜卑的队伍在一片丘陵地带聚集着，有的已经开始朝着返回的方向走去。

“他们战斗力很强。”他感叹着。

“而且打得很有章法。”阿盖说。

“还很有头脑。他们知道应该在什么时候停止追击。”

“相比之下，窦宾的部队却一点章法都没有。别看他人马多。”

“你说说看，西部鲜卑的蒲头大人现在在想什么？”拓跋力微问。

“他已经亲眼看到了拓跋部与没鹿回部联合起来的力量。”

“看到了会怎么样？”

“他很担忧吧？”

“不仅仅是担忧，他会想方设法破坏这种联合。”

“对。”

“那我们应该怎么办？”

“一定要再加强与没鹿回部的联合。”

拓跋力微似乎对他的回答并不满意，说：“不对，我们应该给西部鲜卑甩出一个诱饵——听明白没有？我们需要在暗中与西部鲜卑沟通，牵制和分散窦宾的力量。”

阿盖似乎怔住了，但很快又兴奋地欢呼起来。“对呀，对呀，首领！”他喊叫道。

大雨仍在下。在滂沱大雨中，拓跋力微和阿盖兴致勃勃地商量出了一个办法。

“我们需要一个西部鲜卑的俘虏。”拓跋力微说。

“俘虏?”

“有没有他们的俘虏?”

“有几个。”

“你现在就去，从中挑选一个来。只要一个。”

“明白。”阿盖骑上马疾驰而去。

过了一些时候，阿盖带来一个五花大绑着的人。那个人满身泥水，脸色苍白，闭着双眼，一副要杀要剐随你便的样子。

“把绳子解开。”拓跋力微说。

阿盖给他松绑，这个人站在拓跋力微前面仍一言不发。

“说吧，你在西部鲜卑担任什么职位?”拓跋力微问。

“传递消息。”

“好极了，你忠于你的主子吗?”

“当然。为了蒲头大人我愿意被砍一百次头。”

“好样的，我现在放了你。”

“别那样，我不愿意当叛徒。”

“我不要让你当叛徒，我只是让你在我和你的主子之间传递一些消息。”

“什……么?”

“我一说你就会明白。”

“那……请说吧。”

“现在是拓跋鲜卑与没鹿回部联合起来对付西部鲜卑，这样二对一的局面对你们很不利。从长远上考虑，也许对我们也不利。”

“我不明白。”

“但你的主子会明白的，请你把我这句话带给你的主子。”

“好吧。”

“还有一句话。我的父亲诘汾首领曾宣布过，西部鲜卑是拓跋鲜卑永久的敌人。但拓跋鲜卑现在的首领拓跋力微却认为，这个世界上没有永久的朋友，因此也没有永久的敌人。请你把我这句话也捎给你的主子。”

“好的，你是什么人?”

“我就是拓跋力微。”

那个人“啊!”了一声。

“好了，你现在可以走了。以后你的主子给我们捎什么话，你可以找他，他是我的副手。”拓跋力微指了指阿盖，又说，“当然你也可以直接找我。”

“好。”

那个人给拓跋力微和阿盖磕了一个头，回头就跑，很快消失在雨幕中。

拓跋力微仍一动不动地站着，让雨水猛烈地冲刷着自己，久久地思谋着什么。站在身边的阿盖也被大雨浇透了。

阿盖终于看到了，别看拓跋鲜卑现在还很弱小，他的首领拓跋力微却一点都不被动。如果把北方这一大块地方比喻为一盘棋，那么拓跋力微已经开始按照自己的意图挪动着棋子。也许，他那些强大的对手或者盟友到现在还被蒙在鼓里呢!

阿盖终于看到了一种希望：拓跋鲜卑终究能够走出困境。

“刚才我们的军队跟西部鲜卑厮杀，依你看我们的军队里哪一部分最出色?”

“那还用说吗？郎巴的那支很能打。”

“是啊，是啊，郎巴的势力确实太大了。”拓跋力微满脸担忧地说。

阿盖明白首领在想什么。

五

攻打西部鲜卑以失败告终，而没鹿回部与拓跋鲜卑之间的联盟却大大加强。窦宾回到大本营待了十来天，终于从心灰意冷的阴影中走了出来。他带着众多的随从来到木纳山北麓，专门造访拓跋力微。

拓跋力微仍然很谦卑，带人到山口迎接，亲自走上前去扶窦宾下马，而且一路上一直亲自牵着窦宾的坐骑。

“山背后这一大块地方今后就归你啦[①]。”窦宾用马鞭在空中画了一个大圈。

“大人您说得并不准确。”拓跋力微笑着说，“连我们拓跋鲜卑都是您的属下了，我们住的地方当然也属于您了。”

“好吧，这些地方都是我的，但我现在让你住。”窦宾说。

“谢大人。”拓跋力微转过身就跪了下去，他的随从都仿效他，立即跪下一片。

“好了，今后我们是一家人了。”窦宾喜笑颜开了。

晚宴结束，窦宾和他的随从就寝以后，拓跋力微独自一人骑着马朝野外走去。他知道谁在什么地方等他。

河边很凉爽，嘎洛站在河边等着他。波光粼粼，映衬着她英姿勃发的身影。拓跋力微到她身边下了马，她没有动。他过去就抱起了她。

嘎洛显得出奇地顺从，把自己彻底地交给了他。

“没有想到，我这一生中的第一个男人竟是你。”她说。

“但以后会有很多。”他说着笑了起来。

---

① 《魏书·序纪》：“始祖请率部北居长川，宾乃敬从。”长川指今内蒙古兴和县一带。

“不，我的男人永远是你。”

“你说什么呐？我都四十六岁了，而你还不到二十岁。”

“我父亲已经决定把我嫁给你。”

“什么？”他倒吸了一口冷气。

“怎么？你不喜欢我呀？”嘎洛伸手摸了摸他粗糙的脸。她大概也听出了他的声音有点异样。

“我非常喜欢你。”他叹了口气说，“正因为我真的喜欢你，我才不愿意把你扯进阴谋中来。”

嘎洛响亮地笑了起来。“我喜欢争斗。阴谋是什么？是一种智慧，能让人感到自豪。”她说。

他没有说话，只是望着满天的星星长长地吐了一口气。河边仍然很凉爽，河水在哗哗地流着。

六

已经是冬天了，一场大雪将山北部草原覆盖得严严实实。天空一直阴着，木纳山的主峰在灰暗的天空中若隐若现。

窦宾那边派来使者，正式提出将窦宾的爱女嘎洛嫁给拓跋力微的事。[1]女方先求婚是鲜卑的习俗。这与女人在鲜卑族中的特殊地位有关。鲜卑族崇尚女性。他们认为，人都是从母体中分离出来的，因此母亲是孕育生命的神圣源泉。因为这种观念，鲜卑族生活中的某些方面就有以女性为中心的倾向。比如说求婚，都是由女方先提出来。这种以女性为中心的倾向使得鲜卑族保持了一种蓬勃、和谐的状态。

---

⑧ 《魏书·序纪》：“宾……将分国之半，以奉始祖，始祖不受，乃进其爱女。”

拓跋力微这边欣然答应这门亲事。双方约定在下次月圆的时候就娶亲。送走了窦宾那边来提亲的那些人，拓跋力微的夫人亲自点名召集了一些人，开始准备一场很排场的婚礼。她请嘎岱老人张罗礼仪方面的事情，自己和桦娜两个人带领一些姑娘媳妇开始布置新房，为新郎新娘剪裁衣服。

“听说那姑娘能骑善射，很厉害。是真的吗?”桦娜用剪子灵巧地剪着一张豹子皮，问。

“听说是真的。”夫人说。

“她漂亮吗?”

“很漂亮。她上次来，我看见过她。”

“怪不得他要娶她。”

“不是因为她漂亮。”夫人说，“是因为她是窦宾的爱女。”

“是吗?”

“是的。你想呀，大河以北总共有三股鲜卑势力，其中西部鲜卑是咱们的死对头。要对付西部鲜卑，我们必须联合窦宾的没鹿回部鲜卑。如今，拓跋鲜卑的首领娶了窦宾的女儿，拓跋部和没鹿回部就拴在一根绳子上啦。”

“我的天，娶老婆还有这么多名堂呀?”桦娜笑了起来。

七

年轻的阿盖在微笑着。因为在攻打西部鲜卑的战斗中表现了出色的指挥才能，他开始在拓跋力微手下全面掌管对外作战事宜。这些天他一直把自己关在一顶大帐篷里，老是在盯着一张羊皮上画的一大堆离奇古怪的符号。他明显地消瘦了。

他父亲嘎岱老人进来了。老人又瘦又黑的脸庞与雪白的眉毛胡子形成了一种奇特的和谐，再加上他那双充满智慧的眼睛，让人产生一种信任感。

“父亲，怎么还不休息？”阿盖说。

“你什么时候看到我休息过？”嘎岱老人说着，走到桌子旁边看起羊皮上那些符号，问，“这是什么呀？孩子。”

“这个嘛……”阿盖不知道怎么说才能够让父亲明白这些符号。父亲说得不错，父亲真的很少休息，而且从来没有表现过疲劳的样子。他总是不慌不忙地走路，笑眯眯地说一些话，一直在出色地完成着一个谋士的职责。有时候瞌睡了，只躺半个时辰就又爬起来，因为他已经睡够了。有时候饿了，喝半碗酸奶就饱了。真不可理解，父亲那个又瘦又黑的身躯里究竟贮藏着多大的精力。

“好了，你别说了。你说不清楚。”嘎岱说，“这个世界上很多事情是一两句话说不清楚的。你画了这么多符号，有圆圈，有三角，还有四方块……每个符号代表着好几种含义，还有这些符号之间的关系，你要说清楚所有这些，大概会用半个月的时间。”说完老人呵呵地笑了起来。

“我真的一两句话说不清楚。”阿盖说。

“你比为父强。为父是有谋无勇，你却智勇双全。”

“您怎么夸奖起我来了？”

“我到五十岁才有你这个儿子，而且你是我唯一的儿子。如今你出息了，我高兴。”嘎岱老人说，“我们父子幸亏遇到了诘汾和拓跋力微父子俩，要不然我们的智慧就白费了。”

“是啊。”阿盖在感叹。

“遇到一个愚蠢的首领，我们父子只好默默无闻地过一辈子，因为愚蠢的人你再帮衬他也是办不成大事的。而且我们也决不能去帮衬一个愚蠢的首领。”

“我明白。”阿盖说。

“你听说了吗？拓跋力微首领要娶嘎洛当小夫人了。”

“是吗？”阿盖问。这几天他很少走出这顶帐篷，所以这个消息他真的没有听说。

“是的。”嘎岱老人说，“对这个事情你怎么想？”

“从这件事，我看到了首领远大的志向。”儿子说。

“还有呢？”

“还有……就是嘎洛姑娘将来会很悲惨。”

嘎岱老人仰天长叹。“你也想到这个结局了。”他说。

“父亲，您认为我的判断没有错吗？”阿盖问。

“没有错。你知道我刚才在来你这儿的路上想到谁了吗？我想到了拓跋力微首领的母亲。”嘎岱说。

“您说什么？首领的母亲怎么了？”

“这是一个只有少数几个人知道的秘密。他的母亲是被诘汾首领杀掉的。”

“什么？”

拓跋力微的母亲就是诘汾的夫人呀！难道诘汾首领当年杀死了自己的夫人？

“孩子，不需要我继续说下去了吧？你想想就会明白是怎么回事的。”嘎岱老人说完走了。

阿盖傻在那里。他已经听说过，鲜卑族经常出现首领的夫人被丈夫杀掉的情况。前些年他怎么也不能理解为什么一个丈夫要杀死自己的妻子，但现在他却明白一些了，那是因为首领的妻子同时又是未来首领的母亲！而母亲对儿子的影响是巨大的。一旦母亲与父亲的主张不一致或者完全相反了，那么儿子——未来的首领往往就会按照母亲的主张行事。但父亲又绝对不会容忍这样的情况发生，于是就杀掉夫人！

明白了这个情况以后阿盖感到了悲哀。鲜卑族是个尊重女性的民族。女性在整个鲜卑族里一直是一个十分活跃的力量。她们美丽，聪慧，能骑善射，而且在处理部落之间的矛盾斗争方面都有自己的思考与主张。正因为这样，她们有时候难免与部族首领之间发生分歧，而且她们又绝对不会向男人们——当然包括当首领的男人——妥协。结果她们就有可能被杀掉。

阿盖真不知道这是鲜卑女人的光荣还是她们的悲剧，像嘎洛那样的性格，她能永远与拓跋力微保持一致吗？而且她又是拓跋力微的死对头窦宾的女儿呀……

他正发呆，又进来一个人。他一看，进来的人竟然是首领拓跋力微。

“你这是什么呀？”拓跋力微看着羊皮上那些符号问道。

“我想好好研究一下窦宾的作战部署和用兵习惯。”阿盖说。

“啊，你是在琢磨我未来的岳丈大人吗？”

“早应该琢磨了。”

“为什么？”

“因为他是我们的敌人。”

“是吗？”

“拓跋鲜卑和没鹿回鲜卑可以联合起来吃掉西部鲜卑。但一旦把西部鲜卑吃掉了，紧接着就是拓跋鲜卑和没鹿回鲜卑谁吃掉谁的问题。”

拓跋力微沉思良久说：“只有你才会想得这么远。”他拍了拍阿盖的肩膀，叹了口气。

“听说您要娶嘎洛为妻。”阿盖说。

“是的。”

“一个多好的姑娘。”阿盖说着叹了口气。

“继续研究你这些谁也看不懂的符号吧。”拓跋力微叹口气说，“不过，你更应该研究窦宾的思考和决策的习惯。要知道，每一个人都有他自己思考和决策的习惯。摸透这个非常重要。”

“我明白了。请您放心，我会把您未来的丈人琢磨得比自己骑的马还要透彻。将来可以猜到他哪天夜里做什么梦。”

“但愿你不是在吹牛。”拓跋力微又说，“不过你现在跟我来。”

八

就在这天夜里破晓前，拓跋力微带着阿盖骑着马朝野外走去。亿万颗星星在草原的上空闪烁着，星光反射在茫茫雪原上，一片朦胧。

“那个人来了。”拓跋力微凑在阿盖的耳朵旁说道。

“谁？”

“被我们释放了的那个西部鲜卑俘虏。”

“是吗？”

“我们这就去见他。”拓跋力微说着，向前奔去，阿盖紧紧跟在后边。

他们一直跑到山脚下，这里是木纳山的一个支脉。听见马蹄声，黑暗中一个人影站了起来。

“拓跋力微首领……”那个人说。

“蒲头大人好吗？”拓跋力微下了马问道。

“很好。”

“你把我上次的话捎给你的首领了吗？”拓跋力微问。

“捎到了。”

“蒲头大人怎么说？”

“我们的首领说，你是一个聪明人，但还要看看再说。”

“就这些？”

“就这些。”

“这么说，你的首领并不反对今后与我们暗中联系？”

“不反对，我们的首领还很愿意与你们保持暗中联络。”

“好极了。”

天亮时拓跋力微和阿盖已经在返回去的路上了。刚才那个人并没有给他们带来西部鲜卑实质性的建议，但却带来了一个重要信息：西部鲜卑同意与他们建立暗中联络。

这已经足够了。

第五章

阿盖走出毡帐以后，拓跋力微想打个盹。因为他拒绝躺下，所以打盹也只能是坐着打。但这难不倒他，他早已练就了这样的功夫，骑在马上都能睡觉，而且还能做梦。

我已经一百零四岁了，一百零四年呀，从即位那天算起，也有五十八年了，过得竟这样快，他感叹着。

他的这一生可以分为前四十六年和后五十八年两个阶段。前四十六年他过得欢乐而轻松，而后五十八年是在无休止的争斗之中度过的。按说，他的感觉里这后五十八年应该显得特别漫长。但他却恰恰感到，这后五十八年过得太快了，简直就是一晃而过。

其实，五十八年里经历的事情真是太多了，他真想一件一件地回忆一遍，但他做不到。那些记忆已经变得支离破碎了，他想得起来的只是一些互相并不连贯的大小事件。这些事件之间存在着大段大段的空白，甚至相隔着十年、二十年、三十年。比如说，自从嘎洛嫁过来一直到后来他亲手把那个可爱的女人杀死，这中间就相隔了三十三年！没有办法，一个人真的要想办大事，那就得学会等待，等待最佳时机。这样也许你就需要不动声色地等待三十三年！

三十三年啊，一段不短的时日！这三十三年里，他从一个四十六岁的首领变成了七十九岁的首领。这期间曾发生过很多事情，那究竟是一些什么样的事情呀？

啊，想起来了，这期间沙漠汗出生了。

沙漠汗，沙漠汗……他开始不停地念叨着儿子的名字。他把儿子送到洛阳已经整整十四年了……

一

“沙漠汗，沙漠汗……”

大夫人在逗着摇篮里的孩子玩，二夫人嘎洛站在旁边微笑着。

这是嘎洛嫁给拓跋力微一年以后。拓跋力微的大夫人生了一个男孩。

“他多可爱呀。”嘎洛说。

“你嫁过来也有一年多了，你也应该生一个了。”大夫人说。

“我也想呀，但这个不争气的肚子总是没有动静。”嘎洛说完笑了起来。

“别急。孩子会有的。”

嘎洛嫁过来以后对大夫人一直很尊重。而大夫人也很喜欢嘎洛。两个人几乎每天都在一起。拓跋力微很忙，但每天深夜睡觉前总是要走进大夫人的帐篷来看看孩子。而大夫人等他看完孩子以后总是要把他赶到嘎洛那里去。他因为娶了两个夫人，大夫人已经搬出拓跋力微的军帐单独住了。嘎洛也单独住一顶帐篷。

两个夫人正说着，拓跋力微进来。他一进来就抱起孩子，对这个刚满周岁的婴儿说个不停。他这个举动使得两个夫人笑得前仰后合。

“夫人你看，这孩子长得真像他父亲。”嘎洛笑着说。

嘎洛嫁过来之后一直称大夫人为“夫人”，为此大夫人还专门提醒过她：“你也是夫人呀，以后咱俩以姐妹相称好了。”但嘎洛却不答应。她说“我还是愿意称你为夫人，你本来就是首领的夫人嘛”。大夫人觉得嘎洛这是对她的尊重，因此也就不再说什么了。

“一个小拓跋力微。”大夫人也笑着说。

“说得不错。他将来应该是拓跋鲜卑的首领。”拓跋力微把孩子放回摇篮里说，“我今年四十九岁，等这个孩子长到四十九岁的时候，他会是什么样子呢？”

“他会像你一样高大，壮实。”大夫人说。

“他会像你一样有勇有谋。”嘎洛说着笑了起来。

“那么等他长到五十九岁的时候呢？”拓跋力微又问。

“那时候，整个天下就是他的了。”嘎洛说。

“我们的儿子明天就要满一周岁了，怎么过呢？”大夫人看着丈夫。

“我早就想好了，要按照我们拓跋鲜卑的习俗过。”拓跋力微说。

第二天天还没亮，拓跋力微带着大夫人，大夫人抱着刚满一周岁的婴儿先来到河边。他们把婴儿的衣服全脱掉，把孩子放进河水里洗澡。黎明前的河水清亮、干净而又冷彻骨髓，孩子大哭了起来。夫妇俩哈哈大笑。

接着他们又抱着小孩上山，从山顶上可以望见辽阔无边的草原。草原的东方已经出现了一条白亮的光带。天开始破晓了。

“孩子，你看见没有？你和爸爸妈妈是最先看到曙光的人。因为这里最高。”大夫人高兴地对孩子说，“曙光在祝福你呢，孩子。”

孩子挥舞着双臂咯咯地笑了起来。

拓跋力微带着大夫人和孩子出去的那个早晨，嘎洛也来到了河边。在河水拐弯的地方，有一顶破旧的很小的帐篷，附近有几头牛在吃草。那里住着一个穷苦人家。

距帐篷还很远，嘎洛就喊了起来：“大娘的病好一些了吗？”

她早已是这顶破帐篷的常客了，她知道帐篷里住着母子俩，母亲常年卧病不起，儿子一个人支撑着生活。

听到她的喊声，从帐篷里走出一个中年男人。他穿着带补丁的衣服，头发像乱草，也许好些天没有洗脸了，脸上黑糊糊的，看见了嘎洛便露出雪白的牙齿笑着。

“夫人您好。”他弯腰问安。

“我早就说了别这样啊。按年龄，我应该当你的小妹妹。”嘎洛说。

男人搓着双手不好意思地笑着。

嘎洛弯腰钻进帐篷。里边很暗，一个老女人躺在角落里。她看到嘎洛想坐起来，但没有成功。

“大娘你躺着。”嘎洛说着，坐到了老女人身边。“好点没有？”她问。

“稍微好点，但还是不行。”老女人说。

“别急，慢慢养，一定会好起来的。”嘎洛说着，拿出了带在身上的食物。

“真不好意思，老是让您费心。”老女人说。

“别这么说。说实话，见到你，我就想起我的母亲。”嘎洛说。

一听到母亲这个词，老女人感动了。“哦，可怜的孩子，你母亲好吗？”她问嘎洛。

“我母亲早已去世了。”

“哦，哦……”

“但我思念母亲，有时候看到年老的女人，就想象为母亲。”嘎洛说着。

“唉，真可怜。”老女人在擦眼泪，“你应该经常回去，看看你父亲也好呀。”

“回不去呀，我这个身份……”嘎洛说。

“是呀，首领的夫人，没有我们老百姓自由。”

“前几天我给父亲缝制了一件皮袍子，想找一个人送过去。”嘎洛说。

老女人的儿子一直站在门口。这时候他说："我给您送去吧。"

"对呀，你替夫人跑一趟。"

"也好，你替我去一趟，不要担心你母亲，我替你照顾。"嘎洛高兴地说。

嘎洛往回走的时候太阳已经老高了。她很高兴，她一直希望与父亲建立一条联络渠道，为此她长时间地物色合适的人选。现在看来，人选已经有了。

有一个联络渠道太重要了，将来一定会派上用场，她想。这个世界多好，充满着爱，也充满着智慧，她又想。

二

桦娜的两个儿子在练习射箭。这是一个暖洋洋的下午，两个虎头虎脑的家伙一人拿一张弓，站在一个洼地里左顾右盼。他们在等待猎物的出现。他们的母亲桦娜站在洼地的边沿上，正笑眯眯地望着两个儿子。

他们多像他们的父亲呀，她想着。他们的父亲是拓跋鲜卑的英雄，她希望两个儿子将来也成为英雄。对一个鲜卑女人来说，最大的光荣莫过于把自己的儿子培养成英雄。

她想起了自己的丈夫。那是她十七岁那年，正赶着几头牛在河边走，一个鲜卑青年来到她身边。她不认识他。

"姑娘，你真漂亮。"青年说。

"每个年轻男子都对我这样说。"她笑着说。

"那说明你真的很漂亮。"青年说。

"但我发现，他们对每一个姑娘都这么说。"她又笑。

"但我说的是真心话。"

“那你想怎么样啊？”

“我想帮助你赶牛，到你的帐篷里坐一坐。”

“好吧。但你也是放牛的吗？”

“不是，我是猎人。”

“是吗？”她笑着。拓跋部的每一个男人都可以自称是猎人，因为他们本来是狩猎部族。但眼前这个年轻人，她却怎么看也不像个猎人。

“看来你在怀疑我的箭法。我现在就可以给你射下一个猎物，当做我的见面礼。”年轻人说。

“射什么呢？”

“你说吧。”

她看到正好有一只鸟飞过他们的头顶。那是藏在草丛里的小鸟，飞得不算太快，但它总是忽东忽西，加上体积又小，根本无法瞄准。

“你就把它射下来吧。”她指着鸟说。

她以为他会为难的。但没有想到，她的话音刚落，他的箭就射了出去，小鸟落在她的脚下。

“你真是个神箭手。”她说。

小伙子受到她的夸奖，似乎突然不好意思起来。她跟他一起赶着牛走着，望着天边的晚霞。他帮着她把牛赶到帐篷前面的草滩上，喝了点牛奶就走了。

“一个毛头小子。”她想着，微笑了起来。在她看来这个小伙子还没有长成真正的男子汉。他想讨好姑娘，想装出一种没皮没脸的样子，但却做不到，听两句夸奖的话就脸红，喝点牛奶就逃也似的离开。

但他的箭法倒是很出色，她又想到。

后来她才听说，他是拓跋鲜卑有名的年轻猎手之一。他十二岁时就猎获过老虎，十五岁时曾与一头野猪狭路相逢，情急之下他跨到了野猪背上飞跑起来，并且用短刀捅死了野猪。听了他这些传奇故事之后她开始思念他，而且到处去打听他的消息。但据说他出去打猎去了。于是她骑着马去寻找他。她终于在一条小河边找到了他的帐篷。她在距帐篷不远的地方一直等着他回来。后来黄昏时分她看见他回来了。她迎了上去。

“你……？”他望着她，看来既兴奋又有点紧张。

“你紧张什么？你不是说我很漂亮吗？”桦娜笑着。

“哦，哦……”他更紧张了。

“听说你连老虎都不怕，难道还怕一个姑娘？”桦娜说着大笑起来。也不知道为什么，他越显得紧张，她就越想放肆一下。

“我……不是……怕。”

“那好，你应该请我进帐篷，给我吃点东西。”

于是两个人走进了帐篷。他们边吃东西边聊。帐篷很小，点燃的松枝忽明忽暗。他终于不那么紧张了。

“睡吧。”她说，弄灭了松枝，一把将他拉进了自己的怀抱。

后来他们结成了夫妻，过得十分恩爱。他对她百依百顺，她说东他决不说西。但当他面对敌人的时候却会变成另外一个人，变成一个名副其实的英雄，打起仗来是那样地有勇有谋，沉着勇敢。后来他战死在沙场……

洼地里有了射箭的呼啸声，她顺着声音望过去。一只野兔已经被射死，小儿子正提着兔子向他哥哥飞跑着。

“真是两个了不起的男子汉，射倒了这么一个庞然大物呀？”她走到两个儿子跟前逗他们说。

“猎物小了才不好射呢。”大儿子不服气地说。

“是吗？那你们俩今后射老鼠好了。”她说。

“我们先射小动物练箭法，以后打起仗来就能百发百中。”小儿子也说。

“好了，我相信你们将来都会当英雄。”她说。

远处出现了一个骑马的人正朝这边飞跑过来。她认出是拓跋力微，就迎了过去。

拓跋力微下了马，看着洼地里的两个孩子，高兴地笑了起来。

“哈哈，两个男子汉。”他说。

“怎么总是不见你来？”

“忙。”

“今天不忙啦？”

“还是忙，但我想来看看你，也看看你的两个孩子。”

“孩子们都很好。他们从来不知道什么叫闹病。”

“那是因为他们血液里流动着大山的精华。”他说。

他说得不错，鲜卑族是个健康的民族，很少有人得病，而且很多人都能够长寿。

“小夫人对你不错吧？”桦娜问道。不知为什么，自从嘎洛嫁过来之后，她总是有一种不安的感觉，但她又说不清楚为什么感到不安。

“不错，真不错。”他说。

“不错就好。”她说着叹了口气。太阳快要落了，西边的天空燃起了美丽的霞光。

“你知道吗？你那个小夫人经常到一些穷苦人家里去。”桦娜说。

“是吗？她去干什么？”拓跋力微问。

“不知道，还听说她总是带一些礼物去，给他们送去一些吃的和穿的。”桦娜说。

拓跋力微沉思起来。他觉得嘎洛那样做应该有什么目的。

一个骑马的人出现在霞光里，朝这边走来。那个人是阿盖。

“哟，年轻的英雄来了。”桦娜笑着迎接他说，“请到帐篷里坐。”

“很愿意接受你的邀请。”阿盖笑着，跟着拓跋力微和桦娜朝帐篷走去。桦娜的两个儿子仍留在洼地里寻找猎物。

“窦宾派他的两个儿子来了，说要跟你商量再次攻打西部鲜卑的事。”阿盖说。

“哦，原来是速侯和回题来了。他俩是我的大舅哥呀，应该热情招待。”拓跋力微笑着说。

“他俩跟嘎洛一起打猎去了。”阿盖说，“我是来跟你商量，怎么答复他们。”

“当然要一切听从岳丈大人的吩咐了。”拓跋力微狡黠地笑着说。

“真的要打呀？”

“怎么能打呢？真的把西部鲜卑打败了，我的岳丈大人就会立即回过头把我们一口吃掉。”拓跋力微说着哈哈大笑起来。

“那……”

“只要西部鲜卑还存在，窦宾就不敢对我们怎么样。因为他需要我们的支持。但如果西部鲜卑一旦被打败，我们的存在就会变成对他的威胁。就这么简单。”拓跋力微说，“至于怎么对付这事，就靠你了。”

“好吧。”

三

嘎洛真的跟她两个哥哥打猎去了。三个人骑着马，说说笑笑走出去很远，射死几只黄羊，就下马聊了起来。

嘎洛愉快地望着两个哥哥。她对两个哥哥很有感情，因为两个哥哥从小就很疼爱她。在她眼里，这两个哥哥永远是那样年轻，充满着男子汉的气魄。当初父亲窦宾决定把嘎洛嫁给拓跋力微的时候，两个哥哥都曾表示过坚决的反对。因为他们不愿意让妹妹离开自己。但窦宾的意志是无法违抗的，最后嘎洛还是出嫁了。

“妹妹，你比原先更漂亮了。说明你过得很舒心。”速侯看着嘎洛说。

嘎洛调皮地笑着说：“我有丈夫了嘛。女人一旦有了称心的丈夫，就会变得越来越漂亮。”

“拓跋力微很爱你是吗?”速侯问。

“那当然，我坐在他怀里撒娇，就像一只小鸟落在大树上唱歌。他是一棵大树，我就是落在树上的小鸟。”

一听这话回题就变了脸。他比速侯小好几岁，性格也比哥哥粗鲁，他认为妹妹的幸福只能来自两个哥哥才对，他不能容忍别的男人给妹妹以幸福。因为他太爱妹妹了。

“总有一天，我要杀死你那个丈夫。”他咬牙切齿地说。

“你怎么说出这样的话?”速侯责备弟弟道。

“大哥你不要责备二哥了，我理解他的心情。什么时候二哥也娶了媳妇，他就不会这样了。”嘎洛笑着说，“我要亲自给二哥说一个媳妇。”

“你真的这样想吗？那你是不是要从拓跋鲜卑里边给你二哥找一个媳妇?”速侯问。

“我看还是从没鹿回部找的好。”嘎洛说，“好了，天快黑了，咱们回去吧。”

三个人骑上马，带着猎物往回走。原野上变得灰蒙蒙的，天边出现了蘑菇状的乌云，看来夜里要下雨了。

“拓跋力微这个人究竟怎么样?”回题问。

“你看呢?”嘎洛笑着反问道。

“我看他不怎么样，一个无所作为的庸人。”回题说，“他全靠我们没鹿回部才支撑到现在，没有我们没鹿回部，他的拓跋鲜卑大概早就没有了。”

“大哥你同意二哥的说法吗?”嘎洛看速侯。

“至少，那个拓跋力微根本不是你二哥说的那种人。”速侯沉思着说。

“那你说他是什么样的人?”嘎洛问。

“不知道，在我眼里他是一个谜。”

夜里真的下起了大雨。拓跋力微在军帐里宴请两个大舅哥，嘎洛作陪。粗大的雨点猛烈地敲打着帐篷，外边是一片哗哗的声音，浓浓的水汽钻进了帐篷内。因为是家宴性质，几个人都放开肚皮喝了起来，到半夜几个人都已经半醉了。

回题醉得最严重，他用通红的眼睛看着拓跋力微说：“你的运气真好。”

“怎么啦?”拓跋力微微笑着。

“你在最困难的时候遇到了我们。你在这个地方立住了脚。但我告诉你吧，这只能说明你的运气好。”回题说。

“你想说什么？直截了当说好了。”拓跋力微说。

“那你听着，即便一个叫花子，遇到你这样的好运气，也可以当首领。听明白没有？在我眼里，你就是一个碰了好运的叫花子。”

回题的眼睛在喷着火。他以为拓跋力微肯定不能接受这样的侮辱，会跟他吵起来，甚至打起来都有可能。其实他希望拓跋力微跟他打起来，他想好好出出气。但他没有想到，听了他的话，拓跋力微不仅没有生气，反而微笑了起来。

“我给你们添了不少麻烦，为此很感到内疚。”拓跋力微说。

“你怎么不生气，反而还笑?”回题又生气又失望。

“因为你是我的大舅哥呀，而且你说得没有错。”拓跋力微哈哈大笑起来，举起杯说，“我敬你一杯酒。”

回题现在不仅是失望，更有一种被打败的感觉。他很想发作，但不知为什么，好像又不好意思。为此他气得要命。

速侯狠狠地瞪了弟弟一眼，把话岔开了。

“我们这次来，一是想看看妹妹，同时也想跟你商量咱们下一步攻打西部鲜卑的事。”速侯说。

“应该打。但什么时候打，怎么打，请你们决定。”拓跋力微说，“但我是希望早点打。因为我想，打完西部鲜卑，我们还有好多事情要做。”

“你想做什么？”回题问。

“你们南面，长城以内现在已经足够强大了，不提防着点能行吗？”拓跋力微笑了笑说。

“你跟家父想得一样。”速侯说，“这个事情家父已经在考虑。”

“好了，喝酒，喝酒。”拓跋力微说。

“咱们还是商量打西部鲜卑的事吧。”速侯说。

“岳父大人有什么想法？”

“父亲的想法是，不能像上次那样两面攻击，而是组建两个梯队交替攻打。”

“两个梯队？那谁在前面？”

“父亲的意思是你们拓跋部在前面，因为从上次的情况看你们行动迅速，当先锋最合适。”速侯说。

“哦，是这样。”拓跋力微说，好像开始沉思。他明白，决不能同意这个方案。傻子都会看出来这是一个险恶的阴谋：让拓跋部在前面送死，没鹿回部跟在后边捡便宜。现在对方既然将这个傻子都会看出来的阴谋摆在他面前，说明对方已经下了决心非这么干不可。要是硬顶着不答应这个方案，对方可能要跟他过不去。

“怎么？你不同意这样的打法？”速侯问道。

“同意，但有点困难。”拓跋力微说着笑了起来。

“困难？什么困难？”回题不高兴地问了一句。

“主要是武器。上次我们攻打西部鲜卑，一开始还算顺利，后来就不行了。为什么？就是因为我们的弓箭不行，主要的箭都射完了。我们拓跋部作战主要是靠弓箭，箭没有了，大家的士气就很快下降。”

“那你们这次多制作一些箭不就行了吗?”速侯说。

“不赶趟了。我们只有两个分支是制作箭的，他们人数很少……”

“扯淡！大敌当前你却提出这么一些借口……”回题发作了。

“这不是借口。你们不是让我们当先锋吗？我是怕我们一旦溃退下来，给你们造成压力。”拓跋力微说。

“那么……”速侯思索着。

“请你们给我送来十万支箭。我保证能打好。”拓跋力微说。

“十万支?”

“我知道你们保存着几十万支箭。”拓跋力微笑了起来。

“这个……我们回去商量。”速侯说。

“好，喝酒，喝酒。”

四

当天夜里等速侯和回题休息以后，阿盖来找拓跋力微。

“你本来应该休息，但我犹豫了半天，还是来打扰你了。”阿盖说。

“那真没有什么，你我这一辈子，大概很少有休息的时候。”拓跋力微笑了起来，问：“你有什么事?”

阿盖把一张图打开放在桌子上。

“你想说什么?”拓跋力微问。

“请你看看这条弯弯曲曲的线，这就是你说的那道墙，当然现在我们知道，那不叫墙，叫长城。”阿盖说。

“你并不是让我看长城这条线，你是提醒我注意长城以内的那一大片土地。”拓跋力微说。

阿盖也笑了，“那当然。”他说。

“你想听听我的想法吗？”

“是的。”

“那我先问你，我们刚来到这个地方的时候曾遭到一次袭击，那是一个夜晚，你记得吧？当天夜里我们俘虏了十几个人，其中有一个青年人，脖子受了伤……”

“记得，你把他放了，你还让他五十年以后来见你。”

“他说过一句话，你记得吗？”

“他说，五十年以后你们拓跋鲜卑肯定不存在了。”

“是的，他说，因为你们拓跋鲜卑现在正朝着一个地方靠近，那里有一种比大海更为可怕的东西。”

“他是这样说的。”

“我一直在想，他所说的那个比大海更为可怕的东西指的究竟是什么？”

“他指的是什么呢？”

“他指的是一种活法。”拓跋力微说。

“你说什么？活法？我不明白。”阿盖说。

“是，我说的是活法。”拓跋力微的脸色突然变得很严肃，他接着说，“每一个民族都有自己的活法。民族与民族之间为什么要争斗？就是因为活法不同。争来斗去，最后，一个民族胜利了，另一个民族失败了，其实，那是一种活法打败了另一种活法。”

阿盖像个傻子一样望着拓跋力微，什么话也说不出来了，因为他根本没有听懂首领的话是什么意思。

但拓跋力微却不管他是否听懂，继续按照刚才的思路说下去：“两个民族相互开战，看似好像是作战谋略、士兵的素质、使用的武器是否精良等等在起作用。哪一方的谋略出色，士兵的素质好，武器精良，谁就能把对方打败。是不是这样？是这样。你胜利了，对方失败了。但从长远上看，一个民族占领了另一个民族的土地，砍了对方将领的头，俘虏了对方的士兵，那并不意味着胜利，至少那不是最后的胜利。因为对方的老百姓还在，老百姓的活法还没有变化。真说不清楚最后谁胜谁败呢。”

“那……怎么才算是最后胜利呢？”阿盖像是被首领的长篇大论砸蒙了似的。

“当你把对方老百姓的活法彻底改变了，让对方的老百姓喜欢穿上你所喜欢穿的衣服，喜欢吃你喜欢吃的食物，喜欢唱你这个民族的歌，说起你这个民族的语言……到了这个时候，你才算是真正胜利了。你要是达不到这个程度呀，嘿嘿……”拓跋力微笑了起来。

“会怎么样？”

“也许有一天你就会发现，你这个胜利的民族已经不存在了，你在不知不觉中被那个被你打败的民族的活法融化了。”

阿盖不说话了。

“所以”，拓跋力微说，“当初那个俘虏说的话是有道理的。长城那边存在着一种与我们不同的活法，而且我们离他们已经越来越近了。那个俘虏所说的比大海还厉害的东西，指的就是长城那边的活法。”

“是吗？”

“肯定是。”

阿盖笑了笑说：“我今天夜里把图拿到你这里来，并没有想那么多。我是想告诉你，长城那边派秘密使者来了。”

“什么？”

这回轮到拓跋力微吃惊了。

五

在一顶小帐篷里，拓跋力微带着阿盖见到了秘密使者。使者来自晋国，叫卫瓘，一个四十多岁的书生模样的人。这个人并不代表晋国，而是代表他的一个朋友。

“我的朋友是管理晋国北部地区的专吏，现在正受宫廷一些人的排挤。”卫瓘说，“他想得到您的支持。”

“但请你说清楚，他为什么受排挤？又为什么想起让我来支持他？”

“他之所以受排挤，是因为他的治国主张与有些人不同。”卫瓘说，“而且他认为，你是北方诸多势力里边最有远见的人。”

“竟然还有人以为我是一个了不起的人。”拓跋力微哈哈大笑，问：“他知道我吗？知道多少？”

“我们认为，没鹿回部的窦宾虽然实力雄厚，但他只知道扩充自己的势力，没有远大的志向。西部鲜卑的蒲头大人又离我们太远，鞭长莫及。”

“但我的势力很弱小。”

“您跟窦宾联手攻打西部鲜卑的时候，我们曾认真研究过您的每一步行动。您具备雄才大略。”卫瓘说，“而且您还有一位了不起的年轻助手，如果我没有猜错，他就是眼前这个年轻人，名字叫阿盖。”

“好吧，现在请您回答我的第一个问题，您的那个朋友的治国主张与有些人究竟有哪些不同？”拓跋力微问道。

“宫廷里与我们作对的那些人，只满足于一些繁文缛节，而且把各级官吏分为很多等次，国内已经一片死气沉沉。这样下去，国家有什么希望？而我们却主张，不拘一格用人才，让上至官员下至百姓都振奋起来……”

“哦，明白了。那么我还要问，你们让我怎么支持你们？”

“我们已经处于很危险的境地了，反对我们的人利用手中的权力，准备用武力讨伐我们。”

“那你的意思是？”

“希望你实行武力威慑。具体说，您可以把兵力摆在我们的边境上。”

“我那点兵力，能有威慑作用吗？”

“谁敢小看北方的骑兵呀？”

“那么，我如果直接打进去呢？”

“那当然更好。”

“那你今晚就在这里睡觉。天亮以后我给你一个明确的答复。”

拓跋力微说完就走出帐篷。其实这时候天已经亮了。

“你去把你父亲叫来。”拓跋力微对阿盖说。

“你不会是真的想打进晋国去吧？”阿盖问他。

“为什么不呢？应该打进去，我们应该趁早到那里去，播种我们的生活方式。”

“但我们对那里的情况很少了解。”

“这正是我要见你父亲的原因，这两年，你父亲一直在研究周围国家的情况。”拓跋力微说。

一个重大的决策，在太阳升起的时候已经做出。晋国来的使者被叫醒，阿盖代表拓跋力微告诉他，拓跋鲜卑要派兵打入晋国。

六

攻打西部鲜卑的第二次战役是两年以后打响的。这两年里，拓跋力微从没鹿回部那里不仅弄到了十万支箭，还弄到了一些其他兵器。

作战方案并没有变，仍然是拓跋部当先锋，没鹿回部做第二梯队。在队伍出发的前夜，拓跋力微一直站在军帐里等待一个人。他是在等待拓跋部与西部鲜卑之间传递消息的那个人。他估计那个人应该来了。拓跋部与没鹿回部联合起来第二次攻打西部鲜卑的消息应该早已被西部鲜卑得到了，那么他们就应该派人来了解情况。于是这些天他一直在等那边派人来。

阿盖刚才还在他这里。阿盖和他又一次详细研究了这次这个仗应该怎么打。

“佯攻。到了适当的时候就撤出。”阿盖说。

“当然可以。但有一种情况我们必须想到。我们撤出后，西部鲜卑与没鹿回部必须打起来，打得越激烈越好，最好打得一塌糊涂。要是他们双方突然不打了，那我们的意图就会立刻败露，我的岳父大人就有充分的理由跟我们过不去了。”拓跋力微说。

“是啊，您的岳父大人和西部鲜卑的蒲头大人是两个狡猾的老狐狸。”阿盖沉思着说。

“西部鲜卑怎么到现在还不派人来呢?”

“是啊，他们也太不着急了。”

阿盖走了，拓跋力微留在军帐里等待西部鲜卑的人。

一直等到后半夜，终于有人进来报告说：“有一个陌生人要马上见首领，说有十万火急的事情禀报。”

拓跋力微深深地松了一口气。

“我这里有一张图，你先看一下，但不能带走，免得出现意外。”拓跋力微说着，将一张画在羊皮上的图推到了西部鲜卑那个人面前。

“这是什么?”那个人看起图来。

“图上画的是我们的进攻方案。我们这次从南面发起进攻，前面是我们拓跋部的三千精锐，后面是没鹿回部的大概有一万人。”

“你们真的要打?”

“我们只是佯攻。但我们撤出以后，没鹿回部会真的打你们。”

“那就是说，我们跟你们打是假打，而跟没鹿回部必须真打。”

“是这样。”

“但这样一来你们拓跋部不是得便宜了吗？我们两家是真打，唯有你是假打。”

“当然我们也可以真打，但我们真打，你们西部鲜卑可就真的完蛋了。”拓跋力微说。

“好吧，我回去跟我们的首领说。”

“我相信你们的首领是个明白人。你记住这个图了没有？”

“记住了。”

七

拓跋力微带着士兵在前面，窦宾带着人马紧紧跟在后面。这样就形成一种局面，弄不好送死的是拓跋部，而逼迫他们去送死的是没鹿回部。

拓跋力微勒住马回头看了看，窦宾的人马与他保持着十里左右的距离。阿盖抖动马缰跑过来了。

“真是欺人太甚了。”阿盖说。

“他们是在找死。”拓跋力微说。

“不过我们应该把话说在前面。到时候别怪我们。”

“这个办法倒不错。你去跟他们谈吧。”

正是初春季节，大河刚刚解冻，浑浊的河水哗哗地向东流去，水中偶尔还可以看到巨大的冰凌。阿盖沿着河岸策马奔到了没鹿回部人马的前面。他这匹马性子烈，他勒住缰绳想让它停下来，它却暴躁地旋转着，嘶鸣着，用两条后腿直立起来，马鬃像一面旗帜一样飘扬着。

“你是谁？来干什么？”走在最前面的几个士兵大声问道。

“我是拓跋部的阿盖。我找你们带兵的长官说话。”阿盖怒气冲冲地说。

“哦，您就是阿盖大人……”

那几个士兵向后跑去。过了一会儿，速侯、回题两个人出现在他面前。

“什么事？”回题问。

“你们也太不够意思了吧？怎么跟得这么紧，像赶一群羊似的赶着我们走？你们是不是担心我们半路跑掉？”阿盖说。

“咱们不是说好了吗？你们在前面，我们在后面。”速侯说。

“别拿这样的话搪塞了。谁还看不出来？你们这是不信任我们，是逼着我们去跟敌人决战。”

“其实，你带好你的兵就可以了，至于我们走在什么地方，怎么走，并不需要你操心，这事不归你管。”回题口气也很硬。

“好，你别后悔。”阿盖说。

“我当然不后悔。”回题说。

阿盖策马远去。他跑出很远，又回过头来，骄傲地笑了笑。

“一只小雏。”回题恶笑着说。

速侯的表情却很复杂，说：“你听明白没有，他说了什么？”

回题说：“他那是狗叫。”

速侯说：“他刚才说，你别后悔。你难道没有听到吗？”

“当然听到了，我回答说不后悔。”

“你没有看出来吗？那家伙很自信。”

“那是装的。”

“也许，我们真应该提防一点什么。”

“还提防什么？在敌我双方中间夹着拓跋部呢。”

“不对，我总感到一点不对劲。”速侯望着前面沉思起来。前面拓跋部的人马在鱼贯而行。初春季节，北方的大地一点绿色都没有。大河轰鸣着一刻不停地奔流。

“刚才那个阿盖为什么突然来找我们？”速侯问弟弟。

“因为他生气。”回题说。

“生气？”

“我们逼他们在前面走，还要逼着他们与西部鲜卑正面作战。他不生气才怪。但生气有什么用？他什么办法也没有。”

“一个带兵的将领，因为生气就来跟我们吵架？”

“那你说他干什么来了？”

“他好像……有那么一种……把丑话说在前面的意思。”

回题没有说话，速侯也再没有说什么。这样又走了两天，前面终于打起来了。

速侯和回题策马跑上一个高坡，看到前面十来里的地方拓跋部与西部鲜卑在混战。马蹄扬起的尘埃遮天蔽日，士兵们的呐喊惊天动地。按说，没鹿回部这个时候应该从两侧包抄过去，使西部鲜卑三面受敌。但速侯和回题都没有下达这样的命令，因为他们本来就没有跟西部鲜卑直接接触的打算。

这时候窦宾过来了。

“你们怎么停在这样一个地方？”他严厉地责问两个儿子。

“怎么了？”回题问。

“你们自己看看这地形。”窦宾说，“这里是个河湾，三面都是河。一旦拓跋部顶不住，西部鲜卑冲过来，我看你们往哪里退却！”

速侯、回题兄弟俩听了父亲的话，又看了看周围的地形，也吓出了一身冷汗。要是真的像他们的父亲说的，西部鲜卑突然冲过来，他们就不会有任何回旋余地。

“必须马上撤离这个地方。”窦宾说。

八

阿盖不断地回头望着没鹿回部人马的动静。他看到速侯和回题带着人马在河湾处踌躇不前。“真是两个蠢货！”他骂道。如果他现在立即撤出战斗，西部鲜卑的军队就像潮水般向没鹿回部压过去，没鹿回部就可能全军覆没。但阿盖并不想让他们现在就陷入灭顶之灾。西部鲜卑和没鹿回部不管哪一方取胜都会破坏目前三角鼎立的状态，那样对拓跋部没有任何好处。他希望这次战斗是一次没有胜利者的战斗：双方打一打便各自撤离。当然他也希望没鹿回部受一点损失，接受一点教训，让他们明白太滑头没有什么好处。

前面仍然是杀声震天，尘烟四起。但阿盖知道那是假的，双方没有损失一兵一卒，只是在那里举着战刀骑着马，喊叫着跑来跑去。按照阿盖的想法这样的游戏应该适可而止，但速侯和回题两个人带着他们全部人马仍滞留在河湾。要是阿盖现在带着人马撤离，西部鲜卑就很有可能将速侯和回题以及他俩统领的全部人马赶进河水里喂鱼。

阿盖的脸色突然凝重了起来。他首先想到的是没鹿回部对拓跋部的种种蔑视与欺辱。这口气他已经憋了好几年了。要是拓跋部真的太弱，真的不如没鹿回部，他也没说的。但他确实看到自己的拓跋部比没鹿回部强得多，却一直在没鹿回部面前俯首帖耳，心里就产生巨大的不平衡。一群猛虎在一群蠢牛面前俯首帖耳？凭什么？

他把传令兵叫来，说：“传我的命令，撤出战斗！”

“是！但是……”传令兵吃惊地说。

拓跋部作战，每次都将作战意图告知每一个士兵，为的就是大家有一个统一的目标，大家都自觉地为最终目标努力。这个传令兵显然是个明白人，他知道现在撤出战斗不符合当初的作战意图。

“但是什么?”阿盖喊道。

“没鹿回部还在河湾里呢……”

阿盖痛苦地闭上了眼睛。这是消灭没鹿回部的一个绝好的机会!但却不符合这次作战意图。

“好吧，你现在就去通知没鹿回部，让他们赶紧撤出河湾。你就对他们说，我们已经顶不住了。”阿盖说。

传令兵骑着马跑去了，阿盖一直在后边看着。当他看到传令兵快跑到没鹿回部那里的时候，他又叫来一个传令兵命令道：“立即撤出战斗!”

拓跋部的士兵很快撤到了战场的一侧。西部鲜卑从阿盖的眼皮底下冲了过去，冲向河湾。

第六章

“一点都不错，长城那边真的就是大海，那海深不见底。但我们的骑兵并没有被大海吞没，而在大海里搅起惊天巨浪——至少，一开始是这样，因为一支小小的骑兵队伍的进入，那里掀起了层层浪花……”阿盖说着。

“是呀，是呀。奥拉那小子，真是个好样的，比他那个有勇无谋的父亲筑如强多了。”拓跋力微笑呵呵地说。

当年他们派进晋国的是三百名铁骑，为首的是一个二十多岁的年轻人，叫奥拉，是被拓跋力微砍了头的好汉筑如的儿子。

那还是筑如被杀后不久的事，拓跋力微有一天出去巡视，回来时顺路去见桦娜。正好有一个年轻人在桦娜那里喝牛奶。

“你不认识他吧？他是筑如的儿子，叫奥拉。”桦娜对拓跋力微说。

“你知道我是谁吗？”拓跋力微问那个年轻人。

“你是拓跋力微首领。”奥拉回答。

“你的生活怎么样？”

“没说的，好着哪。”

“有困难一定要找我。”

“首领你不用这样说。我父亲是一条好汉，你也是一条好汉。你把我父亲杀了，那只不过是一个好汉杀死了另一个好汉，仅此而已。你不必为这个事情对我表示额外的关心。”奥拉说。

拓跋力微惊呆了。只有真正的鲜卑人才会这样想，他想。那次出兵晋国，拓跋力微一下子就想到了奥拉。他甚至认为，完成那样的使命，非奥拉莫属。奥拉没有辜负他的希望，带着铁骑风卷残云般地进入晋国，把一个平静得像死了一般的土地搅得鸡飞狗跳。三百名铁骑，就像一股强劲的春风，把覆盖在那里的厚厚的冰层吹松软了，吹化开了……

“首领，当初你打算出兵晋国，我还认为你决定得太草率了，后来我才想明白了，那可真是大手笔。”阿盖说。

拓跋力微感叹道：“晋国的那个使者突然来访，那是一次非常偶然出现的机会，那种机会要是抓不住，那就再也不会出现了。但我们却抓住了那个非常偶然的机会。”

“那不是一箭双雕，而是一箭三雕、四雕。”阿盖说，“我们不仅在长城以内有了一支充满活力的同盟军，还完成了对窦宾没鹿回部的两面牵制，还把我们拓跋鲜卑的主张扩散到了更为广阔的地方，我们的影响力不知扩大了多少倍。”

“不错，不错，那是我这一辈子最得意的一件事。”拓跋力微点着头说。

他突然抬起了头，双目炯炯有神。从四十六岁到七十九岁之间那漫长三十三年的好多事情，似乎突然显现在他的脑海里：

桦娜的两个儿子突然不见了，后来才得知他们都爱上了没鹿回部的姑娘；

为了打掉没鹿回部那种咄咄逼人的态度，他开始与西部鲜卑谈判；

他终于明白自己的母亲是谁，还知道自己有个哥哥；

他最后消灭了西部鲜卑；

打进晋国的奥拉回来过一次……

一

“我那两个儿子好几天没有回来了。”桦娜跑来对拓跋力微的大夫人说。

“你急什么呀？拓跋鲜卑的男孩子长大了，哪个不是那个样子？”大夫人正在为儿子沙漠汗扎腰带。沙漠汗已经十岁了。

“你是说……？”

“还用问吗？他们是找姑娘去了。”

“真是两头小公牛。”桦娜骂着笑起来，她已经不像刚才那么着急了。

但是，回去以后桦娜还是希望两个儿子快点回来，因为她是第一次一连十来天见不到儿子的面。过了一些天，回娘家的嘎洛才带回消息，说桦娜的两个儿子在没鹿回部。

嘎洛是把这个消息告诉大夫人的，大夫人又立马跑去把这个消息告诉了桦娜。

“这两个畜生，跑那里去干什么？”桦娜气愤地问。

“去追姑娘呀。”大夫人说完哈哈大笑起来，“这说明你的两个儿子已经长成男子汉了。”她又说。

桦娜也扑哧一声笑了，她边笑边骂道：“我怎么就生出了这么两个没皮没脸的东西。”

“行了桦娜，你我都不算年轻了，但也是从年轻时候过来的。咱们就让他们按照自己的想法折腾去吧。”

“也只能那样了。”桦娜笑着。

又过了一些天，两个儿子终于回来了。桦娜望着容光焕发的两个儿子既高兴又伤心。

“你们终于长成大男子汉了。”她说着笑了起来，“你们不要妈妈了，你们成天思念的是妈妈以外的女人。”她说着又哭了起来。

两个儿子并不安慰她，甚至都没有理睬她的唠叨和哭笑，完全像两个大男人那样若无其事地抽着烟。

“好了，你们是这样地没心没肺，简直就是两匹狼。”桦娜骂着，去为两个儿子准备饭菜。

过了一些天，两个儿子又要走了。

“你们什么时候回来？”桦娜一边为他们准备行装一边问道。

“说不准，看情况。”两个儿子说。

“好吧，你们想走多长时间就走多长时间。”桦娜说，“不过你们必须做拓跋鲜卑的英雄，别忘了你们的爸爸是什么人。”

她分别在两个儿子的额头上亲了亲。两个儿子什么话也没有说，骑上马走了。

二

阿盖深夜来找拓跋力微。正站在军帐中央思考着什么的拓跋力微回过头来望着他。阿盖看到军帐的一个角落里支着一张床，嘎洛钻在被窝里正在床上呼呼大睡。这个美丽而任性的女人现在已经近三十岁了，她仍然很随意，有些夜晚拓跋力微正在军帐内彻夜思考或者商谈，她就跑来睡在他的身边。

“没鹿回部派出三百轻骑已经进入木纳山口了。”阿盖说。

“他们想讨伐我们？”

“至少是要威胁我们吧。”

“我们派铁骑进入晋国没有得到他们的允许，他们很恼火。”拓跋力微沉思着说。

“人家反正来势汹汹了，我们怎么办?”

“他想威胁我们，我们难道就不能诈诈他们?”

“拿什么诈?”

“拿西部鲜卑。他们有没有什么动静?”拓跋力微问。

“一点动静都没有。蒲头那家伙软硬不吃。”阿盖说。

“现在会有动静的。”拓跋力微说。

“是吗?”

“是的。蒲头大人他一直在等待没鹿回部与我们之间发生摩擦。现在摩擦已经出现了，他不会放过这个机会的。”

“您是说，现在的情况对西部鲜卑是一件好事?”

“对我们也是好事呀。”

“是吗?”

“你会下棋吧?”

“会呀。”

“那你应该懂得，一个棋手最怕的是遇到一盘死棋，每个棋子都待在原地不动，没有进攻，没有撤退，格局没有变化。遇到这种情况你什么办法也没有。但一旦棋子开始动了，格局开始变化了，那你就有用武之地了。”拓跋力微说完，哈哈大笑起来。

“我明白了。”阿盖也笑了，“那现在怎么办?”他又问。

“等待。等待西部鲜卑的消息。”

三

没鹿回部的三百轻骑正走在木纳山峡谷里，带兵的是嘎洛的大哥速侯。

窦宾一听说拓跋力微派兵入晋的消息就气坏了，认定这是拓跋部对没鹿回部的挑战。于是召集他的部下和两个儿子商量对策。

“我们必须教训教训拓跋力微，让他今后夹着尾巴做人。”窦宾说。

大家都同意“教训”拓跋力微，但在具体怎么“教训”的问题上却发生了意见分歧。

“叫拓跋力微自己过来认错，让他保证以后有什么行动必须先来报告，得到我们的同意后才能行动。”有的说。

“叫他来？他不来怎么办？”有人问。

“费那个劲干什么？我说我们干脆打进去，把拓跋力微赶下台，我们把拓跋部统管起来算了。”回题喊道。

“蠢货！”窦宾骂儿子。

速侯比弟弟聪明得多，他提议派兵穿过木纳山，但不打。他说这样一来拓跋力微肯定很害怕，会自己跑来认错的。

事情就这样定下来，速侯自己带兵出发。

山谷里很静，也很闷热。速侯的队伍一个个汗流浃背。他们不用担心遇到抵抗，其实也真的没有人来找他们的麻烦，因此显得很懒散。

“糟糕，要下雨了。”有人说。

“什么？”有人问。

“你看那云头。”

于是大家都抬起脑袋。峡谷两边是刀削般的悬崖峭壁，左边的峭壁上头真的出现了浓黑的云头，像个巨大的怪物探出脑袋在窥视着这些骑兵。

“我满身是汗，要是真的让雨浇一顿，非生病不可。”一个人说。

“生病倒无所谓，怕就怕山洪下来，把咱们都冲走。”又有人说。

走在前面的速侯听到他们的议论，回过头来笑着说：“小子们，加快速度跑起来吧，肥肉好酒在等着咱们哪。”

说完他朝着马屁股打了一鞭跑了起来。于是大家都跟着跑，山谷里响起了急促的马蹄声和人们的笑声、叫声。他们真的相信好酒好肉在等着他们，也许还有姑娘。出征却不是为了打仗，而是去做做样子，是为了吃喝玩乐，天底下竟然还有这样的好事，这好事却让他们遇上了！

他们终于在大雨来到以前抢先穿过了山谷。前面是一望无际的大草原了。再回头望去，木纳山已经被雨雾笼罩了。

“找个高处，把帐篷搭起来，把旌旗插起来，吓死他们。”速侯兴高采烈地喊道。

前面的草原静悄悄的。

四

“他们真的来了。”阿盖对拓跋力微说。

“在哪儿?”

“出了山口，就安营扎寨了。”

“够蠢的。”拓跋力微说。

“怎么了?”

“他们暴露了意图。”

“怎么暴露了?”

“你想啊，他们为什么不打进来，而是在我们的边沿上摆开了一种架势?那不是等于告诉我们，他们的意图并不是真的要打，而只不过来威胁我们，让我们去求他们吗?”

“是这样。”阿盖说，“那我们怎么办?”

“别理他，就像没有看见他们似的。”

他们是牵着马站在河边上说话，太阳在头顶上晒着，河水在哗哗地流淌。两匹马为了躲避马蝇的袭击，一直在摇头晃脑。阿盖突然看见有一个人朝他们走过来。

“他来了。”阿盖说。

“谁?”

“西部鲜卑的俘虏。”

拓跋力微也看见了那个人。真的一点都不错，过来的那个人正是那年他亲手放掉的那个俘虏。

当年的俘虏来到他们面前就跪下了。

“拓跋力微首领……”

“你带来了什么消息?”拓跋力微问。

“蒲头大人的使者要来见您。”

拓跋力微一听这话便哈哈大笑着说：“一盘死棋终于走活了。”

那是一个漆黑的夜晚，拓跋力微在军帐里来回踱着步，不知为什么觉得很烦躁。按说，比起刚即位那时候他已经经历了很多凶险，也已经相当自信了，他现在连老奸巨猾的窦宾都不放在眼里了，他不应该显得这样心神不宁。不就是会见西部鲜卑的使者吗?

但不知为什么，他就是感到烦躁不安。

“把嘎岱老人和阿盖请来。”他朝着帐篷外边喊道。

站在门外听候吩咐的侍从很快把那父子两个人叫来了。嘎岱显然比十多年前老了许多。

“你们两个陪我会见西部鲜卑的使者。”拓跋力微说。

过了好久，帐篷外边传来很重的脚步声，一个大汉走了进来。他就是西部鲜卑的使者，看样子已经六十开外的年纪，但却显得很健康。这个人还有一个非常明显的特征，那就是他左脸上有一条斜斜的伤疤。

一看到这个人，拓跋力微几乎倒吸了一口冷气。不是因为别的，是因为眼前这个人具有一种说不清楚的气质。这无疑是个十分强悍的人，同时明显表露出一种怯懦和自卑，他有一种粗犷而坦然的表情，说明他是一个经历过千锤百炼而且经验丰富的人，但同时又表露出浮躁和紧张。更使拓跋力微吃惊的是，这个人怎么看都有一种拓跋部族特有的神态。

拓跋力微望着他发呆，在最初的一刹那他甚至想：他难道是一个拓跋鲜卑吗？

“你可以坐下说话。”嘎岱老人冷冷地说。

“坐不坐无所谓。我是来传达我们蒲头大人的建议的。”使者说。

“那你说吧。”拓跋力微似乎才缓过神来。

“我们的蒲头大人认为，没鹿回部已经形成对你们的威胁，因此我们应该互相依靠。”

“你的首领说的是一种联合，但联合到什么程度？是明着联合还是暗中联合？”阿盖问道。

“联合到什么程度不好说，至少我们不可能联合出兵打没鹿回部吧？我们倒是愿意那样做，但你们不会同意的。因此，我们的联合是一种暗中的联合。”

“我们同意。”阿盖说。

“既然你们同意，那我们双方应该有所行动，不能只说空话。”使者说。

“我们不会联合没鹿回部打你们，即使要打，我们也会给你们传递消息，而且我们也不会真的去打你们，只是做做样子。你们呢？当我们受到威胁的时候，请你们来牵制一下没鹿回部的力量。”阿盖说。

“那是不是就这样说定啦？”使者看着一直沉默不语的拓跋力微的脸问。

“他们刚才说的都是我的意见。”拓跋力微说，“你们大概已经知道了，没鹿回部的军队已经驻扎到我的家门口了，你们打算怎么办？”

“你的想法呢？”

“我看你们也派一些骑兵来，驻扎到他们附近。到时候我会派人去慰劳你的兵。”

“好吧。”

会见结束，拓跋力微看着西部鲜卑的使者走出帐篷。

黑暗中，阿盖送父亲回帐篷。草原上的夜风带着牧草的气息，远处一个拓跋鲜卑人在唱歌，那是一个高亢的男音。他大概是一个牧马人，也许是一个夜里巡视的哨兵。

“爹，不对劲呀。”阿盖说。

“怎么了？”

“首领今天晚上几乎一言不发。”

“哦……”

“我还注意到，您一直盯着那个使者看。”

嘎岱老人埋着头一直在走，也不说话，这样走了好久他才转过身来问儿子：“你看今天晚上来的那个人像个使者吗？”

“真的不像。要是让那样的人只当使者，那真的是大材小用了。”阿盖说。

“那你说他像个什么人？”

“至少应该是一个头领。”

“其实，他就是西部鲜卑的首领。”嘎岱说。

“什么？他就是蒲头？”

“是。我一眼就认出了他。”

“你认识蒲头？”

“当然认识，我是看着他长大的，一直长到十五岁。”

“怎么回事呀？”阿盖越听越糊涂。

嘎岱老人叹了口气说：“咱们坐下说吧。”

父子俩坐在柔软的牧草上。远处的那个人仍在唱歌，歌声随着夜风传来，时断时续。

“哎，你知道蒲头是谁吗?”嘎岱对儿子说。但他没有等儿子回答，说：“蒲头就是拓跋力微的亲哥哥呀。”

“什么?”

“这件事，连拓跋力微都不知道。因为诘汾首领杀了蒲头和拓跋力微的母亲，蒲头连夜逃出去的时候，拓跋力微还不到一岁呢。”

“还有这事?”

“拓跋鲜卑刚刚开始南下，那时候争论多激烈呀！可是咱们诘汾首领的决心是不可动摇的，他坚决南下。当时，一些人就想暗杀诘汾首领，为首的不是别人，正是蒲头和他的母亲，就是诘汾首领的夫人和大儿子，也就是拓跋力微的亲生母亲和亲哥哥。”

“天啊!”

“他们母子还没有来得及动手呢，诘汾首领却先动了手。他要先把蒲头和拓跋力微的母亲杀了，蒲头却趁机逃脱了，他带着很少几个人，但一路上召集了不少分散的鲜卑，一直逃到了朔方。”

“哦，明白了，这样才编造出一个拓跋力微是天女的儿子的说法。”阿盖说。

“是啊，那是诘汾首领的计谋。很长一段时间，‘诘汾无妻家，力微无舅家’的说法广为流行。意思就是那‘妻家’和‘舅家’不在人间在天上。这真是一个非同一般的计谋，一则堵死了蒲头将来夺权的可能，因为拓跋力微当首领是‘天意’。二则掩盖了拓跋力微母亲被杀的事实。”

“原来，一个民族的崛起需要有血腥伴随。”阿盖仰天长叹。

“我再告诉你，蒲头原来并不叫蒲头，他叫匹狐。”

“匹狐?……那他是不是也认出了你?”

“肯定认出来了。”

“拓跋力微首领不知道这件事吧？今天晚上他怎么神情有点异常?”

“他肯定听都没有听说过这个故事。但我敢肯定，今天晚上见到那个使者的时候，他有了一种奇特的感觉，因为他见到的毕竟是他的亲哥哥。”

现在，帐篷里只留下拓跋力微一个人了。一种从来没有过的奇特的感觉在折磨着他。这是怎么了？

烦躁、自卑、孤独等等感觉在他胸中混杂着，汹涌着。他知道，自听到西部鲜卑的使者来访的消息以后这种感觉就开始出现了，而当那个使者真的站在他面前的时候他的这种感觉已经达到了顶点。

那个使者的样子一直在他的脑海里晃悠着。他觉得那个人身上有一种说不清楚的震撼力，但他又不明白那震撼力究竟是什么。只有一点他清楚，那就是他感觉到那个使者有点面熟，但又怎么也想不起来在什么时候什么地方见过。

他知道自己不可能见过西部鲜卑的人！

嘎洛进来了。

“刚才出去的那个人是谁呀？”她问。

“不是嘎岱和阿盖吗？”

“我不是说他们，我说的是在他们前面走出去的那个人。”嘎洛说。

“哦，那是西部鲜卑的使者。”

“是吗？我还以为是你哥哥呢。”嘎洛说着笑了起来。

“什么？我哥哥？”

“你不觉得他长得跟你太相像了吗？”

“啊！……”他轻轻地叫道。

他终于开始明白了，使他感到不安的是那个使者的长相，那个人的长相实在是太像他的父亲诘汾了！

多少年以前的那一幕突然出现在他的记忆里，那是筑如被砍头时候的情景：

“我现在告诉你，你根本不是什么天女的儿子。你是诘汾首领的大老婆生的，你母亲就是被你父亲杀死的。”筑如当时红着眼睛喊着。

“是吗？”他当时问了一句。

“你父亲真是个铁石心肠。他不仅杀了你母亲，还差点杀了你的哥哥。但你哥哥逃脱了。”

“我的哥哥？他在哪儿？”拓跋力微当时着急地问。

但筑如再没有说话，被砍头了……

现在，一连串的问题一个接一个跳进了脑海。我真的有个哥哥吗？那么他在哪里？他是不是逃到了朔方？他是不是就是刚才那个人？

“你现在先喝点酸牛奶，完了睡觉。”嘎洛说。

他这才想起嘎洛已经来了，便抬起头看着她。发现她是穿着装饰华贵的宽松的睡袍进来的，肯定刚刚在河里洗过澡，甚至她湿漉漉的头发上现在还挂着水珠。

“啊，你先一个人睡着，我……出去一下。”他慌乱地说着，走出帐篷。

为了追上那个使者，他快速地冲下草坡，为了抄近路他甚至脱掉靴子挽起裤腿涉过坡下的小河。但一直追到出入口那个地方，他仍然没有追上那个人。

“啊，首领……”出入口上站岗的哨兵看见了他。

“你看见一个人从这里出去了吗？就是刚才。”他问。

“他刚刚出去，已经骑上马走了。”

“是吗？”他很失望。

“不过首领，他给您留了一件东西。”哨兵说。

“什么？”

哨兵拿出一件东西递给他。他把那东西放在手掌上看，因为天黑看不太清楚，但他凭感觉就明白，这是一个小牌子，是刻着“鲜卑兽”图案的小牌。

“啊！……”他在心中大喊，想起了筑如临死的话。

“将来你要是能够见到你的哥哥，那么你会发现，你哥哥的脖子上也挂着跟你一样的鲜卑兽小牌。”筑如就是这样说的。

“他还给你留下一句话，说要是你有兴趣，三天后月圆的夜晚，他在木纳山口那边等你。”哨兵说。

当拓跋力微去追赶那个使者的时候，嘎洛已经来到小河的拐弯处。她在这里等一个人。这个人是她资助过的那些穷人里边挑选出来的，一个对她无限忠诚的人。

现在那个人过来了。

“夫人……”

“你现在就去见我的父亲，拓跋力微首领跟他的哥哥已经相认了。”

“我现在就去。”那个人走了。

嘎洛在河边站着，冰凉的晚风吹着她的脸，也吹着她脸上的两行泪水。

五

拓跋力微事后才知道那天晚上那个人离去的情景：

一个粗壮的汉子骑着马，在木纳山北边夜色浓重的草原上奔驰着。

他是个心中装满了痛苦的人，同时又是一个永远不服输的人。在很多情况下他的心坚硬如铁，但偶尔又显得软弱而多疑。命运对他实在是太不公平了，父亲杀死了他的母亲，还要杀他。为什么？就是因为他和母亲反对拓跋鲜卑南下。他和母亲并不是为了私利，而完全是为部族的前途着想，结果却遭此厄运。他逃到了朔方，不顾一切地扩大自己的势力，终于能够称霸一方了，但他却没有明确的目标，没有明确的盟友或者敌人，他只知道这个世界上很多人都想吞掉他。但他逃到朔方扩大势力，难道仅仅是为了不被别人吞掉吗？

现在他伏在马背上哭了。

这以前他大概总共哭过两次，头一次是母亲被杀的时候。他爱自己的母亲，当然也很爱自己的父亲，但父亲却将他母亲杀死了！他突然明白这个世界真是太残酷了，因此他哭了。第二次是当他听到父亲宣布西部鲜卑是拓跋鲜卑永久的敌人的时候。不错，那时候他仇恨父亲，但内心深处却又在热爱着父亲，甚至在潜意识里还盼望着有朝一日与父亲和好。但父亲宣布他是永久的对头。他绝望地哭了。

险恶的环境和不服输的性格使他练就了敏锐的观察能力和出色的策略意识。这些年他看得很清楚，拓跋鲜卑和没鹿回部形成了联盟而对他造成了威胁。同时他看得更清楚的是，那种联盟形成的根本原因是拓跋鲜卑势单力薄而没鹿回部想趁机扩大势力。他明白这种联盟内部存在着激烈的争斗，因为他知道一切联盟都仅仅是为了自己的利益而形成的。于是他决定与联盟双方的某一方进行暗中联络。他当然懂得必须跟弱的一方联络，因为弱者才需要朋友。

他决心自己当自己的使者，这不仅是因为事关重大，他还真想去看一看拓跋鲜卑，更想趁这个机会见弟弟一面。这个世界上他现在只有弟弟这么一个亲人了。

多么奇特，时隔几十年以后他又与自己的部族相见了，不是在老家，而是在离老家几千里以外的草原上。多么熟悉的乡音，多么熟悉的衣着和面孔，他甚至觉得连空气里都弥漫着熟悉的拓跋鲜卑的气息。他发现嘎岱已经老了，而当年他出逃时还不到一周岁的弟弟现在已经长成了五十多岁的汉子。当时他甚至有了一种冲动：抱住弟弟痛哭一场……

他现在伏在马背上不停地哭着，有几次还发出狼嚎般的悲声。他这次才明白，自己仍然爱着拓跋鲜卑。

但过了几天，在那个月圆的夜晚，在木纳山口与弟弟再次见面的时候，他已经冷静了许多。

“你大概知道我是谁了吧？”他问。

对方用浑厚的声音回答：“知道了，你是我哥哥。”

“坐下吧。”

“坐。”

一轮圆月挂在木纳山的天空，月光下是连绵起伏的山脉的轮廓。弟兄俩旁边的石头泛着青光。两个人坐下后一直沉默着。最后还是哥哥打破了沉默。

“我背井离乡几十年，现在你又来这里寄人篱下。你看这……唉。”他说。

拓跋力微轻轻地笑了，说：“你是想说，本不该这样。”

“是的，本不该这样。”

“你是想说，这都是南下的决策造成的。”

“难道不是吗？如果我们这时候仍然住在故乡的深山密林，你我中间的一个是首领，另一个也肯定是副首领。我们兄弟俩亲如手足，无忧无虑地过日子。你看现在……”

“但现在说这些已经没有意义了。历史，早已让我们变成死对头了。”拓跋力微说。

“不是历史，是我们的父亲。”

“不管是谁吧，反正已经那样了。”

“是啊，无法改变了。”当哥哥的说。

“哥你放心，目前我决不会去打你们。”拓跋力微说。

“这我已经估计到了。但以后的某一天，你我肯定会你死我活一场。”

“是的，这是没有办法的事。”拓跋力微叹了口气。

“好了，不说这些了。咱们谈谈别的吧。”

于是兄弟俩谈起了他们的故乡，谈起了各自的遭遇和爱好，越谈越亲密。后来他们先后躺在石板上，望着天空。皎洁的月亮从高空望着他们。

是哥哥起的头，唱起了古老的鲜卑歌。

一匹马飞来了
马上骑着一个漂亮的姑娘
我迎着她跑过去
幸福就像早晨的太阳

弟弟也跟着唱起来。

一群羊过来了
羊群后边走着一个漂亮的姑娘
我迎着她跑过去
幸福就像皎洁的月亮

他们低沉浑厚的歌声在木纳山山谷中轻轻地回荡着。

啊，故乡的深山密林
我们的父亲和母亲
啊，欢乐勇敢的鲜卑
我心中的太阳和月亮……

天亮前弟兄俩要相互告别了。他们紧紧地拥抱在一起，随即放开手，骑上马朝着两个完全不同的方向走去。

第七章

“阿盖，明天是你父亲的忌日。”拓跋力微突然说道。

“啊，您还记得。”

“当然记得。你父亲的去世，对我来说就像雄鹰突然折断了一只翅膀一样。”拓跋力微说。

在拓跋力微看来，智者和萨满是鲜卑族里边两股出类拔萃的力量，智者代表着智慧，萨满则体现着神秘。正因为有了这两股力量，鲜卑族才显得那么雄厚。要是没有智者和萨满呢？那么鲜卑只不过是一群打打杀杀的莽汉吧，鲜卑们能够想到走出大山走向一个新的世界吗？能够演出这么多有声有色的活剧吗？

嘎岱是拓跋鲜卑智者的出色代表，他将永远怀念他。不管多难的事情，一到嘎岱那里就会变得很容易解决。嘎岱好像什么都提前想到了，就那么微笑着把事情处理了。使他更为感动的是，嘎岱老人永远不参与争权夺利，是那么超脱，那么平静，那么和蔼可亲。那才是真正的智者。

是的，真正的智者！真正的智者是站在高山顶上俯瞰着这个世界的，他们想的是千百年以后的大事情，他们不需要与世俗的人们争夺什么，他们只是想帮助人们把这个世界弄得好一些。

嘎岱有一天让阿盖捎话说，他想见见拓跋力微，想跟拓跋力微聊聊。拓跋力微去了。

"一个首领所面对的其实就是两件事情。"嘎岱说，"就是分与合。分中有合，合中有分。什么时候合或者分，跟谁合或者分，你一定要把握清楚。只要把这件事弄好了，你也就成功了。"

拓跋力微点了点头。

"你还记得你怎么处理那次危机的吗？"嘎岱笑了起来，说，"我指的是你带着阿盖出去走了一趟，回来时筑如跟郎巴闹翻了。那可真是一次可怕的危机呀，弄不好拓跋鲜卑就会分裂。你当时就面临着一个与谁分与谁合的事情。你做得很正确，避免了一次分裂。"

"我真是不得已呀。因为我是首领。"拓跋力微感叹道。

"今后这样的事情还会很多。"嘎岱说，"你一定要清醒，为了部族的利益，该合就合，该分就分，必须当机立断，不能犹豫。一旦犹豫，你就会失去良机。"

"我明白。"拓跋力微说。

"好了，我就想说这些，你也忙，不能耽误你的时间。不过我有个要求，想让阿盖在我这里待到明天早晨。"

"让阿盖在这里陪你好了。"拓跋力微说。

"还有，让你的大夫人也来一趟，我想见见她。她是我看着长大的，是个好孩子。"

"好。"

大夫人是第二天一早哭着跑回去的。她说"嘎岱老伯走了"。

"走了？去哪儿了？"拓跋力微问。

"不知道，他说不用找他。"

拓跋力微突然明白了，嘎岱老人昨天叫他去是跟他告别，老人早已知道自己走到了生命的尽头。

他跑出军帐极目远眺，无边的蓝天和无边的大地之间有一条地平线。他知道地平线那边仍然是无边的蓝天和大地，永无尽头。嘎岱老人已经融入到那里去了……

接着，拓跋力微又想起了那些萨满。人们说萨满代表着天意，而他却认为萨满同时也代表着鲜卑的意志。没有鲜卑能有萨满吗？正因为有了鲜卑才有了萨满，又是因为有了萨满才使得鲜卑们做成了很多常人难以想象的事情。据说父亲诘汾有一次被敌方追赶，偏偏有一条波涛汹涌的大河挡住了他们的退路，父亲急忙问身边的萨满怎么办，萨满说这条河能过去。就因为萨满的这一句话，父亲便第一个走进了河流，其他人也跟在父亲后边走了进去，结果大家感觉到脚底下好像架起了一座看不见的桥一样，很顺利地走到了河的对岸，一看大家的靴子都是干的。归根结底这不是一种意志的体现吗？

那年，一些萨满咒死了他父亲，又对他念起了毒咒，当时他什么办法都没有，唯一能做的就是勇敢地面对，结果他却毫发无损。当时他认为这也许是天意，后来他才意识到那同时也是一场意志的较量。父亲诘汾在毫无防备的情况下送了命，而他却意识到了危险的逼近，而且毫不退让，结果萨满们退却了。

但无论如何，他至今对萨满怀有敬畏。

一

驻扎到拓跋力微眼皮底下的速侯终于沉不住气了，因为没有人理睬他和他的骑兵，更别说有人给他们送来酒肉和姑娘了。他们成天在这里待着，有的在帐篷里睡觉，有的在外边聊天，感到无聊透顶。偶尔也能看到有牧人在不远处放牧，或者有猎人在附近狩猎，但不管牧人还是猎人，好像都没有朝他们这里看一眼。除了聊天和睡觉以外他们唯一而且必须做的一件事就是出去打猎，要不然他们没有东西可吃。

“看来这样他们根本不买我们的账。得逼他们买咱们的账。”速侯恶狠狠地说。

“快行动吧，我们从来没有这样窝囊过。”他手下的骑兵们喊叫成一片。

“小子们，你们要吃好，喝好，完了还要睡好。明天一早我们直逼拓跋力微的军帐，逼他出来见我们。”速侯说。

但第二天一早走出帐篷他就傻了眼。在他的北、东、西三个方向各出现了一处帐篷群落，每一处帐篷群落外边有很多马匹和带着武器的士兵在走动。不用说，他们是昨天夜里赶来的。

“这……这是怎么回事？”速侯嘟哝道。情况再清楚不过了，那三个方向的三处帐篷已经形成了对他的合围态势。

他命令自己的队伍准备投入战斗。现在只有南面没有出现帐篷，他可以从那里撤回木纳山谷。但他又有点不甘心。他本来是为了吓唬他人来的，现在无论如何不能自己吓跑吧？那真是太丢人了。

但他在这边摩拳擦掌准备战斗，而那边三处人马却似乎没有跟他打仗的意思。他们有的在整队训练，有的在晾晒衣服，有的在闲溜达。速侯没有了办法，只好派出几个人去那些帐篷那边，看看他们是什么人，究竟想干什么。派出去的人有的回来说，那些人是西部鲜卑的军队。速侯惊奇地睁大了眼睛，怎么也想不明白西部鲜卑来这里干什么。

到了中午，远处又过来二三十个人，他们骑着马赶着羊群，挨个地走过那三处帐篷。他们每到一处总是要热闹起来，帐篷外边炊烟飘荡，人们在那里唱歌跳舞。微风在草原上随意地吹荡着，把远处的欢歌笑语不断地往速侯这边送来。这边有的士兵甚至还说，随风飘来的似乎还有鲜羊肉的香味。

派出去的侦探们又回来报告，那是拓跋部的阿盖在带人慰劳西部鲜卑的士兵呢。

速侯怔怔地站了很久。这究竟是怎么回事？难道拓跋部与西部鲜卑联合起来了？那么这又意味着什么呢？他思索着。不管怎么说他已经意识到，在这里继续待下去是太危险了。但他仍然不愿意悄悄地撤走，那不是让拓跋力微笑掉大牙吗？

“立即启程，我们直接去见拓跋力微。”他恶狠狠地说。

他们在草原上疾驰了一个下午再加上一整夜，于第二天清晨到了拓跋力微军帐下的河边。一个侍者闻声从高坡上一边穿衣服一边走下来。

“你们是什么人？有什么事？”那个人走到速侯他们跟前问。这个人好像还没有睡醒，显得睡眼惺忪，稀里糊涂。

“我是没鹿回部的速侯，专门来见拓跋力微。让他出来迎接我。”速侯生气地说。

“哎呀呀，首领还在睡觉呢。你们在这里等吧。”那个人说完回头走去，好像急着要回去接着睡觉。

“你说什么？让我在野外这么等他？混蛋！你立马把拓跋力微给我叫起来。”速侯咆哮道。

“好吧，我去叫。不过你怎么也得等几个时辰，我们的首领起床很慢。”那个人说着向高坡爬去。

太阳升起来了，越升越高。速侯在那里一直骂不绝口：“这样的混蛋还当侍者，我非让拓跋力微当着我的面把这个混蛋的脑袋砍下来不可。”

过了好长时间，终于有一个人又从坡上下来。一看那正是拓跋力微。他也跟刚才那个人一样边走边穿衣服，还不时地揉揉眼睛。

“简直是不成体统，这样来迎接我。”速侯暴跳如雷，这当儿拓跋力微也走到了跟前。

“你怎么来了？这么突然。”拓跋力微站在速侯马前，眯起眼睛问。

“你在问我吗？我来了好多天了。”速侯说。

“好多天了？是吗？干什么来了？还带着这么多人马。”

“你别问我干什么来了，我先问你，西部鲜卑的军队怎么到你的地盘上来了？”速侯问。

“你看见他们啦？”

“我差点被他们包围了。哼！”

“哎呀，那可太危险了，他们很能打呀。你忘了？那年他们把我的岳父大人追得把靴子都丢了，幸亏我搭救了一把……”拓跋力微说着皱起了眉头，“多危险呀！你们干什么来冒这个险？”

“我倒要问你，西部鲜卑的军队怎么就在你的地盘上？”速侯又把刚才的话提起。

“他们是来训练的。怎么？这是我的地盘，你不是也来了吗？”

“你这是背信弃义！”速侯大喊。

“没有，没有。”

“我要警告你，我们会让你为自己的行为付出代价的。”

“你越说越没有边了。这些事我们以后谈吧，今天我忙得很，你回去吧。”

“什么？回去？你……”

拓跋力微伸了伸懒腰，走了。速侯气得浑身发抖，恨不得追过去砍倒拓跋力微。

二

拓跋力微召集各分支头领议事。

那是一个上午，那些分支头领一个个显得兴高采烈，因为速侯带着士兵灰溜溜地回去了。这些年，这些头领心里一直憋着一股恶气，总是觉着没鹿回部欺人太甚了。现在他们出了这口气，有一种终于挺起腰杆的感觉。因此，还没有等拓跋力微开口说话，这些头领就大声议论起来。

“我们终于熬出头了。”一个说。

“谁说不是呢，速侯撤兵，西部鲜卑求和，说明我们已经够强大了。”

“我看我们干脆打几个大仗，把窦宾和蒲头都吃掉算了。”

“这个主意不错。要不然也够麻烦的。”

他们说了好一阵，才发现拓跋力微沉着脸坐在军帐里首领的位置上，于是大家都住了嘴，看看首领说什么。

“你们想到没有？没鹿回部一定不会善罢甘休的。”他说。

“那倒有可能，但怕什么？让他们来，我们打就是了。”一个头领说。

“打？我们打得过他们吗？”拓跋力微问，“你们究竟知不知道，他们兵力雄厚，不仅人数比我们多得多，武器也比我们精良。”

“那也得打吧？人家打来了，我们总不能逃跑吧？”

拓跋力微听了这话似乎更不高兴了，说：“我们即便真的把没鹿回部吃掉，那也会付出很大的代价。到那时候，还没有等我们喘过气来，西部鲜卑肯定会来打我们。你们想到没有？结果最后得利的是西部鲜卑。”

“哎呀呀，这倒有可能。西部鲜卑不会放过那样的机会。”有人说。

“那……怎么办呢？”

大家都望着拓跋力微。

“所以我们必须想出一个办法。”拓跋力微说，“他来打，让他打不成，我们自己却能够不断壮大。”

头领们大概觉得首领说得有理，都不说话了，等着他继续说下去。这些头领如今已经很佩服拓跋力微了，他们经过这些年的经历终于意识到，没有拓跋力微就没有拓跋鲜卑的今天。

“阿盖，你给大家说说情况。”拓跋力微说。

阿盖站到众头领面前，并把他自己制作的羊皮地图挂了起来。他从上午一直讲到中午，才使得这些得意忘形的头领们沉思起来。

“你们现在回去后，必须准备随时行动。”拓跋力微最后说。

等分支头领们走了以后，拓跋力微和阿盖长久地凝视着羊皮地图。

“我知道你在看什么。”拓跋力微说。

“我也知道您在看什么。”

“你怎么知道的?”

“因为我们两个人看的是一个地方。”阿盖说。

“什么地方?”

“木纳山山口!”

秋天的冷雨下个不停。拓跋力微带着阿盖和一部分分支头领冒雨来到木纳山山口。他看着山谷里雨雾弥漫，道路两边的灌木在雨中瑟瑟发抖。

战马被浇得浑身湿透。他们都披着斗篷，雨水仍然在他们的脸上流淌着。如果现在是夏天，遇到这样的雨是一件很惬意的事，大家都会感到透心的凉爽。但现在是深秋，一下雨就感到冷得要命。

“这是来犯者的必经之路。”拓跋力微用马鞭指着山口说，“对付来犯之敌我们有两种办法，一种是重兵把守山口，另一种是放敌人进来。我主张用第二种办法。”

大家都不说话，等他继续说下去。有些头领脸上出现了惊异的表情。

“这山口就是一道门呀，我们先不要着急关门，把敌人放进来以后再关门。你们知道吗？一条最为凶猛的狗，在门外狂吠的时候是非常厉害的，但它一旦被关在毡包里，嘿嘿，那它可就老实了。”拓跋力微说着，“你们要清楚，这道门不仅仅是我们拓跋部的门，同时也是木纳山后其他各部落共同的大门。所以，没鹿回部如果真的打进这个大门来，那他们所侵害的并不是我们拓跋部一家，而是好多家。”

“那怎么办?”一个头领问。

“我说的意思是，这是我们与山后那些部落搞好关系的极好机会。我们可以让山后各部落明白，没鹿回部不单单是拓跋部的敌人，同时也是他们的敌人，而我们拓跋部却是他们的朋友。”

“我说首领，现在的情况是我们连自己都顾不过来了，还考虑他们那些部落干什么？有必要吗?”一个头领说。

“非常有必要。你们听着，我们将来不仅要打过木纳山，打败没鹿回部和西部鲜卑，还要建立一个国家。到那个时候，那些部落都应该是拥护我们的。”拓跋力微说。

“啊！……”大家欢呼了起来。这些天来这些头领心里是沉重的，一开始他们是想一鼓作气打进木纳山以南，彻底消灭没鹿回部，后来看来不行了，他们又主张关死木纳山山口，不让敌人进来，但首领又不同意。现在首领的几句话就让他们看到了希望，而且是一种大希望，他们立即兴奋起来。

“现在最重要的是消息的传递。”拓跋力微说，“敌人每天的动向我们必须了如指掌。这事请阿盖负责。”

阿盖就站在他身边，一听这话便说：“我会办好这件事。请首领放心。”

天色很快暗下来，雨仍在下。

“首领，帐篷已经搭好了，去休息吧。”一个人跑过来说。

拓跋力微的几个随从在山里找到了一个避雨的地方，在那里搭好了帐篷，还把肉都炖好了。

“啊，你们先过去吃吧，别等我。我和阿盖还有点事。”拓跋力微说。

拓跋力微带着阿盖朝着山谷深处走去。山谷里雨小了一些，但雾却很大，能见度特别低。他们就在浓雾中疾驰着。山谷越走越深，两边的峭壁越来越高，马蹄声带出了空洞的回响。

拓跋力微终于勒住了马。

“记得这个地方吗?”他回头问阿盖。

阿盖想了想，突然明白了，这是他和拓跋力微第一次遇见嘎洛的地方。

“记得。”阿盖说。但他真的不明白首领为什么突然想来这个地方，是为了怀旧？肯定不是。

“我第一次见到嘎洛是在这个地方，后来我跟她约定月圆之夜到山谷里打猎，也是在这个地方……”拓跋力微说着。

“可是如今，她的父亲和两个哥哥就要从这条山谷打进我们的地盘。”阿盖接过他的话说。

“这个，我当时就想到了。”拓跋力微说。

“是吗?”

“是的。那天夜里我跟嘎洛在这里约会的时候月光是那么柔和，但我却想到将来有一天，这个山谷里也许会杀声震天。不是人家打进来，就是我们打出去。”

“哦，哦。”阿盖答应着。他现在才猜测出首领为什么要来这里。也许，拓跋力微今天很矛盾，也许他的心里从来就是充满着矛盾。

“告诉你吧，嘎洛已经怀孕了。”拓跋力微说。

“是吗？从今往后，我们大概要过一段紧张劳顿的日子，她的身体能吃得消吗?”

“不知道，我甚至想，把她送回娘家算了。”

阿盖没有说话。他明白，拓跋力微想送走嘎洛，不仅仅是为了让她少受罪，也许还有更深一层的考虑。

“也好。那样，她可以少参与我们双方的争斗了。那样对她有好处。”阿盖说。

“是啊，我也是那样想。但是她现在已经越陷越深了。”

“你应该劝劝她。”阿盖说。

“没有用的，她就是那样的性格。”拓跋力微说完叹口气说，“性格就是命运呀。我们回去吧。”

阿盖心里沉重起来。嘎洛嫁到了拓跋部，却与自己的父亲建立了一条秘密通道。她已经是一个奸细了呀！

三

窦宾的骑兵穿过山谷是山后下第一场大雪的那天夜里。

拓跋力微正在军帐里跟几个人商量着，阿盖带着一身寒气走了进来。

拓跋力微看见阿盖帽子和肩膀上落满了雪花，便说：“哦，下雪了。”

“他们进山口了。”阿盖说。

“什么时间？”

“天黑的时候。”

“明白了。”

阿盖甚至将侦探延伸到了窦宾的军帐下面，一直到拓跋力微的指挥所形成了一个链条。一旦有了情况，消息就通过那个链条迅速地传递过来。从这里到山口入口处足有两天的路程，但那里的消息却不到半夜就送到了。

“雪还在下吧？”拓跋力微问。

“越下越大了。”

“去看看。”

拓跋力微走出帐篷。外边大雪正在下着，大片大片的雪花很快落满了他的肩头。

“全部族按计划撤离。”拓跋力微说。

“就现在吗?”

“就现在。大雪会埋没任何痕迹，让他们连我们的脚印都看不到。但我们也会遇到很大困难，没有办法。”拓跋力微说。

漫天雪花在无声地飞舞着。拓跋力微知道，一旦他发出撤离的命令，整个部族很快就会行动，因为撤离的准备早就做好了。别看现在似乎一点动静都没有，很快将有很多批人马按照原定的路线和方向消失在漫天大雪之中。

传来脚踩在雪地上的声音，大夫人带着嘎洛和几个孩子过来了。看来她们已经做好了一切准备，嘎洛挺着大肚子。

“准备了一辆带篷的牛车，让嘎洛坐在上面走。”大夫人说。

拓跋力微走到嘎洛身边，亲自为她整理帽子和衣领说：“委屈你了，但没有办法。”

嘎洛像个孩子似的欢乐地笑了起来，说：“没事的，将来孩子出生，我还要给他讲这个大雪纷飞的夜晚。”

“好，我们也出发。”拓跋力微说。

整个拓跋部开始实施撤离的时候，速侯和回题率领的队伍正走在木纳山山谷里。这里也在下雪，但气候并不是太冷。只是因为下雪，影响了行军速度，大家只能慢慢地往前走。

“哥，你说拓跋力微这时候在干什么?”回题从后边赶上速侯问道。

“你说呢?”

“他大概在睡觉。”

“你真的这么想?”

“我说得不对?”

“我告诉你吧，拓跋力微可不是个傻子。他大概做好了一切准备。”速侯说。

“你是说，我们一出山口就会遇到伏击?”

“不是出了山口，随时都有可能。”

“那也不怕，他打不过我们。”

“不过还是要当心。我看我们派少量的兵力在前面探路吧。”

“好吧，我去安排。”

速侯一个弟弟一个妹妹。他对这个弟弟是又喜欢又有点不满意。回题打仗很勇敢，性格直爽，但同时又很鲁莽，在谋略方面远远不如妹妹嘎洛。妹妹嘎洛在他心目中几乎是一个完美的形象，他父亲却偏偏将她许配给了拓跋力微。一想起这件事他就恨父亲窦宾。父亲当初的意图是用这样的办法吞并拓跋部，但拓跋部是那么容易吞并的吗?拓跋力微会那么容易就范吗?

嘎洛现在在干什么?他想着不禁伤感起来。如今争斗的双方，一方是嘎洛的娘家，另一方是嘎洛的丈夫，无论谁胜谁败，对她都是深深的伤害。而且嘎洛早已陷入了双方争斗的阴谋之中，这样一来她不仅会受到伤害，而且很可能要断送自己!

他的眼睛湿润了，都是鲜卑人，为什么要相互争斗你死我活?他想着。

因为雪越来越大，两天的路程他们走了三天三夜。太阳出来了，无边的雪原白晃晃地刺眼。速侯眯起眼睛望着，结果发现在他目力所及的地方什么都没有，别说是拓跋力微的军帐呀，军队呀，连一只耗子都没有。我们是不是迷路了?他想，但立即否定了这个想法，鲜卑人什么时候迷过路呀!那么拓跋力微和他的士兵哪里去了?

“再往前走走。”他命令道。

他们又开始往前走去，从日出走到日落，第二天又走了整整一天，前面仍然是无边无际的白茫茫的雪原。

“哪有来了对手躲起来的？拓跋力微还算什么首领？简直是一个无赖。”回题愤愤骂个不停。

“我们在冰天雪地里又冷又饿，那家伙大概躲在什么地方烤火吃肉吧。”

速侯也气得要命，但又无可奈何。他万万没有想到拓跋力微会用这样一个奇特的办法对付他——你想打他，他却不跟你打，你甚至都不知道他在哪里。

四

奥拉，拓跋英雄筑如的儿子，三百铁骑的领头人，在晋北的原野上奔驰着。

一样的平原，但这里的平原与木纳山以北大不一样。木纳山以北是牧场，这里是田野。有的地方田野的面积很大，一片接一片，简直是一望无际。开头奥拉十分惊奇，人的力量怎么能够开出那么大的一片土地？那得用多少人力，用多少年多少代？他真的想不明白。但后来他也就习惯了这种环境，反而觉得木纳山以北的草原有点不可思议了。

看得很清楚，这里是人改造了大地，木纳山那边是人在大地的怀抱里待着。

不管怎么说，他现在想回去了，木纳山以北那片草原上有一个姑娘在等着他，他想回去跟她在一起。但这个时候他遇见了一个人，正是这个人把他永久地留在了这里。

这一天他带着几个随从到一个酒馆里喝酒。他现在喝酒一定要到酒馆喝，早就不愿意像草原上那样坐帐篷里甚至在野外喝了。这里酒馆里有人上菜，有人倒茶，有时候还有人进来唱小调。他觉得这才叫喝酒，而草原上那种喝法不应该叫“喝”，只能叫“灌”。

几个人走进酒馆，找了个座儿落座。伙计马上微笑着跑过来边擦桌子边问各位吃点什么。对这种环境他已经很熟悉了，知道该说什么话，该摆出什么样的姿态。

酒菜很快上齐，他跟几个随从喝了起来。不久便进来一个唱小曲的。

那是一个老头和一个姑娘，看来是父女俩。父女俩满脸堆笑，就像刚才酒馆伙计对他们微笑一样。刚到晋国的时候，他对这种笑容很反感，他觉得那是一种装出来的笑，是一种与眼前的小利益联系在一起的笑。那些人并不是发自内心在笑，而是为了某种目的在笑。但时间长了，他不仅适应了这种笑脸，而且还喜欢看见这样的笑脸了。

“大人，想听什么曲子?”老头问。

还没有等他开口，那几个随从就七嘴八舌说起一些曲名，他们已经会讲这里的语言，而且对各种曲名也很熟悉。

“这……?”老头手拿着二胡，微笑着看奥拉。老头的意思很明白，这几个随从说出那么多曲名，他不知道应该先满足哪一个的要求，因此他希望奥拉最后做出决定。

“你们随便唱就是了，还这么啰嗦干什么?不就是唱小曲吗?”奥拉不耐烦地说。他最瞧不起的就是这个地方过分拘泥于等级差别。很小的事情都做不了主，要请示，要等待点头，要看别人的脸色，不像草原上，大目标一旦确定，大家就放开手脚干，每个人都可以有新的创意，每个人都敢于负责，把人们的能量发挥到极致。在他看来，正是这种差别使得这个地方死气沉沉，风平浪静，而拓跋鲜卑却永远是生动鲜活，骚动不安。

老头拉起了二胡，女儿唱了起来。但唱着唱着，女儿开始流泪，父亲的琴声也哽咽起来。

“怎么啦这是？”奥拉不高兴地发问。因为他想起了活泼高亢的鲜卑民歌。唱和哭是两码事嘛，他们怎么把两者混在一起啦？

父女俩跪下赔罪。老头说：“请大人恕罪，小女心里实在太苦，忍不住哭了……”

“是吗？那你说说有什么苦，我们听听。”奥拉说。

老头犹豫着，最后还是说了。他说他交不起东家的地租，东家要霸占他的女儿，女儿不愿意，他们现在真是走投无路了。

“地租是多少？”奥拉问。

“十两银子。”

“我给你十两银子。”奥拉说。

但他和随从们凑了半天，才凑够三两银子。他们今天带的钱都不多。

“这样吧，明天你们到我的住处拿钱去。”奥拉说着站了起来。

就这样，奥拉和随从在很偶然的情况下解救了一个姑娘，其实他们自己并没有把这件事当一回事。但那父女俩却千恩万谢，没完没了。老头经常领着女儿来他们的住处看望他们，老头为他们拉二胡，女儿给他们洗衣服，晾晒被褥。时间长了，这父女俩似乎成了他们的家人。要是三两天不见他们来，奥拉和随从们还觉得生活中缺少了什么似的。

有一天下午奥拉出去遛马，他牵着马顺着河堤走着，走到一个拐弯处，却看到姑娘在河边洗衣服。他站在河岸上，长久地看着姑娘。其实他看到的只是姑娘的后背，但却觉得那个后背实在是太美了。他站了一阵，就走下河堤。

姑娘听到身后的动静便回过头来。当她看见是他的时候，红着脸很快站起来问安。

“免了吧，免了吧。洗你的衣服。你们这个地方怎么就这么多的礼数？不觉得麻烦吗？”他笑着说。

“您是大人呀。”姑娘说。

“大人也好，不是大人也好，都是人。”他说，“我倒是觉得，我们应该是朋友。”他有点不高兴了，觉着一个无形的东西把他和姑娘隔离着。

大概看到他不高兴，姑娘不敢说话了，就那么站着。

“好了，洗你的衣服吧，我就坐在这里看你洗衣服。哦，对了，你把我的这件衣服也洗一洗。”他说着，把外套脱下来扔给了她。

姑娘很高兴地接过了衣服，洗了起来。气氛比刚才轻松了许多。

他就坐在姑娘的身边。“我几天不见你就感到不愉快。”他说。

“那我每天去见您就是了。”姑娘说。他看得出姑娘很愉快。

“这样吧，你别洗衣服了，骑在我的身后，我们骑着马走走。”他突然心血来潮地说。

“啊，这……”姑娘吃惊地站起来，紧张得要命。

他翻身上马，把手伸向她说：“怎么？你不听话？”他的口气有点恶狠狠的意思。我今天非把隔离在我们中间的东西打烂不可，他想。

姑娘不知所措，她甚至在明显地战栗着，把手伸给了他。

“好了，把我抱紧。”他大声说着，朝马屁股打了一鞭子，那马顺着河堤飞跑起来。

当晚霞映红天边的时候，他和她之间那道无形的隔离带已经被拆除了。两个人牵着马愉快说笑着走回军营。

他没有想到，拓跋力微的紧急命令在等着他。

送来命令的是一个快骑。拓跋力微命令奥拉，带着人马迅速到达木纳山以南，包围窦宾的大本营。

奥拉立即着手准备出发。他这才想到，别看这里的冬小麦长得一片碧绿，在木纳山南北早该是大雪纷飞的隆冬季节了。

五

速侯和回题兄弟俩无论如何也没有想到，他们在冰天雪地里苦苦寻找拓跋力微的时候，拓跋力微却早已在木纳山山谷里。山谷避风，比山后草原暖和得多。而且他们早有准备，士兵都住进了山洞，食物充足。

阿盖每天收到很多情报，他像一只蜘蛛一样织起了一张巨大的网，四面八方的大小动向都能够很快地传递到网的中心。

“速侯他们到山后草原已经有十五天了吧?”拓跋力微站在一个大山洞里问阿盖。

“正好十五天。”阿盖回答。

“奥拉也应该到目的地了吧?”

“应该到了。”

“派快骑通知他，迅速包围窦宾的大本营，但只围不打。”

“明白。”

“夫人他们有消息吗?”

“有，他们过得很好。”

“那我就放心了。”拓跋力微说。

拓跋力微带进山谷的，只是他的精锐，其他部众都分头撤离到了很远的地方，他的大夫人、嘎洛等被安置到了临近部落的本营里。但阿盖看来，首领的这样安排也有“一箭双雕”的功效，嘎洛的秘密渠道被割断了。

阿盖望着自己的首领。他觉得眼前这个强壮的汉子早已处在一切矛盾的焦点上了——敌方、友方、我方争斗的直线到了他身上都出现一个交叉点，甚至个人的私事——爱情到了他这里都变得复杂起来，嘎洛是那样爱他，但同时又在不断地背叛着他！

只过了两天，阿盖得到消息，奥拉已经完成了对窦宾大本营的包围，窦宾要派人通知他的两个儿子赶快回来解救。

阿盖沉思起来。也许，没鹿回部就这样完蛋了，他想。窦宾已经被包围，而木纳山山口又被堵死，速侯和回题进入山谷，就等于送死。

当在冰天雪地里艰苦跋涉了半个多月而一无所获的速侯和回题得到父亲被围的消息，急忙掉头来到木纳山口的时候，前面探路的人回来报告说，山口已经被拓跋力微堵死了。

“什么？拓跋力微原来在这里？”速侯一听就傻了。

“不管他，冲过去。”回题说。

“硬冲不行吧？”

“那怎么办？”

“我们提出谈判。”

速侯派一个人过去，要求跟拓跋力微谈判。这个人很快回来说，拓跋力微说了，可以考虑谈判，但必须由窦宾亲自出面，还必须对为什么派兵打进拓跋部领地做出解释。

“那……我们怎么办？”速侯问。

“让我们在这里等着。”

六

听说拓跋力微同意谈判，窦宾有一种重见天日的感觉。

这些天他是在前所未有的焦虑中度过的。说起来他这一辈子经历的事情也不少了，有过得意，也有过失意，但唯独这一次他完全失去了判断能力。他本以为，派两个儿子带兵进入山后草原，拓跋力微只能是缴械投降。他当然决不想杀拓跋力微，因为拓跋力微毕竟是他的女婿，当然到那个时候是一个“戴罪”的女婿。他可以赦免他，并通过他来控制整个拓跋部。但速侯和回题进入山后草原以后却找不到拓跋力微。过了一些天又冒出一支拓跋部的士兵包围了他的大本营，他真不明白这些兵是从哪里来的。他紧急派人去叫两个儿子回来解救自己，却又听说两个儿子在山口遇到了阻挡，原来拓跋力微在山谷里。到这时候他才意识到了巨大的危险。现在总算出现了一丝转机，女婿同意谈判了，他明白这是解救自己的唯一机会。于是他带了几个人匆匆去见女婿。仍然包围着大本营的军队大概得到了他们首领的指令，让他走出了包围圈。

在山谷里的一个山洞里他见到了拓跋力微。

“岳父大人，真对不起，本来应该是我去见您，但我真的不敢那样做，怕半路上遭遇不测呀。”拓跋力微说。

“哦，哦。”窦宾不知道应该怎么回答，只是无话找话地说，“原来你在这里。”

“没有办法，我突然得到消息说，您的士兵打进了草原，我只好逃跑，就跑到这里。都二十多天了吧，我一直不敢走出山谷，就躲在这里。”

“哦，哦，那么……现在我们怎么解决这件事呢？”

“都好说，只是我弄不明白，您究竟想干什么呀？竟然派兵打进了我的地盘。您是不是想吃掉我们拓跋部呀？”拓跋力微说着呵呵地笑了起来。

“这个……全是速侯和回题那两个蠢货自作主张……”

“我们应该相互做出承诺，以后决不能出现这样的事情了。”

“那当然……”

“好了，这件事就这样结束了。请您下令，让我的两个大舅哥带着人马回去吧。”拓跋力微说。

七

天还没亮，嘎洛惊醒了，她做了个梦。

梦很奇特，也很清晰。无边无际的草原上乌云压顶，大雨很快就要来临，草浪像海浪一样涌动着。她骑着马飞奔着，流着眼泪。她想很快找到拓跋力微，因为她已经知道他将要遇到危险。但究竟是什么危险她说不清楚，只知道那危险来自自己的父亲——窦宾。她也不知道拓跋力微现在在哪里。马真是一匹好马，跑起来像飞一样。草原深处传来歌声，那是一首鲜卑歌，一直就那么唱着。她跑呀跑，突然看到拓跋力微站在前面很远的地方。她不顾一切地跑了过去，跳下马就投入他的怀抱。她看到，原来父亲窦宾和两个哥哥也跟拓跋力微在一起，于是她才明白，原来他们并不是死对头，而是亲人。这个发现使她感动得又开始流泪，都快变成泪人了。“本来应该是这样的，应该这样……”她说着，这时候突然头顶上响了一声炸雷，她惊醒了。

她仍然被刚才的梦境感动着。她现在睡在匈奴人的一顶毡包里。她原来并不知道在大草原深处有这么一支匈奴人的残部。但看来拓跋力微早就跟他们熟悉，撤离的时候，他将大夫人、嘎洛、各分支头领的家眷等全送到了这里。这里的匈奴人把他们当作贵宾来接待，使他们过得舒适又安全。

毡包里很黑，荒原上的夜风带着雪花从毡包顶上呼啸着滚滚而过。但包里却很暖和。她思念起了拓跋力微。她究竟在哪里？她不知道。一个真正的男人，她想着，为自己嫁给了那样的男人而感到庆幸。慢慢地，她的思绪又转到了当前局势上。她知道，没鹿回部与拓跋部交恶几乎是不可避免的，但她也认为，至少在目前情况下，她的父亲和哥哥要打败拓跋力微是不可能的。父亲和哥哥大概还没有了解透拓跋力微，但她却了解，太了解了。她丈夫是个不容易被人打败的人。

天知道她丈夫是什么时候联络了大草原上这些部落的？反正她这次才知道，原来这支匈奴残部是她丈夫的朋友。那么其他那些部落呢？那些穿着各种各样衣服，说着各种各样语言的部落呢？大概也早已是丈夫的同盟军了吧？肯定是那样。这样看来，谁能说清楚丈夫的势力究竟有多大？也许整个山后草原上到处都是他的同盟军！

啊，多么神奇！广袤无边的大地上，数不清的英雄豪杰在相互争斗着，形成了一个多彩的世界。来到这样的世界上走一遭，谁能安分守己？谁不想试一试自己的智慧和力量？谁不想在自己的身后留下一点痕迹？她想着，兴奋了起来。

肚子里的孩子动了一下，又动了一下。她用手摸着明显鼓起来的肚子，睡不着了。

八

速侯和回题带着人马从山谷里穿过。两边的悬崖峭壁上站满了手持武器的拓跋部的士兵，因此速侯、回题兄弟俩有一种被押送的感觉。

刚才，窦宾当着拓跋力微的面，把两个儿子骂了个狗血喷头，接着就提前回去了。现在拓跋力微陪着两个舅哥走着。

到了山口拓跋力微停了下来。

“我们没有必要互相过不去呀。对谁都没有好处。”拓跋力微说。

两个舅哥沉着脸没有说话。这些天他们消瘦了不少，冻得脸色都变黑了。

“我们联合起来多好。一旦分开了，双方的力量都削弱了。”拓跋力微又说。

“你们真不应该呀。”拓跋力微说，“好了，我就送到这里吧。”

速侯和回题一直没有说话。

第八章

“首领，你是不是早就知道蒲头就是你的亲哥哥?”阿盖突然问。

“啊，啊，我早就知道了。”

“是吗？什么时候知道的？是他冒充西部鲜卑使者来访那时候吗?”

“就在那以后不久。我还见过他一面，是单独见的。”拓跋力微笑了起来。

“什么？你单独见过他?”阿盖吃惊地喊了起来。

“这是我的一个秘密，没有一个人知道。但现在可以公开了，因为……一切都即将要过去。”拓跋力微说。

阿盖望着他，说不出话来了。

“我的那个亲哥哥呀……”拓跋力微突然老泪纵横。

阿盖也流下了眼泪。

“阿盖，你知道我这一生最痛苦的事情是什么吗?”拓跋力微问。

“这……”

阿盖真的不敢说。世人只看到拓跋力微一生的辉煌，而他却知道这辉煌背后的痛苦。

“说吧，我不会生气的。”拓跋力微说。

“首领，我很早就断定，你这一生会有很多内心的痛苦。”阿盖说。

“哦，有意思。那你是什么时候有了这种预感的?”

“从你砍了筑如的头的那个时候。”

“是吗？”

“是的，你其实很爱筑如的，但为了大业却把他的脑袋给砍掉了。当时你心里痛苦。”阿盖说。

“当时你看出来了？”

“是我猜的。”

“好，这算第一次。你接着说，还有哪一次？”

“……说那些干什么？别说了。”

“唉，还是说说吧。”

“那么，打败西部鲜卑的时候你也很痛苦，你甚至想过，为哥哥留一条命。”

“但我犹豫再三，最后还是把他杀了……”

一

转眼又到了夏天。

嘎洛生了个儿子。这样，拓跋力微已经有四个儿子了，他们是大夫人生的沙漠汗、悉鹿、绰和嘎洛生的禄官。禄官的出生，成了整个部族的一件大事，因为拓跋力微这时候已经快到七十岁了，虽说他健康得像还不到六十的样子，毕竟也算是老年得子。

禄官快到一周岁的时候，大夫人亲自出面找拓跋力微，建议为孩子举办一次盛大的生日宴会。

“宴会？”拓跋力微问。鲜卑人为小孩过周岁生日，从来都是父母带着孩子爬上高地对着苍天磕头就完事。

“没鹿回部那边早已流行这种做法。”大夫人说。

“没鹿回部？那么这是嘎洛想这样搞吧。”

“她倒什么也没说。但你想吧，人家嫁过来已经二十多年了，才生了第一个孩子，我们应该让她高兴。”大夫人说。

“是应该让她高兴。不过……”拓跋力微仍然在犹豫。因为他已经知道，没鹿回部那边，鲜卑族好多传统的习俗已经被改变，他们是受了长城那边的影响。对此拓跋力微很不高兴，为什么丢掉自己的东西学别人？按拓跋力微的想法，鲜卑人不仅不应该学别人，还应该让别人都学会鲜卑人的习俗才对。

“不过什么呀。”大夫人有点不高兴了。

“好了，别生气了，听你的。”拓跋力微妥协了。

过了一个来月，举办宴会的日子到了。拓跋力微派出好多人，把山后草原上的各部落都请到了。因此，那天从早晨开始客人就陆续来到。天空很晴朗，拓跋力微把招呼客人的事交给了大夫人，自己领着怀抱婴儿的嘎洛向草原深处走去。

嘎洛已经四十好几了，比过去胖了一些，显出一种成熟女人的美丽。她靠着丈夫走着，满脸幸福的神色。

“前年冬天你的两个哥哥带着兵马打了进来，我把你送到一个匈奴人的部落里。那时候我们的这个孩子还在你的肚子里，他并不知道外边的世界发生着什么事情。”拓跋力微说。

“那年冬天的雪可真大呀。我躺在匈奴人的毡包里，一直在为你担心，也为我的两个哥哥担心。”嘎洛说。

拓跋力微突然动情地说：“你呀，真不容易。”

听了这话，嘎洛突然伸出一条胳膊搂起拓跋力微哭了。她大概想起了很多很多。她曾对拓跋力微说过“我喜欢争斗，喜欢阴谋”，还说过“阴谋是什么？是一种智慧”。当时她说的是心里话，她这个人真的就是一个争强好胜的人。只是嫁给拓跋力微以后，她才开始明白人间最美好的是什么。但同时她又深陷在争斗和阴谋的泥潭里不能自拔了。

“拓跋力微，我对不住你……”她哽咽着自言自语。

她以为丈夫会问她为什么这么伤心，但没有。拓跋力微也用强有力的臂膀抱住了她。

“别难过，我爱你，真的非常爱你……”拓跋力微对她耳语道。

他也许早就知道我在干什么吧？她想着，瘫软在拓跋力微的怀抱里。

从山上回来，宾客们已经陆续到达。不仅有速侯、回题等孩子舅家的亲戚，还有附近一些其他非鲜卑血统的客人。宴会地点选在河边的草滩上，那里设了一些台面，上边摆放着丰盛的食物和酒、牛奶等饮料。一些宾客要喝水，年轻的姑娘媳妇们不断地用容器直接从河里取水给他们喝，上午的河水真的很干净也很甘甜。

回题喝醉了，他站起来指着那些宾客破口大骂。

“你们真是一些目光短浅的家伙。这里是什么地方？只不过是靠我们没鹿回部过日子的一些叫花子的领地。你们却争先恐后地来这里讨好他们。你们真瞎了眼……”

离回题不远的地方坐着拓跋力微、嘎洛和阿盖等人。他们现在都看着大耍酒疯的回题。

“他怎么能这样。”嘎洛不高兴地说。

拓跋力微静静地看着回题。阿盖好像在沉思。

“你看出什么没有？”拓跋力微问阿盖。

“看出来了。”

“看出什么了？”

“拓跋鲜卑是众望所归。大家都钦佩我们。”

“是吗？”

“是的，所以今天才来了这么多的人，而回题又感到难以忍受。是不是这样？”

拓跋力微没有说话，微笑着。

当客人们散去的时候，拓跋力微下令给他们回赠了珍贵的礼物。过了三天他又派出一些人对他们进行了回访。众多的盟友在拓跋鲜卑周围开始聚集。

二

“首领，我给您带来了一个很坏的消息。”阿盖走进军帐对拓跋力微说。

“哦，是吗？你先别说，让我猜猜看。”拓跋力微回过头来说。原来他正在看着挂在军帐里的羊皮地图。

“什么？您要猜？”

“是不是没鹿回部跟西部鲜卑暗中联合起来了？”拓跋力微问。

阿盖搔了搔头皮笑了，问：“您是怎么猜到的呀？”

“还用猜吗？谁不懂得二对一和一对二哪个更好一些呢？”

“是这样。”阿盖说，“据可靠消息，最近您的岳父大人亲自去会见了一次蒲头大人。当然，是在绝对秘密的情况下去的。”

“哦，这我倒没有想到。这样看来，他们肯定商定了一些很重要的事情。”

“窦宾已经私下答应您的哥哥，将来一旦消灭了我们，他就要承认您哥哥是拓跋鲜卑的唯一合法首领。您哥哥已经答应了。”

“他会答应的，因为窦宾答应给他的，正是我们绝对不能给他的。”拓跋力微沉思了片刻又问，“但目前他们只是一种暗中的联合，对吗？”

“对。”

“那你认为，我们现在就去攻打其中的某一方，那另一方会公开出来干涉吗？”

“我看不会。”

“对，肯定不会。”拓跋力微兴奋地说，“因为他们都想保存自己的实力，事后出来收拾残局。”

“对，对。”阿盖也兴奋了起来。他已经意识到，拓跋力微又想到对手的前面去了。“那怎么办？我们打吗？”他问。

“我看，打吧。”

“先打哪个？”

“当然是要打西部鲜卑了。因为我父亲活着的时候就宣布过：西部鲜卑是拓跋鲜卑永久的敌人。”

“那……怎么打？”

“这个嘛，你得动动脑子。”拓跋力微说。

三

公元253年秋天。

从春天开始阿盖经常派出一些骑兵骚扰西部鲜卑的边境地带。于是西部鲜卑的蒲头大人不断地派使者来接洽，要求拓跋鲜卑停止骚扰。那些使者都是阿盖出面接待的，他对那些使者答应得好好的，说一定要停止骚扰，但使者前脚走，他后脚就又派出了骑兵。这样过了好几个月，从春天到夏天，从夏天又到了秋天，蒲头大人终于被彻底激怒了。他亲自带领全部人马向拓跋鲜卑发起了进攻。

阿盖深夜跑进拓跋力微的军帐说：“他们来了。”

拓跋力微腾地站起来说：“终于来了！”

“我早已部署好了，现在打吗？”

“啊，不急。先派一些人给我们那些盟友打招呼，就说我们跟西部鲜卑早就有互不侵犯的协议，现在他们背信弃义来攻打我们了，我们不得不奋起抵抗。还必须告诉他们，请他们不要为了帮助我们而卷入战事，以避免受到不必要的损失。明白了吗？”

“我太明白了。”阿盖说，兴奋得满脸通红。

“派快骑通知我的岳父大人，请他们出兵保护我们。”

“我这就去办。”

阿盖跑出去以后，拓跋力微去了嘎洛的帐篷。睡眼惺忪的嘎洛在床上坐起来。

“你想睡在我这儿吗？”她问。

“那当然，我想美人啦。”拓跋力微开始脱衣服。

嘎洛跳下床来帮助他脱衣服，说：“你已经七十六岁啦，但看你这身体，就像年轻人一样。”

“对鲜卑人来说，七十六岁算是刚刚开始变老。”

“是那样，为什么鲜卑人都能长寿呀？真奇怪。”

“那大概是故乡深山密林的恩德吧。”拓跋力微说着，跟嘎洛一起上床躺在一起。接着他又叹着气说：“但好多人却没有活够就被砍了头。”

半夜时分嘎洛碰醒了已经呼呼大睡的拓跋力微说，她要出去撒尿。

“小美人，我的权力再大，也不应该管这类小事吧。”拓跋力微说着翻了个身又接着睡去。

嘎洛穿上衣服走了出去，她一直走到河边。那里有一个人在等她。

“你连夜去告诉我父亲，要出事了。”她对那个人说。

“要出什么事？”

“他们早就部署好了，现在要打西部鲜卑。”

“还有这么大的行动呀？我怎么一点都看不出来？他不是去你那里睡觉了吗？他很悠闲呀。”

“他这个人呀，每当有大事的时候，总是显得比平常还清闲。”

“好，我这就去。”那个人说。

“记住，你必须直接见我的父亲，不能见其他人。”嘎洛说。

“我知道。”

四

气红了眼的蒲头带着士兵在宣泄着仇恨。只要见到拓跋鲜卑的人他就抢，就烧，就杀。他就这么一路抢烧杀过去，很快深入到了木纳山北麓。他甚至都看见了弟弟的军帐在高地上边耸立着。

“我的好弟弟，哥哥对不住你了。”他嘟哝道，但他并不是在表示歉意，而是在得意。

“冲过去，孩子们。”他喊。

一路所向无敌的士兵们呐喊着冲了过去，他勒住马站在原地，看着自己的骑兵很快到达了军帐前面，接着又把军帐团团围定了。他想很快他弟弟及其贴身护卫会被反绑着双手押送过来。他看到自己的士兵开始向军帐放箭，完了又在呐喊，但喊什么却听不清楚。他们大概是命令军帐里的人投降吧，他想。士兵们喊了半天又冲进了军帐，又过了一阵那些士兵又从军帐里走了出来。他们在吵吵嚷嚷议论着什么，但他又听不清楚。

“怎么回事？难道帐篷里没有人吗？”他自言自语着。他看到士兵们回来了，已经没有刚才那种气势。

“怎么了？”等那些士兵来到跟前他问。

“帐篷里是空的。”士兵头目说。

“一个人都没有？”

“连一个耗子都没有。”

“他们……都去哪儿啦？”

“大概是……逃跑了吧？”

“真没劲。”他说。

“怎么办？”

“还能怎么办？休整两天再说。”

五

西部鲜卑的士兵们没有想到拓跋鲜卑竟是这样不经打，他们几乎没有费吹灰之力就占领了他们首领的军帐。他们现在就在拓跋力微的军帐里边大碗喝酒大口吃肉。有人把衣服脱光了在坡下的河里洗澡。他们谁都不怀疑，拓跋鲜卑已经被他们打败了。连首领的军帐都被占领了，这难道不是失败吗？如果连这个都不叫失败，那什么还叫失败？

蒲头没有进入军帐喝酒，他带着西部鲜卑几个头面人物站在河边紧急商量下一步行动。与那些被“胜利”冲昏了头脑的士兵们正好相反，他认为目前形势很严峻。

“弄不好我们已经陷入了拓跋力微事前设计好的陷阱。”他说，“我们必须立即撤回去，决不能待在这里。”

但他手下的一个头目却说：“我们已经打到这里了，最好还是找到拓跋力微，与他决战。”

“但……我们能够找到他吗？”蒲头犹豫地说。

“找找看嘛，真的找不到再撤也不迟。”

他仍然在犹豫。他也觉得这样无功而返真的有点不甘心，但有一点他是清楚的，决不能像现在这样，全部人马集中在一个地方。

“把队伍分成四路，马上出发去寻找拓跋力微的主力。四路人马要注意互相配合，互相呼应。”他命令道。

队伍按照他的意图出发了。蒲头的指挥才能无疑是第一流的，四路人马形成四个独立作战单位向前推进，但他们又是一个整体，虽说他们之间都拉开了距离，但一旦其中某一路受到攻击，其他三路能够立即掉头支援，并很快组织反攻。

但他们在广袤无际的草原上走了四五天，却连拓跋力微的影子都没有见到。越是这样，蒲头就越感到不安，他心里太明白了，这决不是一个好兆头。

蒲头找不到拓跋力微，拓跋力微却把他哥哥的行动看得清清楚楚。因为他就跟在蒲头后边不远的地方。阿盖有时候跟他在一起，有时候又离开他去关照队伍。

这一天阿盖来找拓跋力微。

"怎么样了首领？"他问。

"他们是越走越慢了。"拓跋力微说，"骄横之师最难以忍受的就是找不到对手。他们大概是骑在马上打瞌睡吧。"

"我们是不是该打了？"

"从他们的屁股后边打一下吧。"

"好的。"阿盖立即跑去执行他的指令。

蒲头的四路队伍一直保持着菱形队形，具体说前面是一路，中间是两路，后面又是一路。他们之间保持着二三十里的距离。这样一来他的兵力无形中扩大了很多倍，战斗力也增强了不少，但他们却找不到对手，为此他们始而烦躁，愤怒，接着又感到无聊，无奈，现在又都变得稀里糊涂，昏昏欲睡了。

正这个时候，最后边的那一路遭到了突然袭击。袭击他们的那一路人马就像从地底下冒出来似的，还没有等他们完全反应过来已经冲进了他们中间横冲直撞起来，他们一下子被冲得七零八落，损失惨重。

拓跋力微站在一个高坡上，这里视野很开阔，下面草原上的情况他看得很清楚。蒲头最后边的一路人马受到了突然冲击，差不多有一半的士兵被砍下了马。这时候蒲头菱形队形中间的两路和最前面的一路开始掉头了。多么出色的布阵，多么出色的指挥呀，他不禁为他哥哥赞叹起来。

他微笑着对身边的士兵说："吹螺号！"

低沉的螺号声响起，坡下边立即又有螺号声响应，草原上又有螺号声传来……像接力赛似的，那螺号声一直传递到第一线。

听到螺号声，袭击后路的人马开始撤出战斗，而这时候蒲头前锋队伍又受到了突然袭击。他们本来刚刚掉转头准备去支援后路受袭击的队伍，现在他们的屁股后头却又冒出一批人马发起了冲击。这样，他们就不可能去支援别人了，只好与这队突然冒出来的士兵们厮杀起来。再看蒲头中间的那两路，马上进入了犹豫不定的状态。这很好理解，他们前后两头的队伍都受到了冲击，应该先支援哪一个？

螺号声又响起，袭击前锋的那股人马也突然撤走了。草原上又恢复了安静。

六

半个月以后，蒲头终于陷入了绝境。

这半个月以来他的人马不断受到出乎意料的突然袭击，每天都有大小不等的损失。更为要命的是他完全失去了作战的主动性，要追击，他不知道向什么方向追击，要决战，他不知道敌人在哪里。而对方却进退自如，神出鬼没。他的士兵人数在不断减少，人心在涣散。

他决断地下令："立即撤回去！"

但他的命令刚出口，他就被包围了……

现在是一个大雨滂沱的黑夜，他只带着五六个人在奔逃。他身后传来急促的马蹄声，说明追兵已经很近了。刚进入木纳山山口，他突然停了下来。

“你们快走吧。”他对那几个随从说道。

“您……怎么办?”

“我不想走了。”他说。

“这……?”

他很平静地说：“人，为什么要互相残杀？丈夫杀妻子，父亲杀儿子，亲兄弟之间互相残杀，这都是为了什么?”他说，“我厌倦了。”

“但您留下来，不是自投罗网吗?”

“本来我已经活累了。”他说。

七

拓跋力微一夜未合眼。大夫人一直陪伴着他，不时用询问的眼光看他一眼。但他一句话都不说，在高大宽敞的帐篷里走来走去。

“你坐下休息一会儿吧。”夫人说。

他点了点头，仍然在走。

“你如果真的下不了手，留你哥哥一条性命也未尝不可呀。”夫人又说。

他仍在走，坚决摇了摇头。

“你怎么能这样。他是你亲哥哥，一个老人，一个被彻底打败了的俘虏，你为什么非要杀他?”大夫人开始对他发脾气。

“有他无我，有我无他，这件事几十年以前就定了，谁都无法改变。”他叹着气说。

“你们真是铁石心肠。”大夫人开始穿衣服。

“你干什么去?”

“我去看看你哥哥。”

“那……”拓跋力微拿出哥哥那枚“鲜卑兽”牌子说，“你把这个交给他。你告诉他，我要封他为拓跋部的副首领。”

太阳出来了，他终于坐到了首领的座位上。阿盖进来了。大夫人跟在阿盖身后，她的眼睛红肿着。

“怎么办首领?”阿盖问道。

“他没有提出要见我一面吗?”他问。

“没有。”

“没有?”

“他说见了面怕你难受。”

“还是他理解我这个弟弟呀。”他长叹道，好像很费力地想说什么，但却说不出来。

阿盖在一旁静静地等待着他。

他后来竟闭上了眼睛。他现在很明白，自己必须将哥哥杀掉，但他并不急于下达命令，他想回忆一点什么，可是回忆什么呢？在他的记忆里，他与哥哥见面只有两次，一次是哥哥装扮成西部鲜卑的使者来见他，另一次是几天以后在木纳山山谷里。除了这两次以外，对哥哥他没有一点记忆。当然，他在很幼小的时候肯定跟哥哥在一起，比如一两岁的时候，或者三岁的时候，问题是那时候他还不懂事，记忆里一片空白。但他仍然努力着希望能够回忆出一点什么。

突然……他想起了摇晃着的马背！那是他幼年唯一的记忆。幼年的他骑在马背上，靠在身后一个人丰厚柔软的胸脯上。一种女人的气息从身后那个胸脯散发出来，使他感到那么幸福，安全。他现在突然明白，身后那个人肯定是他和哥哥的母亲。他和哥哥就是从身后那个人的身体里分离出来，靠着那个人的胸脯，闻着那个人的气息长大的。那么，当他靠在母亲的胸脯上摇晃着的时候，哥哥在哪里？应该在母亲身边吧？他已经了解到，哥哥比他大十五岁左右，当时正处于不大不小的年龄，他应该在母亲的身边……

他久久地回味着。

“首领……”阿盖说。

他睁开了眼睛，迟疑了一下说：“就按……我们当初的意见办吧。”

他说完朝阿盖挥了挥手，又闭上了眼睛。两行泪水从他的眼睛里流了出来。

阿盖走了出去，他仍那么坐着一动不动。这时候突然有人进来通报：速侯和回题弟兄俩来访。

他仍然闭着眼睛说：“让他们进来。”

他的两个舅哥进来了，他没有起来迎接，甚至连眼睛都没有睁一下。

“你打得很出色。”速侯说。

“你们坐山观虎斗也很有耐心。”拓跋力微说，“现在你们干什么来了？”

“父亲让我们来就是为了向你做出解释。”速侯说。

“你们保存了实力，但却输了理了。”

“什么？”

这时阿盖进来了。拓跋力微用眼睛向他发出询问，阿盖点了点头。拓跋力微的脸色变得像岩石般冷峻。

他对仍然站在他前面的速侯和回题说：“你们回去，告诉你们的父亲，这次这笔账我是一定要算的。”

两个舅哥气得脸色煞白，他们还想说什么。大夫人着了急，“你怎么能这样呢，他们是我们的亲戚呀。”她说着，打算出去准备饭菜。

“你们现在就滚蛋！要不我砍了你们的脑袋。”拓跋力微突然站起来大声喊道。

第九章

已经是后半夜了，盛乐城内静悄悄的。阿盖劝拓跋力微睡一会儿，但拓跋力微拒绝了。

“以后我睡觉的时间有的是，我将长眠不醒。”他说着笑了起来，又说，“咱们刚才说到哪儿啦?”

“……说到桦娜在哭。”

“哦，是的，那是我们举行盛乐盛典的那天晚上，我去看她，她伏在我的怀里哭了……”

“盛乐盛典！那是我们拓跋鲜卑的一个重要历史转折。”

“是呀，我们多少年忍辱负重，那天我们终于顶天立地了。”

“我们终于吞并了没鹿回部，又接纳了周围众多的异族部落，建立起了一个国家。”阿盖说着，突然又想起了什么，欲言又止。

“我知道你要说什么了，你是想起了嘎洛……”拓跋力微说。

阿盖满脸悲戚地站着，没有说话。他想起了第一次见到嘎洛时的情景。那是他跟随拓跋力微第一次出门回到部落里的路上，他们进入木纳山口的时候月光下出现了一个背着弓箭骑着马的英姿飒爽的姑娘。她就是嘎洛……

“可怜的嘎洛……”拓跋力微的声音哽咽起来。

“好了，不谈她了。我们谈点别的吧。”阿盖劝道。

一

那是一天清晨，马蹄声击散了乳白色的晨雾，一个快骑直接跑到了拓跋力微的军帐门口下了马。穿着睡袍刚刚走出军帐门外的大夫人看到那匹马浑身是汗。她知道有了重要情况，急忙跑进帐篷通报拓跋力微。

来的是没鹿回部的快骑，那个人连滚带爬地进了帐篷，跪在拓跋力微前面，带着哭腔说："窦宾大人他……升天了……"

"什么？什么时候？"拓跋力微和大夫人同时惊叫起来。

"昨天夜里，得了急病……"

"知道了，你现在就回去。"拓跋力微说，朝门外喊："请嘎洛夫人，让她马上来。"

二

嘎洛已经知道了父亲病故的消息。但给她通报这个消息的并不是没鹿回部的快骑，而是一个拓跋部族的人，这个人早已被她买通，当了她与父亲联络的秘密使者。

"……窦宾大人升天时，我正好在那里。"这个人上气不接下气地说着，满脸流汗。

嘎洛哭了。这是在河边，河水流到这里拐了一个弯，这是他们秘密接头的地方。

"那边情况怎么样？"嘎洛流着眼泪问。

"你的两个哥哥说，借着拓跋力微前去奔丧的机会，杀死他。"

"真是疯了，怎么能那样干！"嘎洛说，"这是回题那个蠢货的主意吧？”

“不是，是你大哥速侯的决定。他还让我特意告诉你，拓跋鲜卑现在日益强大，这是消灭拓跋力微的唯一机会。”

“那……就这样定啦？”她又哭了起来，这次是为自己的丈夫而哭泣。

“好了，就这样吧。雾已经散了，我不能久待。”

嘎洛久久地沉思着。

三

拓跋力微也在沉思。阿盖这时候跑进来了。他一进来就毫不客气地请大夫人出去，说他有十分机密的事情需要跟首领谈。

“什么事？”等夫人出去以后拓跋力微问阿盖。

“速侯和回题两个人，准备趁你去奔丧，杀死你。”阿盖说。

“消息可靠吗？”

“完全可靠，刚才在河边，被嘎洛买通的那个人亲口给嘎洛这样说的。”阿盖说。

“那个人现在在哪儿？”

“我把他抓起来了。”

“你没有把他杀了吧？”

“没有。”

“这就好，我现在就带着嘎洛到一个僻静的地方，过一会儿你把那个人也带到那里去。”拓跋力微说，“但现在必须立即办一件事，就是派出快骑去没鹿回部，告诉速侯和回题，嘎洛听到父亲去世的消息以后因为悲伤过度，也死了。”

“明白。”

不久，两个骑马的人顺着河流向荒野走去，他们是拓跋力微和嘎洛。嘎洛眼睛红肿着，拓跋力微沉着脸。

他们在荒野下了马。

“嘎洛，我们一起生活了近三十年，为此我很感谢你，真的。”拓跋力微说。

“你为什么突然说起这样的话？”嘎洛问。

拓跋力微没有回答她的问题，只顾自己说下去：“我忘不了木纳山那个夜晚，银色的月光下突然出现了一个意气风发的姑娘……我被深深地打动了……但你要嫁给我的时候我却不敢娶你，你知道那是为什么吗？那是因为我太爱你了……”他显得心慌意乱，有点语无伦次起来。

嘎洛肯定意识到了什么，脸色越来越苍白。

“因为我知道，我们的婚姻结局肯定是个悲剧。我想躲开这个悲剧……你后悔嫁给我吗？”

“啊，我不后悔。我当初就对你说过，我喜欢争斗，我甚至喜欢阴谋，我认为阴谋是一种智慧。但我现在告诉你，我真的很爱你，我觉得这一生嫁给了你这样的人，我值了。”

“我相信你爱我。正因为这样，这些年我总是提心吊胆，怕那个可怕的结局突然到来。”

“怕也没用，结局今天终于到来了。”嘎洛变得很平静，刚才苍白的脸现在又红润起来，又说，“我能最后看看我父亲的遗容吗？”

“请原谅我，不行！”

嘎洛惨然地微笑了。“没什么，我很快会追上父亲的，我将跟父亲一起向另一个世界走去。”

远处出现了两个人，那是阿盖带着那个人来了。来到拓跋力微和嘎洛跟前，那个人跪倒了下去。

“我准备死。”他说。

“我想知道你是怎么被她收买的？”拓跋力微问。

“我替他回答吧，他是个穷人，我接济了他，他感谢我。你们现在会杀死他，但他有一个老母亲，你们一定要照顾好。”嘎洛说，“好了，没什么说的了。”

“好，我把你母亲养起来。”拓跋力微说。

阿盖抽出马刀，把那个人砍成了两截。嘎洛平静地看着，突然抽出一把短刀在脖颈上划了一刀。鲜红的血一下子喷涌而出。

“快，亲亲我……”嘎洛说着倒了下去。

一个美丽的女人躺在绿色的草地上。拓跋力微弯下腰在她越来越没有血色的嘴唇上深深地吻了下去。

四

差不多同时，拓跋鲜卑的快骑已经到达了没鹿回部那里。他带去一个惊人的消息：嘎洛夫人因过度悲伤身亡。

速侯与回题像泥塑一样一动不动了。这是怎么了？这边父亲刚刚咽气，那边妹妹又死了。但有一点是清楚的：拓跋力微不可能来奔丧了，而他们兄弟俩却需要去跟妹妹告别。

“按没鹿回部的习俗，父亲的遗体应该停放三天，而妹妹需要立即入土，我们先去那里吧。”回题说。

“别忙，得想清楚这是怎么一回事。”速侯开始沉思。

“什么怎么回事，妹妹死了，就这么回事。”回题发起脾气来。

“如果这是一个阴谋呢？”

“那更应该去呀。”

“那……我们多带一些人，以防不测。”速侯说。

他们带着百十来个骑兵出发了。他们远远看见拓跋力微高大的军帐的时候，有十来个士兵迎上来说：“请大人们下马。”

没有办法，这是鲜卑人的习俗，与遗体告别必须在很远的地方下马步行。速侯、回题和他们所带的士兵只好都下了马。

“请把武器留在这里。”

速侯和回题犹豫了一下，但这也是鲜卑的习俗，最后他们还是服从了。

“妹妹在哪里?”速侯问了一句。

“就在军帐里。”

当他们走入军帐的时候，发现这里已经被布置成了灵堂。拓跋力微座位的那个位置现在变成了一个大平台，平台前点着长明灯，这说明平台上就是嘎洛的遗体。

速侯和回题缓慢地朝着遗体走去，跟随他们的士兵们在他俩身后慢慢移动着。兄弟俩走到平台前面，长明灯并不是太亮，他们看不太清楚平台上的妹妹，只是看到好像有一个人躺在那里。就在这个时候大帐篷突然塌了下来。用好多张牛皮连在一起缝制的巨大的帐篷一下子把百十来号人压在了下面。阿盖带着一些士兵过来了。

阿盖看着帐篷，被压在里边的人们在呼号着，挣扎着，巨大的帐篷，突然这里鼓起来，突然又在那里鼓起来。阿盖挥了挥手。

士兵们一拥而上，用长矛和马刀尖朝帐篷里捅去，到处是“噗、噗”的声音，没有多久鲜红的血水从帐篷下面流出来了，一直顺着草坡向下边汩汩地流淌下去。[①]

五

这时候，真正嘎洛的葬礼在她倒下的荒野上举行着，现在已经接

① 《魏书·序纪》:“宾卒，速侯等欲因帝会丧为变……帝闻之……以佩刀杀后，驰使告速侯等，言后暴崩。速侯等惊走来赴，因执而杀之。”

近了尾声。

拓跋力微哭了。

黑压压的士兵跪在那里，也都哭了。

五十三岁的嘎洛仍然很美丽，她满意地闭着眼睛躺在绿草地上。她身上盖着一件黑色的斗篷，那是拓跋力微的，他刚才亲手给她盖上的。

远处出现了一个跌跌撞撞的人影，阿盖看清楚了，那是大夫人。拓跋力微也看见了她，便痛苦地闭上了眼睛。大夫人一路跑来，趴在嘎洛的尸体上号啕大哭起来。

“一个部族的兴旺，为什么总要以女人为代价？为什么？谁能告诉我？啊？谁能告诉我？……”大夫人在歇斯底里地喊叫着。

阿盖带着一些士兵跑来了。

“完事了。”他对拓跋力微说。

“好。”拓跋力微站起来，跨上了马背，抽出马刀高高举起。

“出发。把没鹿回部踏平。”他愤怒地喊道。

骑兵们出发了，马蹄扬起了遮天蔽日的尘土。一个女人的身影在烟尘中跌倒再爬起来，愤怒地呼喊着。

六

拓跋力微带着士兵风卷残云般地打到了黄河北岸，窦宾的残部纷纷前来归顺。这一天的落日时分他来到河边。

他的战马在暴躁地旋转着，他使了好大的劲才勒住了它。跟在他身后的阿盖哈哈大笑起来。

“首领，您的马还没有尽兴呢，它想跃过黄河。”

残阳如血，士兵们在打扫战场，一些俘虏排着队从远处被押送过去，一些载着缴获物资的车辆在逶迤而行，骑着马的士兵在来回奔跑。

“今后我们应该住到什么地方，你们商量过没有？”拓跋力微问阿盖。

“我们选定了两个地方。”阿盖说，“一处是窦宾原来的大本营，另一处是河边的一座土城。究竟住在哪里，最后还是由您来确定。”

“那座土城我知道。那个地方紧靠着河边，能够一眼看到河那边很远的地方。我看就在那里吧。当然，窦宾的大本营也应该驻扎一些兵力，好相互有个照应。”拓跋力微说。

“好。还有一件事请您吩咐，我们现在已经打败了所有的对手，应该成立一个国家了，应该举行什么样的仪式？”阿盖问道。

拓跋力微沉思良久说：“祭天！”

“祭天？”

“对，祭天。我们的头顶上永远存在着万能的苍天。我们今天的一切都是苍天给予的，以后我们要永远按照苍天的旨意行事。”

“明白了。”阿盖说。

二十天以后。

三声炮响，从黄河岸边响起，传到蔚蓝色的木纳山久久回响着。

这里是一座小小的土城，被后来的历史学家们称为“盛乐”的地方。谁也说不清楚今天究竟来了多少人，城墙内早就装不下了，大部分人都站在城墙外边的高坡上，仍然有很多人从四面八方拥来。炮声就是从城墙中央响起的，那是礼炮声。一个隆重的庆典正在进行。

这次庆典，历史上称之为“盛乐祭天”[①]。它标志着一个鲜卑国家政权的诞生，这个国家被后人称为“北魏”，拓跋力微被称为北魏的始祖神元皇帝。这年拓跋力微七十九岁。

---

① “三十九年，迁于定襄之盛乐。”（《魏书·序纪》）“定襄（今内蒙古和林格尔县土城子古城）。”（《北魏盛乐时代》，王凯著，内蒙古人民出版社。）

参加盛典的有拓跋部的全体人马，没鹿回部的残部，还有周围众多异族部落的人。他们今天集中到这里参加庆典，说明他们从今往后是北魏的国民，拓跋力微麾下的老百姓了。

一个浑厚的男音在天空中回荡着：

“……一切阴谋、杀戮、仇恨已经过时了。我们要开辟出一个充满友善、和睦的，欣欣向荣的新世界！”

他是站在土城里一个高台上这么讲的。

到了晚上，城内城外到处是篝火，人们围着篝火在唱歌，喝酒，跳舞。没有一个人注意到，一个牵着马的人悄悄走出城外。出了城以后他跨上了马，消失在茫茫夜色中。

他就是拓跋力微，他找桦娜去了。

第十章

“盛乐盛典才是我一生事业的真正开始。那以前我跟窦宾和蒲头周旋，经历了那么多的事情，付出了那么多，牺牲了那么多，全是为了一个远大的目标做准备，为了实现真正的目标积蓄力量。明白了吗?”拓跋力微问。

“我当然明白。”阿盖说。

“真的明白?那你说给我听听，我真正的目标是什么?”

“是打进长城以内，把那里变成鲜卑的天下。”

“不准确。不是到那里去攻城略地，而是让那里的人们按照我们鲜卑的想法生活。唉，我发现那里太死气沉沉了，我想把那里蓬勃起来。”

“是的，我明白。”阿盖说。

“明白就好。我的这一生呀，可以分三个阶段。四十六岁以前我什么都不想，那时候我是一个欢乐而普通的人。四十六岁到七十九岁，我为了一个远大的目标做准备，用了整整三十三年的时间。七十九岁，我开始实施那个远大的计划，今年我已经一百零四岁了，已经过了二十五年……”拓跋力微没有说完又停下来，咳嗽了起来。

阿盖望着眼前这个老人。这个老人心里有一个抱负，这个抱负远大，高尚，但却遥遥无期。不错，苍天让他长寿了，他活了一百零四岁，但与他那个远大、高尚的目标相比，一百零四年仍然显得很短。

不管怎么说，他理解这个老人，理解他所做的一切。

“沙漠汗，沙漠汗……”

拓跋力微突然叫了起来，叫声是那么轻。但在阿盖的耳朵里，这一声声轻轻的呼唤简直就像连续不断的惊雷！他最为害怕的就是拓跋力微想起他的长子沙漠汗。

但怕也没用，老人终究还是想起来了……

一

举行盛典的那天晚上，拓跋力微只身一人骑着马去桦娜那里。因为他听说桦娜没有来参加庆典。

大地一片朦胧，北边的木纳山现在变成了黛黑色，显得庄严而肃穆。他们刚从那山北麓搬迁到了这里，桦娜也跟着大家搬过来了，如今就住在黄河边上。

他远远看见了桦娜的帐篷。吃饱了的牛群散开来卧在帐篷周围。但他却没有看到桦娜。一般说，桦娜这时候应该在外边忙碌着。多少年来都是这样。

大概是听见了他的马蹄声，桦娜从帐篷里出来。到了近前他才发现桦娜的眼睛红肿得厉害，但仍然朝他装出十分勉强的微笑。

“你怎么了？病了吗？”他跳下马关心地问道。

“我什么时候得过病？”桦娜笑着说。

“那……你哭了？”

“别说了，喝点牛奶吧。”

两个人坐下过了好久，桦娜才叹了口气说：“我今天见到我的两个儿子了……我哭了。”

“他们伤了你的心？”

“我一直希望他们当鲜卑的英雄，但是我的希望落空了。”桦娜满脸悲戚地说。

“是吗?”

“他们连射箭都不会了，也不怎么会骑马了。而且变得小肚鸡肠，斤斤计较。为了一点很小的事情，他们哥俩还闹起了矛盾。你说说，他们还像个鲜卑人吗?”

“他们怎么会变成那个样子?”

“他们一直在没鹿回部生活，在紧靠长城那个地方。听说那个地方的人都那样，他们也就跟着变成那个样子了……”

拓跋力微沉默了。他也已经发现了桦娜说的那种现象。靠近长城的一些鲜卑人已经不会打猎，不会放牧了，他们开始种庄稼。这样他们的生活习惯也跟着变了。他突然想起了奥拉，那个带着三百铁骑冲进晋国的年轻人，英雄筑如的儿子。他和他的三百铁骑一直没有回来，据说在那里娶妻生子，过起小日子来了。前年有人去晋国曾见到过奥拉。那个人回来说，奥拉过得很富足，早已不骑马了，而是坐轿子，雇用很多人种庄稼，那庄稼地很大……

当时拓跋力微就想起了奥拉的父亲筑如生前说过的话：“离开了深山密林，那还叫鲜卑吗?”

“好啦，别难过。咱们睡吧。”他说着，把桦娜揽在自己的怀里，轻轻抚摩着她的肩膀。

二

盛乐盛典以后，拓跋力微办了一件大事，那就是与魏国联盟。为了表示自己的诚意，他把长子沙漠汗派到魏国首都洛阳去当人质[①]。

① “神元四十二年，魏景元二年，公元261年，受父王力微遣送，国太子沙漠汗前往魏国首都洛阳当质子。”(《北魏盛乐时代》，王凯著，内蒙古人民出版社。)

他亲自主持了一次隆重的送行仪式。当众人把沙漠汗送到盛乐城外的时候，他郑重地对儿子说："你要记住，不管到哪里，也不管离开这里多长时间，你永远是一个鲜卑人。"

四十岁的沙漠汗笑着点头。

"不要惦记你的老婆孩子，我会让他们去看望你。"

沙漠汗仍在点头。

魏国那边派来华贵的轿子车来接沙漠汗。但拓跋力微不同意儿子坐轿子车，他坚持让儿子骑马去。

"你要做到三样东西不离身：弓箭、马刀、骏马。"他说。

"明白了，父亲。"

"到了魏国首都，你必须保持鲜卑人的习俗，并努力宣传鲜卑人想事做事的特点，给那里的人们做榜样，让那里的人学你。"

"明白了。"

拓跋力微现在把全部精力放在长城以内。送走沙漠汗以后，他又立即派出为数众多的骑兵教练，射箭教练，甚至还有些精通鲜卑族礼仪的人以及懂得各种其他技能的人不断进入长城以内。他的意图很明确，就是要让那里的人们接受拓跋鲜卑的一切。

过了一些天他叫来了阿盖。

"我们派出去的那些人情况怎么样？是不是已经被那里的人们所接受？"他问道。

"我不知道。"阿盖实话实说。

"我们必须改变那里的很多习惯和做法。"他强调。

"你的意图我完全明白。但我现在禀报一个情况，我发现我们这里的人倒开始学长城以内的好多习惯和做法呢。"阿盖说。

"是吗？是他们那边派人来教授的吗？"他吃惊地问道。

"他们没有派人来，是我们的人自己学的。"阿盖说。

"这可不行。要颁布我的命令，今后任何人丢掉鲜卑的习俗和做法，去学别人的东西，一定要重罚！”

“好的，我马上去执行。”

三

郎巴刚从长城那边回来，是拓跋力微派他去那里了解情况的。“你去那里看看，跟那里的官员见见面，说说话，再考虑考虑我们和他们之间今后的关系。”拓跋力微对他说。于是他走了一个多月，昨晚才回到自己的军帐。

他的军帐十分华丽，摆在军帐里边的那些瓷器、绸缎、宝石等等，其实对他一点使用价值都没有，但却具有精神补偿作用——虽说拓跋鲜卑最高权力不属于他，他却占有拓跋力微见都没有见过的稀世珍宝。

他心满意足地半坐半躺在自己的座位上，开始进入深深的思考状态。他那副十分出色的头脑立即开始飞速运转。说实话他绝不是一个鼠目寸光的人，他的目光十分远大，还积累了丰富的经验。他这一生不如意的事情很多，但却几乎从来没有失败过。这次进入长城以内，他很快发现那道长长的石头墙内外存在着一种巨大的差别，这差别存在于生活习俗、言谈举止、思考方式和行为方式等等诸多方面，几乎无处不在。他当然懂得差别并不是敌意，但更懂得差别比敌意深刻得多，最后的结局肯定是，不是你吃掉我便是我吃掉你。

看到这一点以后他认为自己应该趁早做出选择了。他当然知道选择什么和怎么选择。

今天一早他就去见拓跋力微。

“我到长城那边，人家对我表示热烈的欢迎。”他对拓跋力微说，“我想，我们也应该邀请人家来看看。”

“你说得很对，这事就你来办吧。”拓跋力微说。

从拓跋力微那里出来，他就开始着手接待客人了。

长城以内来的客人有三十多人，他们之中有地方官员、将军、商贾和艺人。郎巴亲自到长城口迎接，一直带着他们到处参观。过了一个月左右的时间，客人们要回去了，郎巴跑到拓跋力微那里，请首领见他们一次。

“见就见吧，认识几个朋友。”拓跋力微说。

“是不是把您这里重新布置一下？比如说摆一些瓷器什么的。”郎巴建议说。

“为什么？”

“他们那里，会见客人的地方都很讲究。”郎巴说。

“你是说，我这里太寒酸了？”

“您看您这个地方，正厅前面的大院里甚至还养着几头牛。”

“那就让他们来见识见识好了。让他们知道，这个世界上还有另外一种活法。”

“那样不合适吧。”

“最合适不过了。”

郎巴很不高兴，但也没有办法，只好沉着脸出去把客人带来。那些长城那边来的贵客跟随在郎巴身后，一进拓跋力微居住的大院便惊呆了。

他们首先看到的是几头牛，那都是草原黄牛，正在一堆青草旁边悠闲地倒嚼着。一个身材瘦小的老妇人正在挤牛奶。一个魁梧的老人站在她的身后看着她挤奶。客人们肯定以为郎巴把他们带到了一个饲养牛的地方了。就在这时，那个魁梧的老人微笑着转过身来。

“啊，尊贵的客人们，你们好吗？我就是拓跋力微，这个挤牛奶的人就是我的夫人。”拓跋力微笑呵呵地说，“你们是不是都喝点新鲜牛奶？很甜的呀。”

郎巴亲自担任翻译，他把拓跋力微的话翻译给客人们听以后，紧接着对拓跋力微说：“首领，还是请客人进客厅吧。他们不习惯喝生牛奶。”

“啊，为什么要进客厅？外边空气多好，我们可以在这里说话嘛。”拓跋力微说，“我还想请你们看看我养的马，还要跟你们比比射箭呢。”

拓跋力微边说边走出大院，客人只好跟着走。大家先看了拓跋力微几匹心爱的骏马，接着又去射箭。客人们大部分不会射箭，只有其中的两个将军射了几箭，连连夸奖鲜卑人的弓箭很精致。拓跋力微自己射死了一只鹿，命人烧起一堆火，又让人拿来酸奶，请客人吃烤肉喝酸奶。

客人们简直是高兴坏了，都称赞首领这次别具一格的招待。

“我是想让你们看看，这个世界上有各种各样的活法，做法。你们已经看到了，我们跟你们不一样，大不一样。但我们也能够打败强大而狡猾的对手，建立起一个国家，还能够把自己的部族带向兴旺。”拓跋力微说着，哈哈大笑起来。

客人们不住地点着头，吃着，喝着。

深夜，阿盖来见拓跋力微。

“据报告，郎巴在送客人出关的路上说了好多您的坏话。”他说。

“都说了一些什么？”

“他对客人说，你们都亲眼看见了，拓跋力微哪儿像个国君？他要是继续当首领，迟早对你们造成威胁。”

“他是想说，只有他当了拓跋鲜卑的首领，才能够与长城那边友好相处下去。”

“他已经对人家那样说了。”

“是吗？”拓跋力微惊奇地望着阿盖说，“这么看来他也太心急了一点。”

“怎么办？”

“你说呢？”

“该摊牌了。”阿盖说着，拿出了一支箭。这就是几十年前射死西部鲜卑杀手的那支箭。

“要摊牌，光有这支箭还不够。”拓跋力微说。

“当然，还有他军帐里边的那些宝贝。”阿盖说。

“不错。但我们不好直接去抓他，他毕竟是个老功臣。”拓跋力微说。

“我有办法。”阿盖说。

几天后，郎巴得意洋洋地走在回来的路上。他把客人们一直送到长城以内。他认为那些客人对他和拓跋力微已经有了完全相反的印象。经过对比，长城以内的那些人会更喜欢他。将来某一天如果需要选择的话，他们也肯定会选择他而不会选择拓跋力微。那时候他就可以借助外力来掌握拓跋鲜卑的实权了。那他可就是一国之君了。

他正走着，前面来了几个骑马的人。那是他的几个心腹。

“不得了啦大人，阿盖说您已经叛逃了。还抓了我们一些人。”那几个亲信一见到他就说。

“什么？我叛逃？我不是送客人去了吗？”他说。

“现在咱们有一百张嘴也说不清楚了。听说，咱们那些被抓的人经不起严刑拷打，有的已经给出了好多假供。”

“什么……假供？”

“说您企图刺杀首领，还有的说您出卖情报……”

“啊，别说了。”

郎巴已经明白怎么回事了，拓跋力微已经决心除掉他了，回去肯定是死，那不回去呢？不回去去哪儿？他久久地沉思着。

他当然可以逃到长城那边去，那边至少有些朋友会欢迎他，至少不会让他饿死，这个他已经想到了。但一旦他跑到那边，那可就是货真价实的叛逃了。风光了一辈子，最后要背一个“叛逃”的罪名吗？那可真不如死了呢！

“回去。”他说。

“回去？您还敢回去？”那几个亲信说。

几天以后郎巴被抓了起来。他是在自己那顶华丽的军帐里被抓的。阿盖把郎巴手下那些头头脑脑召集到了军帐里，指着已经被捆绑起来的郎巴说：“他叛变了。”

那些头头脑脑一个个睁大了眼睛，他们到现在都不太相信自己的上司会叛变。他们当然听说过有关郎巴叛逃的传言，但郎巴不是回来了吗？奇怪的是他们的上司并不为自己辩解，只是铁青着脸站着。

阿盖指着摆设在军帐里的那些瓷器、绸缎等说：“他用情报换来了这些东西，他还想用整个拓跋鲜卑换取更多的东西。”

郎巴冷笑了一下。

阿盖又拿出了一支箭。

“你认识这个吗？”他问郎巴。

郎巴惊奇地睁大了眼睛。这箭他当然认识，而且惦记了它几十年。

“我不认识。”他强硬地说。

阿盖又对郎巴那些手下说：“这是他杀人灭口的罪证。”

郎巴是几天以后逃了出去，在出逃的路上被射死的。

他被关押在土城角落里的一间小房子里，有一天夜里小房子的后墙被挖出了一个洞，他的几个亲信从洞外钻了进来。

“逃吧。”他们说。

他仍然在犹豫，但后来还是同意了。他跟着那几个亲信钻出去，骑上亲信们带来的马，趁着夜色逃出了城。他总觉得今天晚上的事有点蹊跷，亲信们怎么就那么容易地在墙上挖开了洞？看守他的士兵们怎么就没有发现？出城的过程中怎么就没有碰到黑夜巡逻的士兵？难道他们都睡觉去了吗？但逃生的欲望是那么强烈，一出城他便狂奔起来，他现在真的在叛逃了。

天亮了，几个士兵挡住了他的去路。他一切都明白了。

“原来，昨夜的一切都是阴谋。”他对那几个士兵说。

刚说完他就被射死了。

第十一章

“沙漠汗，沙漠汗……”拓跋力微仍在轻轻地叫着。

阿盖弯下腰问：“首领，你的意思是？……”

“让沙漠汗回来，快回来。我已经不行了，让他回来即位。”拓跋力微说。

阿盖的心在颤抖。他最怕的就是拓跋力微见到沙漠汗。他知道，拓跋力微肯定受不了那样的打击。

“阿盖，你听到我的话了吗？让沙漠汗快回来，我想很快见到他。可怜的孩子，一走就是十四年……”

“我听到你的话了。我立即派人去把他请回来。”阿盖说着跑了出去。

他跑到毡帐外，独自站了好长时间。不让沙漠汗回来是不行了，他想。他知道，沙漠汗已经完全辜负了父亲的嘱托。拓跋力微曾要求儿子“三样东西不离身：弓箭、马刀、骏马”。但沙漠汗早已把那“三样东西”丢掉了。去过晋国首都的人曾对阿盖说过：沙漠汗连鲜卑语都不怎么会讲了。

让那样的儿子来见父亲，那不是要老人的命吗?!

一

那天，桦娜突然来找拓跋力微。她已经快到八十岁了，满头银发，却仍然很健康。

“现在见你一次可真不容易了，不比以往，什么时候想见你，就直接走进军帐。”桦娜说。

“怎么了？”拓跋力微问。

“一道又一道关卡，每一道关卡都要盘问，检查，还要请示……他们问我跟你是什么关系，我说很早我们是熟人，他们又问我找你有什么事，我说也没什么事，只是想见见……”

“这是谁定的章法？”拓跋力微很恼火，朝门外喊“叫阿盖”。

阿盖进来了。

“听说，有人要见我，必须通过一道道关卡？这是怎么了？我被囚禁了吗？”拓跋力微开始发脾气。

“这是我们请来的国师们定的规矩。”阿盖说。刚进入盛乐城的时候大家就商量，我们现在已经进城了，而且要建立一个国家，这里边的好多事情我们都不懂，应该请一些人来指点我们。于是决定从长城以内的国家请一些人来。那些人来了以后很快制定出了一套规矩。阿盖说的“国师”指的就是那些人。

“为什么非要请他们来定规矩？我们自己的规矩不行吗？”拓跋力微说。

“我们没有现成的规矩。”阿盖说。

“非得有规矩吗？”

“需要有一整套规矩，我们已经是一个国家了。”

“那我们自己定规矩。把那些国师都赶走。”他烦躁起来。

阿盖出去以后他仍是骂骂咧咧。“我们在草原上的时候，哪有这么多的麻烦?”他说。

“好了，别骂了。”桦娜劝他。

“你那两个儿子怎么样?”

“能怎么样？还是那个样子。”桦娜说，“我这次来，是想告诉你，我想回去了。”

“回去？回到哪儿?”

“回到草原上，或者干脆回到我们的故乡。”桦娜说。

“为什么要那样？你已经老了，你的孩子在这里。”拓跋力微悲哀地说。

“在这个地方待着，我浑身难受。我越来越觉得还是草原好，故乡好。”桦娜说，“你也要多保重。这城里，连空气的味道都跟草原上不一样。”

桦娜要走了。拓跋力微一直把她送到城外。

“你以后……多喝点牛奶……”桦娜说着哽咽起来，她花白的头发在风中飘动着。

拓跋力微的眼泪也流下来了。他点了点头，看着她越走越远，最后消失在茫茫荒野的尽头。

二

桦娜一走，拓跋力微的脾气突然变得很坏。他送走桦娜回来，一走进自己的住所就开始骂人。

“都是一些蠢货！竟然让我住到这么一个鬼地方。”他说。

他的住所现在已经不是大军帐了，这里是一座高大宽敞的土木建筑，前后都有很大的院落，还有好几道门。

“你怎么了？”大夫人问。她现在已经是个瘦小的老太婆了。

“桦娜走了。”他说。

“她走了？去什么地方？”

“她说要回到山后草原，还说要回老家。”

“什么？你为什么不留住她？她已经八十岁了呀，难道你让她再走五十年回老家？”大夫人责备道。

“她说，住在这个地方连空气都跟草原上不一样，浑身难受。”

“本来我们好好的，住在山里或者住在山后草原上，那时候过得多好呀！你们父子俩非要带着大家不停地走，结果走到这么一个地方。别说桦娜，连我都很难受，我大概快要得病了，也许很快就要死了。”大夫人开始唠叨。

“那你也走好了，你们都走。”拓跋力微说。

“我真想走呢。在这里待着，我非死了不可。”

“好，好，我送你走。”拓跋力微说着，朝门外喊“叫阿盖来”。

阿盖进来了。

拓跋力微沉思良久问：“我们在山后草原上的大本营还在吗？”

“在。”阿盖回答。

“帐篷没有拆除吗？”

“还没有来得及。”

“那么，别拆了，派一些人去维护好。”拓跋力微说，“我们每年应该回到那里待上几个月，呼吸那里的空气，喝那里的泉水，狩猎那里的野物。”

“为什么？”

“一年到头待在这个地方，别说女人们，我们整个拓跋鲜卑都会得病的。”

“你这个主意真不错。”大夫人高兴地笑了。

“你记得我原来的军帐吗？”拓跋力微对阿盖说，“我的军帐里都长着绿草，我的床底下还开野花呢。有一天夜里，一只野兔还跑进了军帐。”说完笑了起来。

“啊，那时候……”大夫人感叹着。她想起了嘎洛，那个美丽任性的女人在一些夜晚走进拓跋力微的军帐，睡在那里。

“还有坡下的小河。”拓跋力微也动情了，“早晨或是黄昏，你赤裸着身体在那里游泳……”

他也想起了过去那些岁月，但说着说着又骂了起来：“现在你看看这鬼地方，想撒尿都找不到没有人的地方。”

阿盖终于明白了首领在想什么。他跑出去派一些人到了山后草原。

拓跋力微现在打算亲自主持制定一套“规矩”了。于是他召集来手下的那些智者、谋士等，要求大家商量这个“规矩”怎么个定法。于是大家热烈地讨论起来。这也许是拓跋鲜卑的特点，一旦探讨某一个问题，大家完全可以畅所欲言，什么话都可以说，甚至可以与首领争论。

“首领您说得不准确，那不叫规矩，那叫国体。”有人说。

“我就是要叫规矩，决不叫国体。”拓跋力微坚持说。

“那好吧。”对方妥协了。

“首先我们应该确定下来，要定什么样的规矩？”又有人问道。

“我们需要什么样的规矩，就定什么样的规矩。”拓跋力微说。

“首领您没有明白我的意思。我是说，我们应该制定跟长城以内那些国家那样的规矩呢，还是学西边、北边那些国家？”

“谁的都不学，我们要制定自己的规矩。”拓跋力微喊道，他火了。

但那些智者、谋士都笑着摇头。

“首领您真的不明白，一个国家的规矩可不是想怎么定就可以怎么定的。”他们说。

“人家可以自己定，我们为什么就不能定？”

“人家也不是随意定，是非那么定不可。”

“那我们就非学人家不可了？”

“那当然。”

“我就不信，我们既然能够建立一个国家，为什么不能创造出一套与别人不同的规矩。”拓跋力微开始骂骂咧咧。“你们都给我走。一群没有用的饭桶。”他说。

从这一天起，拓跋力微再也不问“规矩”的事了。但“规矩”仍在形成。拓跋力微以下各个层次都先后制定出了一些制度，而这些制度无一不是从长城以内脱胎出来的。

有一天他大概觉得忍无可忍，便带着夫人和一些随从到山后草原去了。他在那里住了好几个月，每天射猎。到了秋凉，阿盖亲自去请他回到土城处理一些事情，他才似乎很不情愿地回去。

三

那天早晨，他一个人骑着马出去巡视。先走到原来窦宾的大本营，一些士兵在那里训练。他勒住马看了很久，觉得那些士兵都很出色。他把主持训练的头目叫来。

“啊，原来是首领。”那个头目流着汗跑来笑着说，“您怎么是一个人？”

“其实我更愿意一个人走。”拓跋力微说，“看来你的士兵还不错。”

“是一些不错的孩子。”头目说。

“与过去比较起来，现在这些孩子的技艺是提高了还是下降了？”

“没有下降吧。”

“我们刚到山后落脚那阵，连七八岁的女孩子都会射箭。”拓跋力微说，“有一天夜里，有三十几个身份不明的人来侵犯我们，结果一个一个被我们射倒了。其中有些箭是孩子们射出去的。那时候这些孩子还没有出生呢。”

“我听说过这件事。”头目说。

“现在这些孩子，应该比那时候的孩子们更强，至少应该并不次于他们。”拓跋力微说，“就那次，有一个俘虏还跟我打过赌。他说再过五十年，你们拓跋鲜卑就不会射箭，连马都不会骑了。”

“拿这个打赌，那家伙肯定输定了。”

“但愿如此吧。你给我记住，一定要让你的士兵明白鲜卑是什么。”

“知道了。”

拓跋力微满意地离开了那里，继续朝前走去，他想去看看桦娜的两个儿子。

落日时分他到了黄河边。那里有几条船在捕鱼。一条船靠岸了，有两个光着膀子穿着短裤的人吃力地从船上卸着鱼虾。那是两个五十多岁的汉子，拓跋力微突然认出来了，那两个人正是桦娜的儿子。

他很想前去打个招呼，但又打消了这个念头，只是停在远处看着他们。河岸上又出现了一个人，好像是收购鱼虾的，那个人跟桦娜的两个儿子开始争论，声音越来越大，最后那个人把桦娜的一个儿子打进河水里。他以为桦娜的另一个儿子会跟那个人拼命，但却没有，只是把落水的一个拉出水，逃跑了。

他们是拓跋英雄的儿子呀，桦娜说过，他们的父亲十几岁时就射死过老虎，拓跋力微想着。他白天巡视士兵训练时的好心情现在被彻底破坏了。他正准备掉转马头回去，突然听到有人在叫他。

“那是拓跋力微首领吗？请稍等。”

声音来自河上。拓跋力微看到滚滚波涛上过来一叶小舟，上边站着一个白发老翁。

这是一个眉毛胡子全白了的人，脸色呈古铜色，身体十分硬朗，有一种超凡脱俗的神态。在拓跋力微的注视下他划到了河岸，敏捷地

起了自己刚当上首领时候的一个夜晚，整个部族宿营在大草原上，篝火映红了天空，歌声彻夜不断……

现在怎么就没有歌声了？人们从什么时候开始不唱歌了？

回到住处，侍者端来鹿肉和牛奶。他割了一块肉放进嘴里，却怎么也咽不进去了，没有办法他又端起牛奶喝，结果仍然咽不进去。

从这天夜里起，他停止了进食。

尾　声

沙漠汗回来了。那是一天早晨，外边有人跑进来禀报："首领，沙漠汗大人很快就到！"

"啊，啊，快扶我起来。"拓跋力微对阿盖说。

但他的腿已经肿了，阿盖扶了几次，他仍然站不起来。

"他走到哪儿了？"他最终放弃了要站起来的努力，问道。

"已经到了四十里以外的地方，刚刚渡过黄河。"外边进来的人说。

"啊，那马上就到。四十里路！那是快马正好跑一程的距离。快给我换衣服……"他兴奋得满脸通红，又要站起来。

"首领，别着急。沙漠汗大人不会那么快就到来。"

"怎么了？"

"他……没有骑马，他在坐轿子。"

"是吗？"他的神色不悦起来，"他的马怎么了？"

"不过坐轿子也用不了多长时间。"聪明的下人没有直接回答他的问题。

他不说话了，闭上眼睛坐着。毡帐里变得很静，似乎一切都静止了。

阿盖发现自己出汗了，而且是冷汗。他不时地朝帐篷门口望一眼，帐篷的门敞开着，但只能看见大院内的一小块地方，那里什么都没有，连一根小草也没有。

就在这种沉闷的气氛中，沙漠汗走进了大院。这时候已经是大中午。他的随从、护卫有百十来号人，他在这些人的簇拥下迈着大步走了进来。他身材高大而强壮，长着古铜色的大脸盘，双目炯炯有神，怎么看都像刚即位那时候的拓跋力微。

他把随从留在毡帐门外，自己一个人进来跪在拓跋力微前面。

“父亲，儿子回来了。”

“哦，好，好。”拓跋力微淡淡地说，“其他人都出去，我要单独跟儿子坐一会儿。”

“为什么叫你来你明白吗？”拓跋力微问。

“让我来即位。”沙漠汗说。

“即位后，你能当好这个家吗？”

“能。”

“你有什么打算？我听听。”

因为毡帐的门帘放下来了，里边现在很暗。沙漠汗勉强能看见父亲那张脸。

沙漠汗说了起来。他说得十分流畅，而且条理清晰，说明他已经深思熟虑过了。他说完了，盯着父亲的脸，父亲却长久地沉默着。

“啊……”拓跋力微好像是在叹息，“你这些都是从哪儿学来的？”他问道。

“父亲，我在晋国这十几年，白天用一半时间读书，用另一半时间找那里的智者谈话。到了夜晚，我躺在床上开始思谋，将来如何治理我们的国家。”沙漠汗说。

“结果，你就琢磨出了你刚才讲的那一套东西。”拓跋力微说。

“我的想法不对吗？”

“啊，如果我不是看着你的脸庞，我决不会相信跟我高谈阔论的是一个鲜卑人。”拓跋力微说，“你把鲜卑的一切都忘了。”

沙漠汗善良的脸上出现了吃惊的表情。

“你根本就没有明白，鲜卑现在面临什么，你的使命又是什么。”

欢迎沙漠汗的宴会原来安排在拓跋力微的毡帐里，为的是已经不能站立的拓跋力微也能够参加。但拓跋力微却让宴会在其他地方举行，他说他需要清净。他只要求阿盖留在自己的身边。

其实他对阿盖连一句话都没有说。但阿盖知道自己应该干什么。他很快叫来了负责盛乐城卫戍任务的军队头领，要求他对首领居住的院落加强保卫力量。接着又找来一些德高望重的智者，用很长的时间与他们谈话。

“首领的病已经很重了。”他说。

“我们听说了。”那些老人们点着头说。

“这样的时刻最容易出事。”他说。

“我们明白。”老人们说。

“情况确实很严重，我们不能手软。”

“明白。”

“任何人违背首领的旨意，我们都要用最严厉的手段对付他们。”

“那是应该的。”

“那拜托各位了。”

老人们微笑着，很平静地走了出去。这些老人各有各的影响范围，把那些范围连在一起足可以覆盖整个部族。他们就那样平静地微笑着去找一些人，其中有各个分支的头领，还有一些带兵的。

阿盖接着又找来了负责沙漠汗生活起居的官员，要求他时刻注意观察沙漠汗的言谈举止并随时告诉自己。

把这一切都安排完了之后他去看望沙漠汗。五十多岁的沙漠汗像个孩子一样天真地笑着迎接了他。

“一路上很辛苦吧?”他问。

“我一点都不累。我身体很强壮，到现在还不知道累的感觉是什么样的。”沙漠汗说，“我庆幸自己有这样强壮的身体，以后我会白天黑夜地忙。”

阿盖微笑着望着他。看来他已经认为自己很快就要即位了。

“你在晋国待了十几年，大概学会不少治国安邦的谋略了吧?跟你父亲谈了没有?”他问。

“谈了个大概，但看来父亲不接受我的方案。”沙漠汗说，“这没什么，他这一辈子没有离开过草原，而且我们现在才开始建立一个国家，他根本就没有管理国家的经验。”

阿盖望着沙漠汗。他知道，其实沙漠汗说这些话一点恶意都没有，只不过是在坦诚地谈着自己的看法。

“那怎么办?”他问。

“把晋国现成的那一套照搬过来就可以了。”

“你父亲不是不同意吗?”

“但那是暂时的。”沙漠汗笑了笑。

阿盖心里却一阵一阵地发冷。他真想告诫沙漠汗，今后永远也不要说这样的话。他明白治国方略上的分歧最后会导致什么样的后果。

“你现在已经回到了自己的部族，不应该把那些随从留在身边，把他们都遣散了吧。你应该用你父亲那套人马，我这就去把他们给你调过来。”他说。

“可以。”

“我还有个建议，你应该到草原上休养一段时间，打打猎也好，随便怎么玩都行。”他又说。

他完全是为沙漠汗着想。他是想把发生悲剧的时间尽量推后。尤其不愿意看到悲剧发生在拓跋力微还活着的时候。但他的好意被沙漠汗拒绝了。

“父亲已经病成这样，我怎么好离开呢。”沙漠汗说，“而且我得抓紧时间宣传我的主张呀。”

阿盖欲言又止。他明白，悲剧很快就要发生了。幸亏大夫人已经去世了，他想。要是她还活着，她的儿子却先于她死去，那不是要她的命吗？大夫人是桦娜走后不久病故的。拓跋力微悲痛欲绝，守在她的遗体旁边三天三夜不离开。“桦娜走了，嘎洛走了，现在你也走了，就掉下我一个人……”他流着泪喃喃着。

阿盖再没说什么，就走出了沙漠汗的住处。他从城墙上边望去，看到木纳山上空凝聚着大块的雨云，正朝这边推来。

拓跋力微一连好多日子连一句话都不说了。他就那么一动不动地坐着，思考着。阿盖发现，自从沙漠汗回来，他的病情开始迅速恶化了。

有一天深夜，阿盖突然听到他在说话。那是一种轻轻的自言自语。

“我父亲杀了我母亲，我又杀了我的亲哥哥和爱妻，为了什么？那不都是为了鲜卑吗……”

阿盖站在帐篷的一个角落里，静静地看着他。

“鲜卑高于一切！”

拓跋力微拼尽全力这样喊道。

阿盖想，沙漠汗至死都没有弄明白自己为什么要被杀。仅从这一点看，他也不是一个办大事的人。那天的场面很大，盛乐城东边的山坡上聚集了数万之众。这些人是在各种心理的驱使下来的，有的伤心，有的好奇，有的惧怕，甚至有的还幸灾乐祸。但他们看到沙漠汗人头落地以后四处散去的时候却有了一个共同的认识：谁想改变鲜卑，拓跋力微首领决不会答应！

刑场向世人展示了一个决心：鲜卑永在！

行刑的当天，悉鹿宣布即位。

行完刑，阿盖急忙回到了拓跋力微身边。老人就那么坐着，显得很平静。

两个月以后的一天下午阿盖急急忙忙地走进了毡帐。

“首领，首领。”他叫着。

已经这样坐了九十多天的拓跋力微睁开了眼睛。

“你的朋友有消息了。”阿盖说。

“什么……朋友?”

“浩斯呀！你忘了吗？五十八年前的一个夜晚，你的一个朋友带着人马离开了你。你还骑着马追过他呢。他不是叫浩斯吗？就是那个朋友有消息了。”阿盖说。

“哦，是他呀，他在哪儿?”

“他在鲜卑山。”

“啊，这么说，他已经回到故乡啦?”

“是的。”

“他……他们……还好吗?”

“很好，他们仍然在鲜卑山靠打猎为生。”

“那个山洞……他们也经常去吗?”

“他们经常去。”

“好……好……”

阿盖突然觉得老人不对劲了，就那么坐着，眼睛睁得很大，使劲地朝前看着，好像要看到一个很远处的什么东西似的。

“首领，首领……”阿盖喊着。

拓跋力微努力地睁开眼睛，费了好大力气才说：“你去叫他们唱歌，全城都唱。唱咱们的鲜卑歌……”

当全城都唱起来的时候阿盖回到了拓跋力微身边。

“唱起来了，都唱起来了，您听见了吗？首领……”他说。

拓跋力微什么反应都没有。他已经听不到歌声和阿盖的叫声了。但他的神志并没有消失，他仍然睁大眼睛往前看着。

他终于看到了鲜卑山。鲜卑山一片葱茏，云雾缭绕，高耸入云。

接着他又看到了无边的大草原，不见头尾的长阵在那里艰苦跋涉着。

他看到年轻的桦娜捧着鲜牛奶迎着他微笑着走过来了。

他还看到了木纳山谷，银色的月光下出现了一个骑马的姑娘。她就是嘎洛。

他还看到自己和哥哥躺在石板上，望着天上的月亮唱着歌。

沙漠汗对着他笑着。

他突然睁开双眼喊道：“鲜卑永在！……”

阿盖流着眼泪走出毡帐。他抬头望去，看见太阳已经落了，但晚霞仍在遥远的西天熊熊燃烧，像是把一切都要烧毁似的……

留在大地上的足迹

——蒙古族国际交通员杨宝山的革命生涯

第一章　当历史翻开新的一页的时候

一　1949，秋天的一个傍晚

1949年初秋的一个傍晚，刚刚成立的鄂托克旗临时自治政务委员会驻地——阿日勒庙（曾写作“阿拉庙”）。那时候鄂尔多斯地区还归绥远省管辖。

干旱的草原上，初秋的傍晚宁静而美丽。这个地方刚刚解放，在宁静中又透着一种蓬勃。四周的草滩、沙梁和高地上因为雨水充足而飘浮着淡蓝色的雾气，阿日勒庙的经堂和周围那些建筑沐浴着晚霞，看起来就像一幅油画。

阿日勒庙的规模不算小，据有关资料记载，这间佛教寺庙始建于1731年，1919年翻修，正式名称为“热喜却岭”，民间俗称阿日勒庙。这个地方在全鄂托克旗也很有名气。但阿日勒庙这个地方之所以扬名并不是因为它的规模大或者其宗教方面的原因，而是因为它当时在鄂托克旗的政治和军事斗争中所处的地位。要叙述解放前鄂托克旗发生的好多事件，都离不开这个阿日勒庙。

让阿日勒庙最先出名的，应该首推这个寺庙的四世沙卜隆章文轩，他是鄂托克旗历史上一位赫赫有名的人物。章文轩藏名沙德如布旦毕扎拉森，蒙古族，又名扎木扬什日布，鄂托克旗苏米图人。苏米图与阿日勒庙相隔二百里之远，但章文轩一生的大部分时间都住在阿日勒庙，变成一个全旗政界、军界权力显赫的人物。加之他幼年被选定为阿日勒庙沙卜隆，有一段时间也主持过这里的庙务，甚至还取得过“堪布”称号，民间便称他为“阿日勒庙喇嘛”。他最后又在这里被自己的部下秘密勒死，历史上称这件事为“阿日勒庙事变”。

说是“沙卜隆”，章文轩却曾集全旗旗务和军事大权于一身，曾任绥远省政府任命的旗保安大队长、宁（夏）鄂（托克）边界巡防司令、内蒙古人民革命党中央执行委员、国民党第八战区伊南游击司令等要职，阿日勒庙便成了全旗甚至整个伊西地区一个引人注目的地方。他住在这个地方时，确实办了一些大事。他曾从这里出发南下杭州，将九世班禅请到鄂托克旗；又从这里出发北赴乌兰巴托，出席内蒙古人民革命党中央全会，当选为中央委员；他还亲自出面，从边商手中将碱湖、盐湖经营权收回旗里，把旗府几十年的债务还清；又与天主教会谈判，解决了教地赔款的归属权问题；他曾经在这里成立了旗立第一所小学——阿日勒庙学校；他还曾与“独贵龙”运动的著名领袖席尼喇嘛、内蒙古人民革命党中央负责人郭道甫和白云梯、宁夏军阀马鸿逵等有过密切来往，而且与共产党的周仁山、赵通儒又是拜把子兄弟。

章文轩出名，阿日勒庙也跟着出名。凡是知道章文轩的人，自然也都知道有个阿日勒庙。

这个地方出名的另一个重要原因，就是这里发生过上面提到的“阿日勒庙事变”，又称“阿日勒庙事件”。发动者是三个人，马富纲（巴音道尔吉）、马良诚（宝日巴特尔）、顾寿山（乌力吉胡图）。这三人当时都是章文轩的部下，但他们与共产党在鄂托克旗的领导机关和领导人都有过密切的接触和来往，同时对章文轩的飞扬跋扈大为不满。他们是一些有才华、有胆略的年轻军官，阅历丰富，满腔热血，愿意为家乡奉献一切。这三个人于1946年1月13日发动了事变，扣捕了章文轩，并于1月14日将其秘密勒死。

事情仅仅过了一年，1947年10月这里又出现了一个“阿日勒庙办事处”。这是旗里的反动势力在国民党特务的煽动支持下搞起来的机构，管辖鄂托克旗西部八个地区的行政事务。

又过了两年，1949年7月15日，“阿日勒庙办事处”处长升济密图（又写作什济秘图）下令扣捕驻在这里的十几个国民党特务，公开宣布起义，接受共产党的领导。

历史把阿日勒庙选作了一个大舞台，一出又一出活剧在这里演出，使全旗全盟都向它注目。所以，当旧的时代结束、新的时代开始的时候，刚刚掌权的共产党人将阿日勒庙选定为旗政权机构的驻地，似乎也成为一件顺理成章的事情。

历史进程到1949年夏秋季，好像突然加快了它的运行速度。封建统治体系分崩离析，国民党反动势力大势已去，共产党所领导的人民解放事业已经进入取得政权和建立政权阶段，而且发展迅猛：

> 1949年8月23日，鄂托克旗宣布和平解放；
> 同年9月7日，鄂托克旗临时人民自治政府在三段地成立；
> 9月中旬，临时人民自治政府迁到阿日勒庙。

寺庙仍然在，过去章文轩司令部和“办事处”的那些房子当然也在，但现在这些建筑都更换了主人。这里曾经暗藏杀机，这里曾经枪声震天，这里也曾经人去屋空，一片死寂。但这一切都变成过去，现在这里有的是平和的景象、忙碌的人影，还有干训班学员的歌声。原来的学校和司令部的一些房子都挤满了人不说，周围还搭建了很多蒙古包和帐篷。简陋归简陋，但也没有其他办法。旗委、政府两大班子及其职能部门要办公，部队要驻扎，干训班要上课，卫生科的门诊和病房要开张，还有后勤部门要仓库，作战部门要设指挥所，甚至保安科还需要一些房子用于关押犯人，原来的房屋根本就不够用，只好临时搭建蒙古包和帐篷来对付。共产党人刚刚夺取了政权，在其行使权力的初期阶段，一切都必须因陋就简。

但不管怎么说，历史上最沉重的一页在这里终于被翻过去了。

炎热的一天终于过去，落日的余晖却仍然停留在这一片广袤无边的荒漠草原的西部天空，久久不肯退去。按后来中华人民共和国国务院颁布的作息时间，这时候应该已是下班时间。但在当时，作息时间还没有公布，而且事情确实千头万绪，共产党的各级官员以及工作人员需要夜以继日地工作。骑马的流动哨兵在远处游动，一些军人在草滩上遛马，干训班的学员在露天学唱革命歌曲，扫盲班学生走向临时教室，秘书、警卫人员更是忙着进进出出。

一个忙碌而又平常的傍晚。

就在这个傍晚，刚刚上任的鄂托克旗领导者们走进会议室，开始研究一封来信。

二　谁是“杨宝山”

又是一封寻找“杨宝山”的来信!

已经记不清这是第几封了，他们最近经常收到这样的来信，这些信的内容几乎是一样的，都要求鄂托克旗的领导人寻找一个叫杨宝山的人。这些信有的来自中央有关部门，有的来自解放军各军兵种，有的来自有关省市自治区，而在信末尾的署名者更是赫赫有名：周仁山、天宝、白如冰、吴德峰……

从来信的内容看，这个叫“杨宝山”的人是蒙古族，鄂尔多斯鄂托克旗人，而且是个老革命，先后在延安、大青山抗日根据地工作过。有的来信还提醒鄂托克旗的领导人，可以向李富春、贺龙等高级领导人询问杨宝山的下落。

所有这些无不说明这位杨宝山不是一般人，但这里却没有一个人知道他。

鄂尔多斯是革命老区，鄂托克旗西部在1936年就有了共产党的基层组织。所以当时鄂托克旗的领导人无一不是老革命。他们在鄂托克旗这片土地上出生入死多少年，不要说对鄂尔多斯地区的革命队伍，就是对陕甘宁地区的人员都很熟悉，但他们现在却怎么也想不起来这个杨宝山到底是谁。他们将那封信放在桌子上，大家围坐在一起，把各自认识的人一遍又一遍地过滤着，从司令员、师长一直到营连排长，从司号员、通讯员到伙夫、马倌，挨个地想了一遍，最后还是跟前几次一样不得不再次放弃了努力。但他们又想起一个办法，那就是大家给自己所认识的一些"老革命"写信，打听一下他们知道不知道这个叫杨宝山的人。事情就这样定下来了，他们走出会议室又忙其他工作去了，但一个又一个的疑问却始终在他们的脑海里转来转去：

这个杨宝山是不是还有另外一个名字？

那些来信会不会把地点弄错了？

他是不是早已牺牲……

过了一些时日，发出去的信有了回音。

"……有杨宝山这个人，蒙古族，曾在中央党校民族班学习过。"一封来信说，但接着又说不清楚了，"后来我们都毕业了，他好像又接着学习，后来就不清楚了。"

又有一封信说："我所认识的杨宝山是绥东工委委员，曾在乌兰察布盟凉城县一带打游击。我记得他的确是蒙古族，因为他说汉语总带着蒙古语调。后来他突然不见了，不知道他去了什么地方……"

甚至原来在晋察冀边区工作的同志也有了回音：

"……是有一个杨宝山。贺龙同志曾接见过他。但后来就不见了。据说，大青山李井泉支队曾派出一个骑兵连把他接走了。"

原来的大青山抗日根据地的同志也来信说："大青山确实有过一个杨宝山，是蒙古族。但我们打交道不多。现在回想起来，他好像是个部队首长，因为我记得他挎手枪……"

看着这些来信，当时鄂托克旗的领导者们简直就是丈二和尚摸不着头脑了。这些来信确实都提到了一个叫杨宝山的人，但延安在陕西，贺龙当年在山西，绥东工委在乌兰察布盟丰镇一带，而大青山在呼和浩特以北。他们说的杨宝山是同一个人吗？可也奇怪，信中所提到的这几个“杨宝山”的确有些共同之处：他们名字相同，都是蒙古族，而且都说不清楚他从哪儿来，又去了什么地方，简直就是来无影去无踪，神秘得很。

正当鄂托克旗的领导人们一筹莫展的时候，当时中共中央西北局的正式来函为他们解开了这个谜。

西北局的来函简短而又明确：“杨宝山同志是鄂托克旗珠和人，蒙古族，系中共中央在延安时期的国际交通员。他于1948年奉命回到鄂托克旗潜伏下来。因为杨宝山同志属于我党中央直接领导的秘密战线，他的情况只有中共中央机要交通局掌握。根据我党已经在全国夺取政权，秘密战线工作已有很大的变化，经我们请示中央决定，要公开杨宝山同志的身份，为他安排工作。”西北局要求鄂托克旗尽快找到杨宝山，并把情况及时报告当时的伊克昭盟党委。

西北局的来信还提供了一个十分重要的线索：杨宝山八成在他的老家——鄂托克旗一个叫珠和的地方。

三　“鄂托克旗的西边”

鄂尔多斯的民歌中有一首流传很广的歌曲，歌名叫《鄂托克旗的西边》。

那是一首爱情歌曲，曲调优美，歌颂了对爱情的忠贞。这毫不奇怪，凡是以爱情为题材的民歌都这样。但这首《鄂托克旗的西边》却又表现了另外一个主题，那就是对权力与财富的蔑视。

绿松石和珊瑚的头饰

我并不稀罕

你那聪明和善良

使我迷恋……

也许，人们之所以喜欢这首歌，正是因为它表现了鄂托克旗西部人民一种高尚的精神追求。同时，这首歌还给人们提示了一个地域概念：鄂托克旗的西边。

何为“鄂托克旗的西边”？其实就是对鄂托克旗珠和、吉拉、城川等地方的统称。到了20世纪80年代，这些地方统归鄂托克前旗，这是后话。

而在当时，鄂托克旗还没有分为前后两个旗，那时候只有一个鄂托克旗。

“鄂托克”一词在蒙古族经典史书里可以寻得到，是指“营”或“部”。“营”是兵营或者“牧营”，“部”就类似于部落。后来到了元、明两朝，这个词便有了更为明确的涵义，专指当时蒙古族“万户”下设的行政建制，即“千户”。某地有多少个“千户”就说有多少个“鄂托克”。据历史记载，当时单就鄂尔多斯就有好些“鄂托克”。所以应该说，“鄂托克”这个词在那时候仍然属于一种泛指名词。后来到了清顺治六年（1649年），朝廷在蒙古地方实行盟旗制，将鄂尔多斯右翼诸“鄂托克”中的扣克特、锡巴固沁和乌拉特、唐古特等部落划为一旗，统称“鄂尔多斯右翼中旗”，但民间俗称“鄂托克旗”，甚至在很长的时间里，大家只知道有个鄂托克旗，却不知道“鄂尔多斯右翼中旗”在何处，以至于后来在文书里都习惯于写鄂托克旗而不写鄂尔多斯右翼中旗，这便是“鄂托克”这个地名的演变过程和来历。现在，这个地名又被官方正式确认，从此它频频出现在各级权力职能部门的正式文件和国家有关部门正式批准出版的地图上。对于这些，现在好多年轻人真的还不太知道，鄂托克旗这个旗名被官方正式确认，是解放初期的事情。

再来说“鄂托克旗的西边”。

这个“西边”，不只是具有地理方位上的意义。都说鄂尔多斯蒙古人能歌善舞，而最善歌舞的是这个地方。这里与乌审旗西部、南部连成一条狭长的地带，紧靠着古长城，形成了独特的地区文化氛围。这里又与陕北地区接壤，在整个内蒙古地区也算是最早接受中国共产党影响的地方之一。

而在比较长的历史阶段，鄂托克旗西部又是一个很不安宁的地方。老百姓与官僚之间、富人与穷人之间的斗争，以及地区、民族之间的矛盾和纠纷连年不断。更值得一提的是，在很长一段时间内，全旗上层的权力之争又几乎都集中在这里进行。一部《鄂托克旗志》清楚地表明，从近代到鄂托克旗解放，全旗重大事件十之八九发生在这个“西边”。

历史选择了这一地带，将它作为正义和邪恶交战的战场：

中国共产党鄂托克旗工作委员会在这里的三段地；

上面提到的阿日勒庙也在这里，还有章文轩的国民党第八战区伊南游击司令部；

乌兰夫曾几度深入此地，检查指导工作；

著名的“阿日勒庙事变”发生在这里，此事曾惊动中共中央西北局；

英雄的蒙汉支队在这里转战，威震四方；

胡宗南侵犯延安后，延安中央民族学院分院曾搬迁到这里……

旗扎萨克的“护印”与“夺印”斗争，本旗与宁夏马鸿逵争夺盐湖的斗争，当地与边商之间的债权债务纠纷，甚至还有比利时天主教教堂与牧民之间的地界纠纷，等等，先后都在这里展开。

各种势力不断登场，又不断退场，各类矛盾彼此纠缠，各路人马潮起潮落、此消彼长。

这就是鄂托克旗的“西边”这个地方。

而上面提到的珠和，就在这个“西边”的南端。

四　珠和这个地方

珠和——鄂托克旗西部一个十分封闭的地方，又曾写作“召皇”，意即“灶火”。

据称，地处鄂托克旗西南部的大池、苟池盛产食盐，运盐的牛马车辆日夜不绝。那些运盐脚户总是在这里的“查干古图”草滩上打尖，或歇晌或过夜，就在那里挖地灶或者垒土灶，天长日久出现了数不清的各种各样的“灶”。后来在“查干古图”草滩上建起了寺庙，叫“查干古图庙”，俗称“珠和庙”，“珠和”即灶火，意思就是“在有很多灶火的地方建起来的庙”。从此，这地方就叫“珠和”。

鄂尔多斯，在很长一段时期又叫伊克昭盟，是内蒙古自治区唯一地处黄河南岸的地方。它西、北、东三面有黄河环绕，南面有古长城盘亘，于是曾有人形容它是“三面黄河一面城”。鄂尔多斯那时候总共有七个旗县，总面积为九万多平方公里，而鄂托克旗就占了它三分之一还多，大约是三万平方公里。鄂托克旗西靠宁夏，北与河套隔河相望，南面与陕北的三边地区接壤。从地图上看，珠和紧靠着那个与三边地区接壤之处。

珠和这个地方太偏僻了，不熟悉它的人摊开地图都很难找到。它又太偏远了，从旗所在地出发，骑着马至少走三天才能够到达。它也太封闭了，被一道道沙梁所包围，一片片沙棘长得密不透风，芨芨草长得比骑马的人还高，野鸡、野兔在荒草中繁衍生息，黄羊和野狼成群地出没。据说当年国民党的一支队伍路过这里，结果迷了路，转了几天都没能够转出去。他们想找到一个人问路，但连一个牧户都找不到。其实牧户还不少，他们听见牧羊狗在叫，就是看不到牧户在哪里，因为牧户都被浓密的沙棘林挡住了。当这支人瘦马乏的国民党部队有一天终于走出那个地方时，当官的说了一句话："这个鬼地方，进来不容易，出去更难。"

但是，如果换一个角度看，珠和这个地方又确实有些得天独厚之处。这里离陕甘宁边区那么近，几乎从这里跨出一步可以进入陕北三边地区的定边县。这里的牧民放牧时，走上高处，就可以看到古长城垛口。黄河离这里是那么近，黄河西岸的宁夏地区尽收眼底。要是从这里去延安，也不到千里。离党中央所在地那么近，又不易引起人们的注意，这就是珠和这个地方的特别之处。

说起来，珠和又是一块不平静的土地。因为它地处内蒙古、陕西、宁夏三省区交界处，早已成为各种势力争夺的焦点。陕北的共产党、宁夏的马鸿逵、绥远的傅作义等各方势力都派人到这里，你来我往，你争我夺，各显神通。各类地方势力又各找各的靠山，各找各的出路，把这个地方搅得鸡犬不宁。这样的环境，给当地的蒙古族劳动人民带来了苦难，同时也为他们走上革命道路提供了条件。

这里确实出过不少革命志士。党中央来到延安后不久，这里一些不堪忍受欺压的蒙古族牧民就奔赴延安。他们在延安接触了最为粗浅的革命道理后，又返回到故乡开展革命斗争。有了这样的社会基础，共产党对这个地方就格外重视，党的地下工作者和武装力量都经常在这一带活动。因此，当鄂托克旗革命政权成立后，它的领导者们对珠和这个地方再熟悉不过了，他们闭着眼睛都能够说出那里的沙梁、河流和草滩的位置，以及那里的牧户。

正因为如此，他们对寻找杨宝山充满信心。只要这个叫"杨宝山"的同志在珠和，就不愁找不到他。

那年夏天，旗党委派了两个人出发去珠和寻找，一个叫郭进业，一个叫史忠科。他们骑马走了好几天，才来到珠和。他们找到了地方领导，询问这里有没有一个叫杨宝山的人。

“杨宝山？没有这个人。”地方领导回答得很干脆。

“有吧？你们好好想想。”

地方领导皱着眉头想了半天，还是说没有。

“你们再想想，有没有外出回来的人？”

“那样的人倒不少，但不知道你们要找的是哪一个。”

“咱们一个一个地找着看。”郭进业和史忠科说。

五　一个叫孟克敖其尔的牧人

于是，排查开始。

当时，珠和是鄂托克旗的一个区。牧区的一个区，面积比内地的一个县还要大。好在人少，查起来还算容易。经过一段时间的排查，有一个人进入了他们的视野。

他叫孟克敖其尔（又写作孟和敖其尔），化名李海青。

他是一个很普通的牧民，那时候三十多岁。家里有父母和儿子，生活比较苦，以放牧为生。这里的人都熟悉他，因为他家祖祖辈辈就在这里生活，大家都很了解他，在人们眼里他是一个厚道的人，言语不多，与世无争，安分守己地过自己的日子。总之，他是一个再普通不过的牧人。但是经过了解以后却发现：前些年他曾经离开家乡整整七年，但没有几个人知道这七年之中他做了什么。就这样，他引起了旗里来的两个人的注意。

七年时间呀，不短的时日。他究竟到哪里去了？

他当然有他自己的解释：“我出去做苦力，想挣点钱，但没有挣上。后来与朋友合伙做小买卖，也亏了。”他回来以后是这么说的。他的话好像也合乎情理，但再深入了解，又有了新的疑点。

“……那孩子，突然就不见了，当时大家以为他遇到了不测。那年月，兵荒马乱的，有些人就那么失踪了。他父母哭了好多天，以为他死了。”有老人回忆说。

“说起来，他家属于旗西官府的属民，外出理应向西官府请假。但他没有，就那么走了。为此西官府还很恼火……”又有人回忆说。

这说明，当年他离开家乡，没有告诉任何人，包括自己的家人。外出做苦力也好，跟朋友合伙做买卖也好，按说应该告诉家里人，但他却没有，突然不辞而别，而且这一走就是七年！他做苦力就连回家探亲的时间都没有？做买卖就那么忙？

那他究竟在哪里做苦力或者做买卖？

“好像在陕北。”有人说，“前些年他不是还去过一次陕北吗？说是要去处理一些债务。”

“还去过延安。那是他刚回来不久的事，他说要去延安，看看做买卖的朋友。”又有人提供情况道。

这样看来，他离开家乡的这七年，好像与陕北和延安有着某种关系。这个发现使旗里来的人来了兴趣。也许，平淡所掩盖的正是神秘，一个传奇式人物就在他们身边。

正在这时，又有一个牧民提供了一个情况，更加引起了他们的注意。那个牧民说：“据说，那孩子在大青山当过八路，后来退伍才做的买卖……”

陕北、延安、大青山！终于有门了。

他们再也坐不住了，骑着马一路疾驰。

他们要拜会那个叫孟克敖其尔的普通牧民。

一个极普通的牧户，坐落在一处被沙棘和柳林环抱的沙窝子里。

用柳条扎起来的牲口圈，同样用柳条扎起来的院落，具有鄂尔多斯西部特点的柳笆房和蒙古包。虽说贫困，但里里外外收拾得很整洁，似乎在暗示着这里的主人是一个认真而自信的人。

来了干部，一家人都进来坐下。久经风霜的两位老人，还有他们的儿子孟克敖其尔。当时，正搞民主建政，干部们经常走门串户给牧民们讲时事、讲政策。所以一家人都在等待着干部开口。

但郭进业和史忠科只盯着那个叫孟克敖其尔的人。坐在他们前面的是一个高个子年轻人，三十岁出头的样子，显得很是沉稳。从外表上看他确实是个地地道道的牧人，但细细观察，却发现他具有与众不同的气质，那是一种深深隐藏在牧人外表下的刚毅、冷静和从容。

六　孟克敖其尔就是杨宝山

“我们是中国共产党鄂托克旗委员会派来的干部，来完成中共西北局交办的任务。”他们开始说，“我们是来寻找一个叫杨宝山的人。你是不是叫杨宝山?”

提问确实直截了当，而郭进业和史忠科都有个直觉，觉得眼前这个人肯定就是他们要找的杨宝山，因此他们的心在怦怦直跳。

“给我看看你们的介绍信。”孟克敖其尔提出。

郭进业和史忠科赶忙掏介绍信，乐了。眼前这个人绝不是一般的牧人。普通老百姓哪儿还能想得到看他们的介绍信!

孟克敖其尔很仔细地看完介绍信，微笑着退还给他们。

“是的，我是杨宝山。”他终于说道。

“是中共中央机要交通局的国际交通员吗?”

“是的。”

郭进业和史忠科从炕上跳下来，紧紧握住了孟克敖其尔的手。

“老天爷，终于找到你了。为了找你，我们费了多大的劲啊!”

孟克敖其尔——从此我们应该称呼他为杨宝山——此时却显得格外冷静。

“你们找我有什么事?”他问。

“根据西北局的指示，公开你的身份为你安排工作。”

“我必须得到中央机要交通局的命令。”杨宝山说。

“西北局执行的是中央的指示。”

“那好吧，我听从组织的安排。”杨宝山说，“你们别忙着要走，咱们谈谈。”

于是，两个干部谈起了旗里的工作，上级最近的指示，以及寻找他的过程。杨宝山也谈了起来。他谈到了延安，谈到了中共中央机要交通局，谈到了丰东工委和大青山，还谈到了第三国际驻乌兰巴托的联络机构……

当时最为吃惊的要数杨宝山的父亲。他做梦都没有想到自己的儿子是这样一种身份。他只知道自己的儿子是个好儿子，沉稳、有主见、厚道、不怕苦。他自以为了解自己的儿子。但现在他却惊呆了：中央党校的学员，在延安入党的老党员，让敌伪闻风丧胆的绥东工委委员，在日本人眼皮底下神出鬼没的机要交通员，他儿子真的是这样的人吗？而且他儿子原来不是叫孟克敖其尔吗？现在怎么又成了杨宝山?

当老人终于相信这一切都是真的时，他不禁惊叹起来：“我的佛爷，只听说谁谁是共产党，原来我家就住着一个大共产党，而我们却一无所知。”

郭进业和史忠科欢天喜地回去复命。杨宝山已经找到的报告一级一级地往上传递：伊克昭盟盟委、绥远省省委、西北局……

“孟克敖其尔原来是共产党”的消息在草原上传开，人们感到惊奇、兴奋……

按照组织的指令，杨宝山告别家乡的父老乡亲到鄂托克旗党委报到。

他骑马离开家，走出很远，不禁又回头长久地凝望着家乡。家乡的沙梁、草滩、沙棘林历历在目，自家的房屋、牲口圈、羊群也在那里。

他久久地凝望着。这是他第二次离开家乡。而第一次离开是在十二年以前，那一次他也曾经这样久久地凝望过……

第二章　投奔革命

一　找红军去

1937年1月20日，也就是正月初十。

这一年是丁丑年，按照蒙古人的习俗又叫“红牛”（即丁丑）年。翻阅《鄂托克前旗志·大事记》，关于这一年的记载有：

1月　鄂托克旗、乌审旗两旗因边界纠纷交战，经中共方面派员调解，持续一年多的武装冲突终于平息。

5月　中共少数民族工作委员会蒙民部长赵通儒到木凯淖尔，与饥民斗争领导人曹仓接头，为开辟桃力民地区党的工作打下基础。

7月　鄂托克旗西部牧民杨宝山、巴德玛、贺什格达赖、六斤、乌力吉扎尔嘎拉、额尔肯巴雅尔等到定边投奔红军。党组织送他们到延安中央党校学习。毕业，后5位分配到鄂托克旗开展地下工作。杨宝山被分到大青山，后来担任第三国际交通员。

7月29日　十二袭扎萨克噶勒藏罗勒玛旺扎勒扎木苏卒。其子旺庆扎布龙衣扎萨克。

12月　鄂托克旗工委在三段地举办积极分子培训班，为全旗抗日救亡工作培养一批地方干部。

…………

是年　金生华调走，张生瑞接任三段地工委书记。

按照鄂尔多斯蒙古人的习俗，这应是牧人们骑着马走亲串友、互相拜年的时候。但因为打仗，到处是枪声、杀声和哭喊声，把一个本来好端端的新年搅得没法过了。大家只好纷纷逃命，躲进沙漠里，钻进沙柳丛中。

这一天，杨宝山的家乡横遭烧杀抢掠，一些骑马挎枪的地方武装来到珠和。他们见东西就抢，见牲畜就赶，见人就打。牧人们也弄不清楚这些人究竟是哪个方面的，其实不管是哪个方面的，对老百姓都没有什么两样，不是抢就是杀。

一个高个子年轻人躲在一座沙梁上的几丛沙柳里，眼睛一直盯着沙梁下边的草滩。那里，几座蒙古包在燃烧，一些带枪的人赶着牧人们的畜群向远处走去，一两个牧人横卧在草滩上一动不动，大概是被打死了。

这个年轻人就是后来的杨宝山，当时叫孟克敖其尔，是年仅二十二岁。他是一个极为普通的牧人，家里有父母、妻子和儿子。他们全家是当时鄂托克旗西官府——西协理旺楚格斯官邸的“属民”。

他原本是个本分人，对生活从来没有抱过奢望，只要过得去就行。再苦再累他也不怕，艰难困苦的生活早就练就了他的忍耐力。但他又是一个十分耿直的人，从小就见不得不平之事。他从骨子里盼望着一种平等的、没有剥削和压迫的环境。他这些无疑属于一种最起码的愿望，但就是这种最为普通的愿望都屡屡落空。

他几乎是在仇恨与泪水中泡大的。他十岁那年家乡闹土匪，家里被洗劫一空不说，爷爷还被活活打死。十四岁那年遭年馑，家里的牲畜几乎全部死光，而官府又趁火打劫，苛捐杂税更加繁重。十六岁他被派到西官府应公差，经常挨打受骂。这些年来他目睹了穷苦老百姓的悲惨命运：有被打死的，有自己寻了短见的，有逃跑的……

他早已意识到：这样下去，决没有出路。正月初十那天，他这种意识更加强烈了。

那么，出路在何处？

仇恨一旦聚集到一定的程度，总是要爆发的，就像被阻挡的洪水总是要宣泄一样。当一个人心中积累了太多的仇恨以后，他首先想到的就是要寻找种种宣泄仇恨的方式。

一个想法突然跳进他的脑海里：到边区，找红军！

他有这个想法已经不是一两天了。这里离陕北那么近，好多激动人心的消息从那里传来。一开始听说红军长征到了陕北，接着又听说红军打下了盐池县的花马池，再后来又听说当地一些不甘心受压迫的蒙古族牧民到陕北找红军去了。他还接触过一些帮助红军打过仗的蒙古人，他们对他说，红军都是好人，都是一些讲道理的人，而且官兵之间平等。他还听说，定边县有一个红军的少数民族工作委员会，专门接待投奔红军的蒙古族牧民……

他似乎看到了出路。

但这个二十二岁的年轻人绝不是一个轻率从事的人。做出决定以前，他要深思熟虑，一旦做出决定，他将会义无反顾。

过了些天，他终于下定了决心。

他仍然在家里干活，成天干这干那。那些天，他默默地为家里安排着今后的生活。他维修柳笆房，加固牲口圈，甚至把父母做衣服的布料都准备好了。他不知道自己什么时候才能够回来。

又过了些天，他真的走了。

他徒步离家，一路走下去。

走了大半天，他想休息一下，走上一道高沙梁。他回首瞭望自己的家，蒙古包和柳笆房静静地卧在那边的沙窝子里，羊群在附近的草滩上吃草。原来他并没有走出多远，徒步行走，速度快不了。

他突然产生了一种依依不舍的心情。是啊，这一走，何年何月才能回来？还能不能回来？他想坐在这儿好好想一想。首先想到的是爷爷。爷爷是个十分善良的人，还信佛，每天早晚各一次在小佛龛前面点酥油灯，焚香，磕头，希望得到神的保佑，但最后却被土匪打死了。他怎么也想不通，那么善良的一个老人，为什么死得那么惨。自从爷爷被打死后，他就明白了，只要你是穷人，随时都有人来欺侮你，把你打死都有可能。你能怎么样？你敢怎么样？接着他又想起了自己在西官府当奴隶的经历。小小的年纪，他就像牛马一样地干活，经常挨打受骂不说，还饿饭。别说像他这样的小孩子，跟他一起的那些成年奴隶都受不了那种折磨，一个年轻女奴实在受不了，就上吊了。是他和其他几个人一起去埋葬的她。一个年轻女子，入土时都没有一件像样的衣服。从那时候起，他就常常处于一种悲愤的状态，仇恨在心中一点一点地聚集着。连他自己都不怀疑，这个仇恨总有一天会爆发……

想到这里，他庆幸自己的选择。找红军去，是他唯一正确的出路。现在，他终于走出了第一步。

他站起来，朝自己的家送去深深的一瞥，就甩开大步向前走去。

天傍黑，他到了城川附近的一个蒙古族牧民家里。看得出来这也是一户穷苦人家，只有一个孤老头在家。老头一个人过日子大概很寂寞，见到来客很高兴，给他熬茶，问这问那，还给他讲自己听来的好多消息。这里距陕北地区已经很近了，关于共产党和红军的传闻更多。看来老头对共产党和红军很有好感，还对杨宝山说："我要是像你这样年轻，早就投奔红军去了。"

第二天，杨宝山又走了整整一天，太阳落山时，他终于望见了古长城垛口，定边县城已经不远了。

二　定边街头的蒙古族小伙子

他来到了定边县城。

地处陕北最北角的这个县城那时候还很小，但这里却是共产党的天下，他来这里就是为了投奔共产党。但共产党在哪里？应该去找谁？他却一点都不清楚。

他一脸茫然地走在县城的街道上。

县城虽然很小，但也能感觉出一些新的氛围。东西一条长街上做买卖的人很多，推车的、摆摊儿的、开门脸的，一个接一个，叫卖声此起彼伏。街上走动的绝大多数都是穷人，但他们却是自由自在的。打着裹腿的红军战士排着队唱着歌从大街上走过，老百姓不但不怕这些“当兵的”，反而笑着向他们招手。虽说第一次来这个地方，但他也能够看得出来，这里的人是平等的，人们的心情是愉快的。

他就这样边看边走，思谋着怎么才能够找到那个红军的“少数民族工作委员会”。

后来他才知道，有人早已注意到了他这个穿着蒙古袍出现在定边街上的小伙子。

这是一个“边商”打扮的人，头戴黑缎子圆壳帽，后脑勺还吊着一条很粗的辫子，正笑眯眯地盯着他看，并且用蒙古语问他：“你是从草地那边来的，对吧？”

看到这个人和蔼可亲的样子，他笑了。“先生说得对，我是从草地来的。”他回答道。

“你是哪里人？”那个“边商”又问。

“鄂托克旗，珠和。”他回答。

“珠和？我知道。在城川的北边。”

“您去过我们那个地方?”杨宝山很高兴。在这个人生地不熟的地方，他终于碰到了一个能够说上话的人。

“我去过。听说你们那个地方在打仗，是吗?”

“是在打。”

“边商”很惋惜地摇了摇头，说：“都是蒙古族弟兄，为什么互相打呢？你们那里生活还过得去吗?”

“没法过了。”他说，“所以我才跑出来了。”

“那你来这个地方有什么打算吗?”

他犹豫了片刻索性把自己的打算说了出来：“我想参加红军。”

“是吗?”

“听说这里有个少数民族工作委员会，但我不知道应该怎么找，先生您可以告诉我吗?”

“边商”哈哈大笑起来，说：“你跟我来吧。”

他就跟着“边商”走，左拐右拐，拐进了一个四合院。四合院正北是个油坊，东厢屋住人。“边商”把他领了进去，里边有个戴眼镜的大个子正坐在桌子边看书，听到动静放下书站了起来。

他后来才知道，这个四合院就是共产党设在定边县城的少数民族工作委员会，那个戴眼镜的大个子是这个委员会秘书长赵通儒。领他来的那个“边商”叫周海则，是委员会的干事。

周海则与赵通儒商量了半天，又很认真地问他的家庭情况、本人情况等。他一个一个地做了回答。

问完了，周海则笑着对他说：“这里就是你要找的少数民族工作委员会。你要当红军，就应该到这里来。”接着把自己和赵通儒介绍给了他。

“现在你说说，为什么要参加红军?”赵通儒问。

“我们那个地方，穷人实在活不下去了。”他说。

“天下穷人都活不下去了，所以才革命嘛。”赵通儒说，“不仅是穷人活不下去了，咱们整个国家和民族都过不下去了。”

“国家和民族!”他重复道。他是第一次听说这两个名词，但他却一下子听明白了。

“可是你们蒙古族人还互相打仗，什么乌审旗、鄂托克旗，不都是亲兄弟吗？亲兄弟之间打仗，容易叫旁人占便宜。现在日本人就想占咱们中国人的便宜。”赵通儒又说。

“日本？中国?”他又重复道。这也是两个新名词，当时他还听不太明白，但却牢牢记住了。

“天下这么多人，其实就是两种人，穷人和富人。共产党代表穷人的利益，做穷人的靠山。富人也有他们的靠山，那就是国民党。”

“共产党，国民党。”他又重复，这两个名词他早就听说过，但现在好像又有了新的理解。

“干革命可是掉脑袋的事，你怕不怕?”赵通儒笑着问他。

“不怕，怕我就不来了。”他回答说。

“好，我们正式接收你。”

当时，已经有不少蒙古族青年来到定边参加了革命。少数民族工作委员会专门为他们开办了培训班。杨宝山也被编进培训班学习。也就在这个时候，在大家的建议下他把名字改为杨宝山。

据当时培训班上的人回忆，在学员队伍中杨宝山是很出色的一个。坚定、沉着、周到、忠实等特质，在这个年轻人身上很快便表现出来。他的发展也比较全面，军事、政治、文化，样样都很努力。培训班学习结束后，他又被分配到少数民族工作委员会机关做接待服务工作。

定边的生活很苦。陕北本来是一个穷地方，土地贫瘠，气候干旱，再加上水土流失，这里的老百姓世世代代在最低贫困线上挣扎。当时又是中国革命最困难的阶段，少数民族工委的条件可想而知，往往连山药蛋和小米都不能满足供应。但杨宝山却不怕苦，他乐观、开朗，好像有使不完的劲似的，而且办事精细，做接待工作从未出现过差错，很快得到了机关同志们的好评。

就在这个时候，震惊中外的卢沟桥事变爆发了。

消息传来，机关立即组织讨论。大家都很激愤，争先恐后地发言。杨宝山听着大家的发言，慢慢地也明白了，原来穷人争取自由和平并不是容易的事。与穷人作对的不仅有地方封建势力和国民党反动派，还有国外帝国主义。原来，全世界的穷人是一方，全世界的富人又是一方，这两方之间存在着尖锐的、你死我活的斗争，这就是阶级斗争。穷人要战胜敌对阶级，就必须跟共产党走，再没有其他的出路。

一连几天，定边县城举行了规模很大的示威游行，“打倒日本帝国主义”的口号响彻云霄。杨宝山走在游行队伍中，真是感慨万千。在这里他看到了穷人的力量。在老家的时候，穷人们也仇恨富人，但谁敢反抗？唯有在共产党掌权的地方，穷人们才敢于这样集会游行，表达自己的意愿。

游行回来，机关里的同志问他有什么感想。

他想了想说：“帝国主义太坏了，竟跑到我们的国家来打我们。”

“还有呢?”

“穷人应该团结起来，只有团结起来才有力量。”他又说。这是他参加游行的真实感受。那么多人组成游行队伍，他感觉到有一种排山倒海的气势。

“怎么样才能够团结起来呢?”

“只有共产党才能让穷人团结起来。”他说。

“说得好。你提高很快。”跟他谈话的同志表扬了他。

三　陕北好风光

过了两天，少数民族工委领导叫了包括杨宝山在内的几个人去谈话。原来一个激动人心的消息在等着他们：决定选派他们几个优秀同志去延安，参加八一建军节庆祝活动。听到这个决定他们都很高兴，激动得整夜整夜睡不着觉，但他们又不能告诉别人，因为当时这种事情都需要保密，因此他们只能抽时间悄悄做一些准备工作。

过了几天，他们骑着马离开县城，奔赴延安。

据有关资料记载，当时去延安的一共有六个人，他们是：杨宝山、贺什格达赖、巴德玛（女）、六斤（有的资料里写作刘靖）、乌力吉扎尔嘎拉、额尔肯巴雅尔，全是蒙古族。

到定边对杨宝山来说只不过是从家乡走出去了一步，而这次却算是从未经历过的远行了。

他的家乡其实离定边很近，步行只有两天的路程。在定边县城他甚至还想过，将来从那里再回到家乡开展革命工作。这种想法并非不切合实际，因为他的家乡珠和，就在“鄂托克旗西部”，据说有些人就是从定边回去的。但现在他却走向了更远的地方。当然他这时候还不知道，不久他将走得更远。

六个人六匹马，身上带着少数民族工委的介绍信，一路上都有地方党组织专门派人接送，顺利得很，而且越往南走，革命的气氛就越浓厚。不久，他们便进入了陕北的腹地。

第一天晚上他们住在黄土高原上的一个村子里。这里的村子都不大，而且住户很分散，从这一家到那一家很远，据说庄稼地离村子更远，在很远的山坡上。村里生活贫困，满目荒凉。但这里却有党组织。他们六人按照少数民族工委的交代，应该在村子里找到一个叫老张的人，一切都由这个老张安排。落日时分他们刚进村，一个陕北汉子就笑着迎来，原来这个人就是老张。他大概四十岁，头上扎着白羊肚儿手巾，总是笑呵呵的，连半句蒙古语都不懂。

而这边去的六个人，汉语也很差，双方只能够勉强进行沟通，但仍然都很高兴，又握手又拍肩膀，气氛热烈得很。

“把你们分散安排到老乡家里住，但你们放心，都是我们的基层群众。”老张笑着说。

“好，好……”这边的几个人忙不迭地答应着。

“我们这个地方，吃不上好饭菜。”老张又说。

“不要紧，不要紧。”他们说。

“马匹集中到我家，我负责给饮水，喂草。”老张说。

杨宝山望着西边的落日。陕北高原上的落日很是壮观，虽说正是夏天，但这里看不到多少绿色，无边无际的黄色连接天涯，高远的天空中飘浮着几丝云，日头刚刚沉入西边的地平线，将那里烧得通红。

老张将他们一个一个地安顿好，还忘不了开玩笑：“好好睡觉，不要想老婆。”

第二天，老张又把他们送出很远，再三交代怎么走，到什么地方找什么人。

中午他们找到一个村子休息了一会儿。同样是一个很小的村落，但他们在这里看到了有人在墙上写大幅标语，有扛着红缨枪的赤卫队在走动。赤卫队中还有女的，剪着齐耳短发，扎着皮带，显得很精神。

他们正坐在村边上的一座破庙前面休息，一个赤卫队员走了过来。

“你们是干什么的？”

他们赶紧把介绍信拿出来给他。

“哦，是去延安的，你们是蒙古人？”赤卫队员一看介绍信就变得热情起来。

“是的。”

赤卫队员给他们拿来一瓦罐子水让他们喝，又给他们详细介绍了下午的路怎么走。

这一路杨宝山感受很多。遇到的都是一些素不相识的人，一听说他们要去延安，一看他们的介绍信，就变得热情起来，像多年的老朋友一样为他们提供帮助。这是为什么？

就是因为大家有了一个共同的目标，有了共产党这么一个主心骨，有了信念和希望。老百姓凝聚到这个程度，什么事情不能办成？

越往南走天气也越热，地形地貌也在不知不觉中变化着。小孩子在山坡上放羊，赶着毛驴的老头在山沟里行走，黄泥房子变成了窑洞，陕北婆姨们坐在窑洞门口做针线，他们甚至听到了高亢嘹亮的“信天游”……

地方上的同志告诉他们，延安已经很近了，他们会看到山顶上有一座宝塔，那就是延安。

有一天，他们终于看到了山顶上的宝塔，延安就在眼前。

四　延河滚滚

六个人激动地望着宝塔山。宝塔山下是一条很宽的河床，河水滚滚流淌，那边的一些大山沟里有一排排的窑洞房。身穿灰布军装的战士排着队从山沟里走出来，又隐入另一条山沟。

有的地方让人产生神圣感，延安正是这样的地方，因为它与两位时代伟人——毛泽东、朱德的名字联系在一起。当他们六个草原蒙古人骑马来到延河边，看到山顶上的宝塔时，大家都激动不已。过去他们都是一些生活在社会最底层的人，现在却以革命的名义被召唤到这个地方。在这里，他们比在任何其他地方都清楚地感到，自己已经是一名革命战士了。

他们拿着介绍信，到处找接待他们的人。而等着接待他们的人也在到处找他们。直到傍晚，他们才碰到了一起。

“我的天，你们到哪儿去了？让我到处找你们。”接待他们的同志笑着说。

“我们想多看看。”其中一个说。

“那你们就住在延安好了，别回去。”那个同志说。

他们被安顿在几眼窑洞里。刚吃过饭，中央组织部的两个同志就来看望他们，问他们对这里的生活是否习惯，有什么要求……

他们什么都说不出来，也没有什么要求，来到革命圣地，他们高兴都高兴不过来呢，还能有什么要求？

中央组织部的同志接着却提出一个问题，征求他们的意见。

“中央组织部的意见是你们不回去了，在这里上党校学习。你们有什么意见？”他们问。

“党校？”

“是呀，中央党校。”

原来从定边出来时，组织安排让他们几个人参加完建军节庆典活动就回去，现在却让他们留在延安，而且还要上中央党校。能有什么意见？学习是为了做好革命工作，而且这时候他们已经懂得，参加革命就要服从组织的安排。于是几个人当即表态同意。

参加完庆典，他们就去桥儿沟中央党校报到，被编入民族班。

民族班又叫第七班，全是少数民族，共二十多人，除了大部分是蒙古族以外，学员中有五名藏族，三四名回族，还有彝族。民族班的班主任是南方人，叫金生华。班长是解放后曾任西藏自治区主席的天宝和蒙古族学员图布新巴雅尔。学习课程很多，有中国近代史、中国党史、联共党史、党的统一战线政策、民运工作、游击战争，等等。

如果说，杨宝山离开家乡到定边找到少数民族工委，是他一生中的一个重要转折点，那么进入中央党校学习，就是他精神世界发生质的变化的过程，他在这里完成了一次自我的重大提升。过去他只有仇恨与希望，现在他却有了理想和信念。在这里他懂得了马克思列宁主义的基本常识，懂得了党的纲领与政策，也了解到了世界和中国的形势以及前途，这样他更加坚定了干革命的决心和自觉性。就在这时，一个愿望在他心中开始形成：他想成为一名共产党员。

当时，即使是在延安的中央党校，党组织也不是公开的。杨宝山不知道找谁去表达这个愿望，后来他终于想到了自己的班长图布新巴雅尔。图布新巴雅尔也是鄂尔多斯人，谈心交流相对方便一些。他想，在中央党校当班长的人，无论如何应该是共产党员。有一天，他终于找到图布新巴雅尔谈了自己的愿望。图布新巴雅尔听了以后当时也没有表示什么，只是希望他继续努力，更加严格要求自己。

延河在滚滚流淌，宝塔的影子倒映在河水中。几乎每天晚饭后杨宝山都要去延河边上溜达。那里绿树成荫，能够看得到远处有红军战士排着队走过，看得到一些女战士在河边洗衣服，看得到骑着马的首长和跟在后边的警卫员涉水过河……

不知道从什么时候开始，天宝总要跟他一起来河边散步。

天宝，又名桑吉悦希，藏族，1935年在四川阿坝州参加红军并参加长征，是我党早期几个重要的少数民族干部之一。解放后，曾任四川省委副书记、副省长，西藏自治区主席，西藏军区第二政委，中顾委委员等职。

他们边走边谈。天宝总是问起他的家庭、他的经历以及他的想法和今后打算。天宝是个老革命，态度总是那么和蔼，杨宝山很敬重他，也很愿意和他谈自己的一切。

在延河边上这样溜达了很多个傍晚以后，有一天天宝问他："听说，你希望加入党组织？"

"是的。"他回答。

"那么你认为，一个共产党员最为重要的是什么？"天宝又问。

"是对党的忠诚。"

天宝看了他很久，最后满意地点了点头。

又过了一些天，一天晚上天宝通知他到教室开会。所谓的教室，是一眼大窑洞。他进去一看，班里的负责人全在那里，气氛极为严肃。

天宝对他说："这里要举行党支部会议，讨论你的入党问题。你先说说对党的认识以及自己的想法。"

杨宝山谈了起来。他谈起了爷爷被打死，谈起了自己小小年纪便到“西官府”当差役，谈起了自己的苦闷与希望，谈起了怎么到的定边，谈起了来到延安以后的认识和想法。他的发言勾勒出了一个蒙古族年轻人寻求解放道路的轨迹，而结论是：必须跟着共产党走！

杨宝山谈完以后，天宝和图布新巴雅尔两个人作为介绍人向大家介绍了他的情况。接着大家进行讨论，最后是举手表决。

会很晚才散。无数颗星星在夜空中闪烁，空气湿润而清新。天宝一直送杨宝山走到居住的那眼窑洞。

天宝对他说：“从今天起，你是一个预备党员了。今后，你要履行一个共产党员的义务和责任，永不叛党，革命到底。”

“我能够做到。”杨宝山坚定地说。

那天晚上，心中的幸福感和渴望战斗的激情让他辗转反侧，久久不能入睡。

第三章　在大青山抗日根据地

一　晋西北见贺龙

1938年3月，中央党校第七班结业了，但组织上让杨宝山继续留校学习到11月。这时候他来到延安已经一年多了，对这里的环境变得很熟悉，生活也习惯了。这里的生活是艰苦的，但生活在这个革命大家庭里心情却是愉快的。没有剥削，没有压迫，人人平等，大家都为了一个共同的目标在奋斗。这样的地方再到哪儿找去？但杨宝山同时又在渴望着战斗。是啊，学习是为了革命，现在他在党校已经学习了一年多，跟他同时入学的那些同志早已奔赴前线了，一想起这个，他就有点坐不住的感觉。

一天晚上，杨宝山正在窑洞里整理学习笔记，他那个班的班长领着一个人来找他。

"你是杨宝山同志吧？"那个人很和蔼地问。

"我是杨宝山，首长您是？"

"哈哈，我叫白如冰。听说过吧？"

杨宝山一听就高兴，眼前这个人就是白如冰呀。白如冰当时是我党新任绥蒙工委书记，对白如冰这个名字，他早有耳闻。

"首长有什么指示吗？"他问。

"我就直截了当说吧，我想让你去大青山抗日根据地工作。"白如冰笑呵呵地说，"现在，中央各机关和各解放区都到中央党校要人。我到中央组织部好说歹说把你抢到了手。我们大青山抗日根据地太需要蒙古族干部了，杨宝山同志，你就去吧，怎么样啊?”

“我没有什么意见。”

“好，好。这个事情就这么定下来。”白如冰高兴地笑了起来，“至于什么时候走，怎么走，你就等上级安排吧。”

白如冰仍然在笑着，一点架子都没有，跟杨宝山说话就跟老朋友聊天似的。“那你就开始做准备吧。路程可不近呀。”

白如冰走了以后杨宝山就睡不着了。很快就要上前线了，他思谋着应该带一点什么。行李那些东西其实很简单，打个背包就行，他考虑的是一定要把识字课本带上。他学文化已经学出了甜头，觉得多识几个字就能多看一点书，就能多懂点革命道理。当时他已经可以读报纸了，虽说有点吃力，读得比较慢，但已从报纸上了解了很多事情和道理。他懂得了识字和不识字的差距，识了字就能够看到更为广阔的世界。

杨宝山要上前线的消息不知怎么就传开了，学员们来向他表示祝贺，这是当时中央党校里自然形成的一个习惯，谁要走了，大家都来祝贺，除了有送行之意外，也表达了一种羡慕，大家都盼望着能早日上前线去呢。

班里通知他不用上课了，让他做一些准备。他走出了党校，想走之前再到延河边上走一走，还想去其他机关看看自己认识的一些同志。就这样他无意中碰到了在定边认识的一个人，从他那儿听到了家乡鄂托克旗的一些情况。

据那个人讲，他刚去过鄂托克旗，那里的革命形势很好，八路军警备骑兵师的一个团驻扎在东部的克泊尔庙，国民党新编第三师一个团也进去了，延安红军大学、西北党校、中央民族学院三所院校的学员组成的骑兵连也到了鄂托克旗。

“西部怎么样？珠和那一带……”杨宝山迫不及待地问。

“那还用说吗？西部的革命基础一直很好，现在基本上在我们的控制范围内。”那个人说。

虽然说得有点笼统，但这是杨宝山自从离开家乡以后第一次听到有关那里的消息，他仍然很激动。

没几天，杨宝山得到了分配他到大青山工作的正式通知。又过了几天，他又得到通知说，去大青山的同志和去晋西北的同志一起走，先到晋西北，再从晋西北去大青山。

一个晴朗的早晨，一群人告别了延安，向山西进发。十几个人背着背包，从延河边上走过。这是当时延安常见到的情景：十几个人、二三十个人，或者更多的人编成一支队伍，背着背包扛着枪从延河边上走过去。一样的灰色军装，一样的简单背包，朝气蓬勃，行色匆匆。他们是从延安出发奔赴前线的干部，有的是刚从中央党校毕业的学员，有的是从中央各机关抽调出来的干部。延安是革命的心脏，它就这样把新鲜血液输送到全国各地。

“再见，延安!”一个同志喊。

“延安，我们还会回来的。”又一个人喊。

清风习习，河水潺潺。河边上一些人在洗脸，还有些人在跑步、做操，看见了他们这个队伍，便朝他们招手致意。那些人知道他们是上前线去的。

杨宝山这时候却想起了家乡，想起了珠和。这一走，离家乡更远了，什么时候才能回去？家里人现在还好吗？他想着，可脚下的步伐更坚定了……

十几个人一路步行，走了十多天，终于来到了晋西北岚县一二〇师所在地。分配到晋西北的同志立即投入工作，杨宝山等去大青山的四个人留在住处等待命令。

这四个人，一个是杨宝山。一个叫白成明，原先也在鄂托克旗工作，现在奉命调往大青山。还有一个姓师，是汉族。另一位同志是蒙古族，察哈尔人。

到了第三天晚上，一二〇师的一位同志来告诉他们说，贺龙同志特意要见他们中的两个蒙古族同志。贺龙（当时四十岁，任师长）名声赫赫，杨宝山和那位察哈尔蒙古族同志都仰慕已久，现在听说他要接见自己，他们自然很高兴。

他们跟着那位同志出来，朝贺龙的住处走去。晋西北的夜空中，无数颗星星在闪烁着，寒风彻骨，四周一片漆黑。现在是中国抗日战争最艰苦的阶段，但在这沉沉黑夜里，不少抗日根据地却傲然挺立，晋西北，大青山，冀中，东北……一想到这些，杨宝山他们心中有一股豪情油然而生。踩着冻硬的土地，顶着凛冽的寒风，他们走得格外精神起来。

“到了。”前面领路的同志话音刚落，他们已经来到一溜三孔石窑前。站岗的战士为他们掀开了厚厚的棉布门帘。

进了屋，他们一眼就看到了贺龙。他站在灯光下，身材魁梧，大脸盘上留着小胡子，拿着他那个常不离手的烟斗，正对着他们微笑。

“坐，你们都坐。”贺龙说。

他们俩坐在板凳上，望着眼前这个传奇式的英雄。

贺龙一个个地问了他们的名字、原籍，高兴地说：“好，好。我听说来了两个蒙古族同志，心里很高兴。打败日本侵略者，是我们各民族大家的事情，也只有我们中国各民族团结起来，才能够最后打败日本帝国主义侵略者。”

贺龙接着又说起了大青山。

“大青山是我们新开辟的一个抗日根据地。先前一二〇师派去一个骑兵营，现在已经扩大成一个支队，由李井泉同志领导。发展很快呀。但我们还需要发展。要发展，很重要的一项工作就是发动和组织大青山周围的广大蒙古族群众。所以你们蒙古族同志的任务更重一些。”

杨宝山他们俩当即表示：到了大青山，一定要为根据地的进一步扩大做出努力。

贺龙跟他们一直谈到深夜，才让他们回去休息。

第二天，他们四个人离开一二〇师师部，北上岢岚县，在那里等待白如冰。他们在岢岚县过了大年。过完年，白如冰从伊克昭盟过来跟他们会合。白如冰带着二十多人，还给他们四人带来了马匹。他们立即与大青山根据地联络。没几天，大青山那边派来骑兵连接他们。

二　巍巍大青山

大青山，位于阴山山脉中段，东西七百余里，南北宽百里，其战略地位十分重要。控制了大青山，就能阻止日军西进南下，保证陕甘宁边区的安全，同时也可以在内蒙古地区竖起一杆蒙汉团结抗击日本帝国主义的大旗，有利于粉碎日军对中国各民族实行“分而治之”的阴谋，对于打通与苏联和蒙古的通道，加强中国与世界反法西斯战争的联系，也具有十分重要的意义。因此，毛泽东、朱德数次致电贺龙，要求一二〇师尽快开辟大青山根据地。1938年6月，贺龙根据党中央和毛泽东的几次电报指示，抽出一二〇师一个团和师直骑兵营一连，组建了大青山支队，由一二〇师三五八旅政委李井泉任支队长兼政委。10月，该支队终于完成了挺进大青山的任务，与杨植霖领导的蒙汉抗日游击队会合。从此，这条山脉便变成了内蒙古西部地区抗击日军的一道钢铁屏障，变成了河套、绥中、绥南、绥东以及山后牧区抗日斗争的中心。

大青山支队，因为当时由李井泉当司令员，老百姓习惯叫他李支队。

1939年2月，杨宝山他们由白如冰率领，在骑兵连的护卫下来到了大青山支队总部。支队总部当时设在一个叫五塔板的村子里。来到新的环境，大家都很兴奋，也感到新奇。李井泉司令员带着参谋姚喆、政治部主任张达志来看望他们。一下子补充了这么多人，首长们很高兴，跟他们一个一个地握手、拥抱，非常热情。

白如冰到大青山后担任政委，其实主要还是负责绥蒙工委的工作。杨宝山是白如冰亲自出面从中央党校要来的，因此也就分配到了绥蒙工委，经常跟随白如冰到山下蒙古族群众中开展工作。

团结广大蒙古族人民大众参加抗日斗争，是大青山革命根据地的一项十分重要的工作。当时，中共绥远省委设立蒙民部，白如冰亲自兼任蒙民部长，下设几个地委和县委也都设有蒙民部。杨宝山本身就是蒙古族，做蒙古族群众的工作更为方便。

有一次，他和白如冰下山做群众工作，回去的路上经过一条小河。河边的泥潭里陷进去一匹马，那匹马无论怎么挣扎都挣扎不出泥潭，而且还越陷越深。一个中年人，大概是马的主人，站在旁边干着急。杨宝山他们过去以后，二话没说就帮着中年人把马从泥潭里拉出来。中年人很感激他俩，一定要请他们到家里喝茶。他们说不用，就要继续赶路。

“我知道你们是什么人。”中年牧民说。

“你说我们是什么人?”杨宝山笑着问。

“你们是大青山的。”

“你怎么知道?”

“我看见你们带着枪。带枪的人我见得多了，要是不是大青山的，我这个马今天就不归我了。”

“为什么?”

“只有大青山的人不抢老百姓的牲畜。”

杨宝山很高兴，山下的老百姓对大青山有这样的认识，以后的工作就好做了。

从那以后，杨宝山几次顺路去看望这个牧民，和他成了好朋友。这个牧民也成了支持大青山根据地的“铁杆”。

还有一次，杨宝山跟另一个同志到牧区开展工作，正好碰到一个边商在牧民家算账。边商头戴瓜皮帽，手拿算盘，噼里啪啦地算着，正在搞利滚利的把戏。户主是个蒙古族老头，黑着脸看边商打算盘，算盘越响，户主的脸色就越难看。杨宝山看了半天，便笑着把边商的算盘拿过去。

"我给你算吧。"他说。

"什么?"边商大概从未遇到过这样的事情，瞪大眼睛问道。

"我发现你算得不对。我给你算算。"杨宝山说，"怎么两块砖茶经你一算就变成了一头牛呢?"

边商呆了半天终于明白了什么，忙不迭地说："我明白了，长官你是从大青山下来的。"

"知道了就好。你不应该这样盘剥蒙古族老百姓。我们就是为老百姓做主的。"杨宝山说。

一直站在一旁的户主这时候也来了精神，对边商说："你再这样欺负老百姓，我就上大青山告你。"

边商说："我错了，我错了。"

杨宝山又开始开导边商："现在日本人在欺侮咱们中国人，我们应该团结起来共同对付日本帝国主义，而不应该欺压咱们自己人。"

边商一个劲地点头说："我一定改，再也不干这样的事情了。"

几个月下来，杨宝山在山下有了很多蒙古族牧民朋友。白如冰很赞赏他的工作。

三　凉城之旅

在大青山根据地工作了三个多月，杨宝山被任命为中共绥东工委委员，到凉城县蛮汉山一带开展武装斗争。一到那里，他就带着队伍拔掉了一个“钉子”。

事情是这样的：卓资县一带有一个汉奸商人经常给日本鬼子送情报，使我方几次遭受日伪的袭击，损失很大。杨宝山来到凉城的时候，人们正对此事议论纷纷。一听情况，杨宝山就来了气。

“拔掉他。”他说。

“集合队伍吗？”

“不用。”

他派出便衣侦探去了解情况。侦探回来报告说，那个汉奸商人正在家。杨宝山决定当天晚上就去收拾他，于是叫来白成明和一个警卫员、一个通信员，开始部署。

“老白你装扮成日本军官，我给你当翻译官。咱们两个人就大摇大摆地进去。”杨宝山说，并在纸上画出了汉奸商人家院的地形图。他又对警卫员和通信员交代说：“你们两个，一个看着咱们的马，一个把住窗户。”

“好的。”白成明对这个办法很是称赞。

接着，杨宝山又让人找来日本兵的服装，让白成明披上了日本军官的黄呢子大衣，他自己穿上了普通士兵的衣服。他们很快就出发了。绕过几道山梁，来到村边，杨宝山对其他三个人重复了一遍注意事项，就径直走到汉奸商人的大门口。

杨宝山去敲门。

兵荒马乱的年月，汉奸商人一家戒备得很，敲了好半天，院内才有了动静。汉奸商人披着外衣，让儿媳妇提着灯边走边问：

“是谁在敲门呀？”

“皇军！”他说。

“哦，是皇军。来了，来了。”

杨宝山那个带着蒙古语腔的汉语在当地人听来确实像日本人在说中国话。

院门打开了，杨宝山看到一个老头和一个年轻女人。白成明在前，杨宝山在后，两个人就那么大摇大摆地走进了正屋。看到一把太师椅，白成明便坐在上边。

“是皇军来了，辛苦，辛苦。”老头子说着，让儿媳妇给端茶，但被白成明制止。

“这位是皇军顾问先生，我是他的翻译官。”杨宝山开始说道。

“哦，哦，有什么事情，尽管吩咐。”

白成明煞有介事地叽里咕噜一番，杨宝山给他“翻译”：“太君问你呢，这两天八路军哪里去了？”

“我也在打听呀。但八路军鬼得很，不好掌握他们的行踪。”老汉奸诉起苦来，“不过一有消息，我马上报告皇军。”

白成明和杨宝山装得很像，但毕竟是假的，很快引起了汉奸儿媳妇的怀疑。那个媳妇开始用异样的目光看他们，还去扯她公公的衣角。杨宝山和白成明交换了一下眼色，这里不是久留之地，两个人随即起身要走。

“好了，我们这就去太平庄调皇军大队，你给我们带路。”杨宝山说着，就拽着老汉奸往外走。汉奸的儿媳妇企图阻拦他，被白成明挡住，这时候杨宝山已经把老头子拉到院内。守在窗户外面的警卫员靠过来，很快便制伏了汉奸。

为了对汉奸卖国贼真正起到震慑作用，第二天上午杨宝山在一个叫布日嘎斯台的村子里召开了公审大会，公开审理那个老汉奸。公审大会还没有开完，来了汉奸家里十几名亲属，要求赎人，当即被杨宝山一口回绝。恰逢敌人又来骚扰，他们只好带着汉奸转移到山上。汉奸也知道敌伪军来了，好像突然看到了一线希望，就躺着不走了。这时双方已经交火，杨宝山他们边打边撤，那汉奸就成了他们的累赘。

“我实在是拖不动他了，怎么办呀？”押解汉奸的游击队员指着汉奸问杨宝山。

“拉到山沟里毙了。”杨宝山说。

后来杨宝山才得知，那位游击队员为了节省子弹，用大刀片砍了那个汉奸的脑袋。

这件事情影响很大，打出了抗日游击队的威风，使敌伪汉奸闻风丧胆。那些平时与敌伪有些来往的人，成天提心吊胆，惶惶不可终日，也收敛了许多。但同时又出现了另外一种倾向：一些大户怕游击队，不敢跟游击队来往。

了解到这个情况以后，杨宝山认为这不是个小事，就召开会议研究这个问题。

“这个现象说明什么？”他问大家。

“这是阶级本性决定的。那些大户都是有钱人，是地主、富农、商人，阶级本性决定了他们反对革命。”有人说。

“这个看法有点片面。”杨宝山说，“他们也是中国人，他们大多数还是爱国的，也经常受到日本侵略者的压迫。是不是这样？”

“现在是全民抗日，只要不当汉奸我们就应该多做团结、争取工作。”杨宝山又说。

大家都表示同意。

杨宝山接着说：“现在正是好机会，我们必须抓紧进行那些大户的工作，让他们支持游击队抗日。”

事情就这样定下来了。游击队扩大政策宣传，去团结那些爱国大户人家，很快见到了效果。那些地主、商人终于明白，只要不去当汉奸，八路军游击队是不会跟他们过不去的。他们纷纷出来帮助抗日武装，有的还捐钱捐物。游击队的势力开始壮大了，用那些捐来的钱买来了油印机和笔墨纸张，把那些捐来的布、药品等送到了大青山。

第四章　党选择了他

一　再回延安

那封电报是1940年秋天打来的。电报来自山西雁北，署名：白如冰。电报要求绥东、丰（丰镇）东几位负责同志火速来雁北右玉县开会，而且还特别注明：杨宝山同志必须同时前来。

当时，杨宝山正在丰镇东部的隆盛庄和黑山敌占区开展抗日工作。斗争依然很艰苦，日军与地方上的汉奸势力相勾结，总是想一口吞掉抗日武装，他们依托铁路线，四面出击，步步为营，步步紧逼。杨宝山和同志们在极端困难的情况下坚持着，每时每刻都有生命危险。他们往往白天躲在野外，到了黑夜才又进村开展工作，就这样，还常常中埋伏，被追杀。

杨宝山已经几次死里逃生了，其中有两次相当危险。

一次是半夜进村。杨宝山和四五个人刚进村，就听到迎面有人喊："谁呀?"

本来说好要跟村里的同志接头，但天特别黑，根本看不清楚前面的人是谁。

"你是谁?"跟杨宝山一起的同志只好反问。

"是八路吧?"前面又喊。

"你才是八路呢。"这边又喊。但已经感觉到不对劲了，他们开始悄悄往后撤。

"站住!"那边喝道，接着就是一枪。好在枪是朝天开的，子弹呼啸着飞向高空。这时候杨宝山他们就拼命地跑。

开枪的时候双方的距离最多不超过三十米，好在天黑，伸手不见五指。他们一口气跑到野外，后边的敌人追了一阵，后来因为什么都看不见就回去了。

事后他们议论，幸亏敌人先开口问他们是谁，才引起了他们的警觉，要不然他们有可能直接撞到敌人身边去。其实白天都侦察得好好的，半夜怎么就突然冒出敌人来，谁也搞不清楚。

从这之后，他们更加警觉了，但工作还必须做。敌人的花招也在不断地变样，一些便衣到处游荡，加上汉奸告密，环境变得越来越恶劣。

还有一次是他们突然被包围。那是白天，他们正在村子里开会，望风的跑进来说，日伪军已经把村子包围了。当时的情况，突围已经毫无指望，他们干脆就在房间里做战斗准备。有一个人悄悄上了房顶观察情况，回来说，敌人已经开始进村了。他们开始销毁身上的类似笔记本、字条的东西，怕被敌人俘虏或者牺牲以后落入敌人之手。正在这千钧一发之际村外突然响起了枪声。

谁也弄不清楚，究竟谁跟谁打起来了。

但不管怎么说，日伪军跟某些人接上了火，而且一开头打得还相当热闹，接着枪声就越来越远。他们哪能错过这个机会？所有人立即撤出村外。事后他们也一直没有弄明白究竟谁跟敌人接的火，估计可能是路过这里的游击队。不管怎么说，他们又逃过了一难。

正这时，有人向杨宝山传达白如冰来电的内容。

他立即放下手中的工作，在丰东游击队的护送下向雁北进发。

当时已是收割庄稼的季节，但一路上却很少看见秋收的农民。日本人到处烧杀抢掠，老百姓早已无法过正常的生活了。他们碰到烧毁了的村庄、逃难的人群，还时不时听到消息说前面有日本人建立的据点，于是他们只好绕着道走。越走环境越险恶，有一次他们甚至跟一小股日本兵齐头并进，日本兵在山上走，他们在山沟底下潜行，日本兵打着的太阳旗都看得真真切切。走了数日，他们终于安全到达了绥蒙工委驻地，按时参加会议。

那次会议是在与敌人捉迷藏的状态下召开的。其时，中共绥蒙工委驻扎在雁北地区右玉县的一个山村里。这里经常遭受敌人骚扰，因此只好边转移，边打仗，边开会。会断断续续开了二十多天才结束。会议结束后，其他同志都陆续回去，杨宝山却被白如冰留下来。

“有其他任务？”他问。

“现在还不好说，暂时你就跟着绥蒙工委走吧。”白如冰笑着回答。

杨宝山想大概调他到工委机关工作了。

开始，绥蒙工委在雁北的右玉，后来又转移到山西河曲。到了河曲，工委的三十个人分开住到老百姓家，还从煤窑背来炭准备过冬。杨宝山也终于安下心来，他以为今后大概要在工委工作了。但到了11月，白如冰却突然找他谈话。

“上次我去延安，中央组织部副部长李富春同志要我物色一个可靠的蒙古族同志送到延安，我就把你报上去了。现在延安那边来了通知让你去呢。你现在就出发去延安。具体工作由李富春同志告诉你。”

杨宝山在中央党校学习时听过李富春作报告，当时他觉得李富春的口音很难听懂。

“让我去干什么？”他问。

“李富春同志没有告诉我。”

白如冰说完，亲自给他开了介绍信。这样，他又匆匆上路，第二次奔赴延安。

二　李富春亲自对他进行考察

杨宝山带着介绍信来到了延安杨家岭。有关部门经请示后，就派一个人带着他走，说是李富春同志要见他。

首长居住和办公的地方，警卫工作自然很严格。经接洽，站岗的哨兵让领他的同志回去，带着杨宝山来到山坡上几眼窑洞前，让他一个人进去。

那时候已经是晚上，杨宝山走进窑洞一看，灯光下一个人正趴在桌子上写东西，听见动静停下笔，微笑着过来跟他握手。这个人中等个子，剃着光头，穿着一身普通的灰布棉衣。当时，延安的山沟里到处可以见到这样的服装。杨宝山认出来了，这个人正是李富春。

“是杨宝山同志吧？来，坐下。”

“我是杨宝山。”他回答道。也许是面对面说话的缘故，他觉得李富春的口音好像也容易听得懂了。

“我是李富春。我还需要看看白如冰写来的介绍信。你带来了吧？”李富春笑着问。

“带来了。”

李富春让杨宝山坐在凳子上，看完介绍信说：“你辛苦了。大青山那边情况怎么样？”

杨宝山开始介绍情况。

李富春听得很仔细，还不断地提一些问题，最后说：“你刚从前线回来，先休息。”于是，就让通信员把他送到招待所。

过了三天，李富春又一次把他叫去，谈了一个多小时。李富春详细地问他家庭情况，问他家里都有什么人，都干什么，有几间房子，多少头牲畜，等等。谈完也没有说别的什么，李富春送给他几张《新中华》，让他回招待所好好学习，继续休息。过了一些日子，任弼时、邓发两个人又分别把他叫去，反反复复问他与李富春同样内容的问题。

“你爷爷是干什么的？”任弼时说话直截了当，杨宝山刚坐到板凳上就开始问他。

任弼时留着小胡子，手里一直拿着烟斗，这两点很像贺龙，但贺龙有军人的气质，而任弼时却怎么看也只像个教书先生。

“牧民。”杨宝山回答任弼时的问话。

“还在吗?”

“被土匪打死了，那时候我还小。”

“父亲呢?”

“当牧民。”

“你家里生活怎么样?听说你当过差役?”

“生活很困难。我很小就到西官府当差役。”

任弼时跟他谈话，问完问题也就完了。邓发却不同，问完那些问题以后还跟他聊，而聊的内容也很有意思。

“你们蒙古人经常走夜路吧?怕不怕?”邓发是另一个类型，像军人又像知识分子，脸色黝黑，两只眼睛很有神采。

“不怕，从小走夜路，习惯了。”杨宝山说。

“是吗?具体说说。”

杨宝山就说起小时候夜晚出去寻找丢失的羊羔，还遇到暴风雪，后来走着走着就迷了路。他讲起了草原上的“鬼火”，那是一种绿色的火，总是飘忽不定，你朝它走，它就躲你，你不管它，它又跟着你飘过来。但他却从来不怕那些东西。

邓发听了哈哈大笑。

“但遇到狼怎么办呀?”邓发又问。

“遇到狼不能跑，最好点一把火。”

“假如身上没带火呢?”

“那就与狼对峙，它不敢轻易接近。”

“好，有意思。”

邓发笑，杨宝山也笑。

“据说你枪法很好?”过一会儿邓发再问。

“凑合吧。”

“还很谦虚。什么时候学会打枪的？从小就会吗？”

“不会。中央党校时参加军事训练就学会了。后来上了大青山，人离不开枪。”

“都用过一些什么枪？”

“长枪，短枪。”

“现在用的是什么枪？给我看看。”

杨宝山把手枪拿出来给他。他把枪拿在手里看着，赞叹着。

“好枪，看来你们大青山武器精良，好马好枪呀。”邓发笑了笑，又说，“好了，今天就这样吧，有时间再聊。”

就这么一次次地谈话，一遍遍地询问，但谁都没有向他交代具体任务。他也已经意识到，中央正在对自己进行着非常严格的政治审查，准备交给他一项非同一般的任务。

三　他被正式任命为国际交通员

审查确实十分严格。不仅要审查他的政治立场、革命坚定性，还要考察他是否具备完成特殊任务所需要的基本素质，比如性格、气质、耐力、勇气、应变能力，等等。这样过了足足三个月，到了1941年春天，李富春才把他最后一次叫去谈话。

那天一早，李富春派通信员来叫他，杨宝山已经很熟悉了。

“首长叫你立即去。”

杨宝山站起来就跟着通信员走。立春刚过，这里仍然没有一丁点绿色，但延河上的冰却开始融化了。通信员是个精干的小伙子，长得可爱而且动作机灵，顺着弯曲的小路爬山坡，就像岩羊一样灵活。杨宝山是高个子，走山路也没有问题，两个人说说笑笑就到了。

通信员一直把他送进李富春的窑洞。

关严窑洞门，屋里就只有李富春和杨宝山两个人了。

李富春说：“党中央对你已经进行了全面的审查，决定交给你一项特殊的任务去完成。从今天起，你就是我们党的国际交通员了。”

杨宝山惊呆了。他懂得这个任务的分量，但他怎么也没有想到，党中央会把这样的任务交给他去完成。

“中国革命，是世界革命的组成部分，中国的抗日战争是世界反法西斯战争的一部分。我们党必须与世界反法西斯力量保持最为密切的联系，首先就要跟苏联，跟第三国际保持联系。但怎么联系？我们与苏联、蒙古之间是敌占区，要跟他们进行联系，必须通过敌占区。我们只有一个办法，那就是建立秘密通道，也叫作交通线。我们已经有了这么一条交通线。”李富春说。

这些都是党的核心机密。现在李富春把这些都告诉他，不仅是工作需要，也意味着一种信任。杨宝山很感动。

李富春又说：“国际交通员的任务就是沟通我党与第三国际的联系。蒙古人民共和国首都乌兰巴托有第三国际的联络机构，你的任务就是从大青山革命根据地出发，完成我党与乌兰巴托之间的联络，传递双方的文件、情报，以及完成其他特殊任务。”

“是。”杨宝山站了起来。党中央的信任和所承担任务的特殊，使他激动不已。

李富春的口气变得异常严肃，他说：“承担这样的任务，随时都有生命危险。我们的要求是，任何情况下都不允许所带的文件落入敌人手里，任何情况下国际交通员都不能被敌人俘虏。你听明白了没有？”

“不能当俘虏？”杨宝山思维一时没有转过来。

“是的，不能当俘虏，你想想是什么意思。”

杨宝山突然想明白了，他很激动。

“请首长放心，我明白了，必要的时候，先销毁文件，接着自杀。”杨宝山说。

“你能够做到吗?”

“能够做到。”

李富春接着对他说，大青山的国际交通组包括他在内共有三个人。组长叫林廷，在西伯利亚当过工人，懂俄语，另一个叫段占元，原是做生意的，地形熟，可以带路。他们三人要接受李春田的领导。他们现在都在大青山根据地，并且要求他立即回到大青山。

2月下旬，杨宝山离开延安。据说工委机关要迁往大青山，但白如冰仍在原来工委的驻地等他。离开延安时，中共中央组织部还交给他一项任务，就是把二十多个去绥蒙工委的同志带过去。他们一路急行，于3月上旬来到了绥蒙工委驻地，工委已经做好了搬迁的准备。过了几天，大青山派来一个骑兵连迎接他们，还给他们带来了战马。杨宝山就跟随绥蒙工委一起，第二次上了大青山。

第五章　茫茫草原路

一　穿越大草原

1941年5月，大青山抗日根据地。

山上仍然寒气逼人，尤其是到夜里，但部队毕竟又度过了一个寒冷的冬天，从山上望去，山后的草原这时候已经绿了。山上海拔高，冬天显得特别漫长，春天来得又特别迟。现在山下差不多已经是夏天了，山上却似乎刚刚进入初春。

杨宝山来这里已经好几个月了。

在战士们眼里他是个很普通的部队基层干部，话不多，显得沉稳、干练，腰带上别着一支手枪，跟部队一起作战、学习、转移。那时候部队里像他这样的人很多，所以他一点都引不起人们的注意。只有很少几个人知道他是一个肩负着特殊使命的人，他一直在进行着紧张的准备。其实，这里存在着一个特殊小组。小组内的几个人表面上看是部队的一些基层干部，但实际上他们却直接受延安中共中央保密局的领导。

他们这个小组叫国际交通组。

组长林廷，在苏联西伯利亚当过工人，会俄语，资历丰富，具有与苏联和蒙古打交道的经验。

组员杨宝山，能骑善射，胆大心细，有丰富的草原生活经验，因为本身就是蒙古族，完成从大青山到蒙古人民共和国机要交通任务具有天生的优势。

组员段占元，当时还不是党员，但对革命忠贞不贰，此人过去常跑蒙古那边做买卖，对地形和道路都很熟悉。

直接领导这个小组的是李春田，湖南人，参加过长征的老红军。中央专门派他到大青山，领导交通小组。

当时的秘密交通线是分段管理的，从延安到晋西北是一段，晋西北到大青山是一段，大青山到蒙古国又是一段，三段之间不能直接见面。杨宝山他们这一组负责的是从大青山到蒙古国的这一段。延安到晋西北和晋西北到大青山是哪些人负责的，文件和指令是谁在什么时候送到大青山的，杨宝山他们并不知道，也不应该知道。

一天傍晚，部队通讯员告诉杨宝山，李春田让他去一趟。

当他走进李春田住的那间民房的时候，天已经完全黑了。他看到屋里点了一盏麻油灯，灯光下坐着两个人，一个是李春田，另一个是林廷。

杨宝山一看便明白了。他没有忘记李富春告诉他的话：他的组长是林廷，而林廷受李春田的领导。

“任务来了。”李春田说，接着让杨宝山和林廷看地图。地图很小，也很破旧。李春田指着地图讲了起来。

“你们看，山后这片草原是杜尔伯特草原，也叫四子王旗草原。”李春田说，“部队可以派骑兵把你们送入四子王旗，但也只能送入四子王旗，再就不能往前送你们了。因为那里是日本人的势力范围，派部队进去反而目标太大，不利于隐蔽。进入四子王旗以后你们自己走。这次执行任务除了你们俩以外还有段占元同志，你们三个人一起去完成这次任务，林廷总负责。但进入草原以后要多听杨宝山同志的意见，因为他是蒙古族，会蒙古语，懂得蒙古人的习俗。”

李春田显得很干练，说话条理清晰。他接着说：“再说说路线。你们要穿过四子王旗草原和苏尼特草原。那是内蒙古西部面积最大的草原，要走好几天，而且你们应该尽量避开有人的地方走，这样就更艰苦了。但话要说回来，这么远的路，总会碰到人的，遇上敌人都难免。遇到什么样的人说什么话，怎么对付，就全看你们自己了。”

接着他们简单讨论了一下应对各种情况的方案。

“到了蒙古人民共和国边境，人家边防军会把你们抓起来，这是没有办法的事。人家并不知道你们的身份嘛，只好把你们当作偷越国境的人抓起来，让你们暂时受点委屈。”李春田笑了起来，又说，“你们被抓到蒙古边防站以后，不要说更多的话，只提一个要求，要求他们尽快将这件事报告蒙古人民共和国政府，请他们的政府转告第三国际驻蒙古的联络机构，说你们要见他们。更多的话就不用讲了。”

夜已经很深了，李春田最后说：“就讲这些，你们回去做准备吧。”

“准备什么？”杨宝山问。

“第一，是做好物资准备。你们知道什么是物资准备吗？就是把可能暴露你们军人身份的东西统统清理掉，除了手枪以外。你们要装扮成老百姓。穿戴啦，鞍具啦，等等，不能有一丁点军人的痕迹。这就是物资准备。第二，是精神准备，就是要做好牺牲的准备。”李春田说。

“我们什么时候走？”林廷问。

“这个先不告诉你们，随时都有可能。”

杨宝山和林廷回去以后严格按照李春田的要求开始做准备。他们准备了好几套便装，其中有牧民的长袍，也有边商穿的长褂和礼帽，还根据当地的条件准备了一些小杂货。这样他们至少可以装扮两种角色：牧人和小商贩。什么时候演哪种角色，到时候看情况再说。至于李春田说的“精神准备”，他们倒没有太费心思去做，因为他们如今都是“老革命”了，出生入死多少回呀，早已将生死置之度外了。

但林廷还是很认真，他来检查杨宝山的武器来了，因为他毕竟是组长。

“给我看看你的枪。”林廷说。

杨宝山把手枪递给了他。

“好枪。”林廷一看就赞不绝口，那是一把真正的“八音子”手枪，手枪中的精品。

杨宝山笑了。“打自己的脑袋没有问题。”他说。

林廷愣了一下也跟着笑了，他明白杨宝山的意思。按照对秘密交通员的要求，他们一旦遇到敌人抓捕的时候必须毫不犹豫地做两件事：销毁文件和朝自己开枪。文件不能落入敌人的手，自己也不能活着落入敌人的手。

“看来咱们的武器不仅可以打敌人，必要的时候还可以打自己。”林廷笑着说。

“革命的需要嘛。”杨宝山也笑着说。

“打自己也是为了最后消灭敌人。”

一切准备停当了，他们等待着命令。

几天后的一个夜晚他们接到紧急命令，让他们换上便装，立即带着武器骑着马去李春田那里。他们明白出发的时间到了。

杨宝山第一个到达。还是那间民房，李春田看见他进来只是点了一下头。

“报告。”有人在门外喊，是林廷。

李春田刚喊完“进来”，又有人在门外喊报告，接着段占元也进来了。

李春田拿出几份文件，又拿出针线，对他们三个人命令道：“你们把文件缝进蒙古袍里边。”

三个人开始往长袍里缝文件，李春田一直在旁边看着。等他们缝完了，他又检查了一遍，这才开始跟他们一个一个地握手，并且嘱咐说：“路上当心。”

当李春田把他们送出屋外的时候，护送他们的骑兵排已经集合完毕，等待着出发的命令。

春寒料峭的夜晚，大青山的山沟里响起了嗒嗒的马蹄声。骑兵排一直把他们三个人护送到四子王旗草原的边上。

三匹好马，三个年轻汉子，不停地奔跑了整整一夜，黎明时分才停了下来。他们的四周是一望无际的草原，静静的似乎仍在沉睡。他们找到了一处高坡，草长得特别茂盛。

“下马，隐蔽。”林廷命令道。

这里的地形确实很理想，高坡下边是一个小洼地，他们把坐骑留在那里吃草，三个人爬上了高坡，俯伏着藏匿在草丛中。三个人和三匹马很难被发现，而他们却可以从这里清楚地看到方圆一二十里内的动静。太阳很快升起来了，天气变得闷热，这里比山上热得多，大滴大滴的汗珠开始从他们脸上滚落下来。藏在草丛里的蚊虫这时候也发现了目标，成群结队地向他们发起了进攻。但他们却一动不动地伏在那里，目光警惕地在周围草原上扫来扫去，只是偶尔挥动手臂驱赶一下蚊子。

杨宝山一直盯着前面的草原。他想弄清楚这里是一个什么样的地方。他当过牧民，对地形很有研究，知道什么样的地方会有人，而什么样的地方一般人很少。比如说，有河流或者水井的地方一般都会有人，而没有水的地方不会有牧户居住。又比如，如果看到羊群，附近就必定有人居住，等等。对周围环境进行这样的判断非常重要，判断准确了，应付突发情况就有了几分主动权。

他突然看到了一群马。刚开始他看到的只是很少的几匹，它们出现在地平线上。接着又增加了几匹，接着又出来几匹，一会儿工夫就变成了五六十匹。他让林廷把望远镜给他。

“你看到什么了？”林廷问。

“马群。”

“这里是牧区，当然有马群。”段占元说。

“不对。”

杨宝山接过望远镜，对着远处的马群观察起来，而且很快发现了问题。他看出那绝不是牧民的马群，因为牧民的马群在草原上散开来吃草很自由，撒欢、奔跑，而眼前这个马群却很规矩，不分散，也不乱跑，好像处于一种很严格的管束之下，而且几十匹马全都是一个颜色，从这里看去都呈黑色，但他估计这是距离太远的缘故，其实那些马大概都是黑红色。

“发现什么问题了吗?”林廷问道。

“那是军马。”杨宝山放下望远镜说。

“军马?”

“是军马。有那么多的军马，说明附近就有军营。”杨宝山说着把望远镜递给林廷。

林廷和段占元也轮流用望远镜观察起来，他们断定杨宝山的分析是对的。他俩也是骑兵出身，能够看出那的确是一群军马。而且更为严重的情况又出现了：那些军马边吃草边朝他们这个方向移动，而且放马的几个军人也开始映入他们的视野，从衣着上就能够看出他们是日本人，有的还拿望远镜在朝他们这边瞭望。

很显然，跑已经来不及了。他们只要站起来，就会被望远镜看到。而且在这样的大白天，乱跑是很不明智的，弄不好即便逃出狼窝也许又进入虎口。

“卧着不要动，做准备。”林廷低声命令道。

杨宝山和段占元心里对这道命令的含义都十分清楚。

他们拆开蒙古袍把文件取了出来，把火柴盒拿在手里，接着掏出手枪，子弹上膛。事情说简单也很简单，如果敌人真的发现了他们，那他们就要迅速地烧毁文件，接着朝自己开枪，当敌人赶到的时候，能够看到的只是三堆纸灰和三具尸体。

马群和放马的日本兵仍朝这边不紧不慢地移动着，越来越近，一直到他们藏匿的高坡下才停下来。杨宝山他们现在已经能够比较清楚地看到那几个日本兵的样子，而且还能够听到他们说话的声音。这时候已近中午，也许到了中午这几个日本兵会赶着马群回去吧？他们这样想。但糟糕的是那些日本人不仅没有走，还在那里围坐在一起吃喝起来。这样下去，什么时候是个头呀？杨宝山很着急，但却不敢动。

“你们在这里不要动，我去把敌人引开。”他悄悄对林廷说。

“什么?”

“我悄悄牵上马，绕到他们后边打一枪，把他们引开。”杨宝山说。

“没有那个必要。只要咱们不动弹，我看他们是不会发现咱们的。”林廷反驳道。

“我是担心咱们的马，弄不好就有可能暴露。”杨宝山最担心的就是这个问题。他们的马就在身后的洼地里吃草，它们一旦走出洼地，那问题就严重了。那些日本兵突然发现三匹背上鞴着鞍子、头上戴着笼头的马，能不起疑心吗？能不来搜索吗？

但林廷却坚决不同意杨宝山去冒险。时间在一分一秒地流逝着。那几个日本兵仍在不慌不忙地吃着、喝着，后来竟唱起了他们的歌曲，其中有两个大概喝醉了，竟然还跳起舞来。他们这样一直折腾到下午才离去。

漫长的一天终于快要过去了。杨宝山他们的衣服早已被汗水湿透，脸上被蚊子叮得成片地红肿。他们一整天没吃没喝，也没有动窝，现在才终于坐起来，开始商量下一步的行动方案。今天的情况说明，敌人比他们原来预想的要密集得多，像昨天夜里那样走法，随时都可能遇到敌情，因此他们有必要好好商量一下对策。

“杨宝山同志，你说说。”林廷说。

“明天起，我先去探路吧。我白天去探好路回来，天黑了咱们再走。”杨宝山说。

“看来必须那样了。像今天，多危险。”段占元说，“不过探路还是我去吧。我走过这条线，对这地方熟悉一些。”

“你不行，还是让杨宝山同志去。”林廷说，“这里居住的都是蒙古族老乡，杨宝山是蒙古族，懂得他们的语言和习俗，遇到情况好处理一些。”林廷说。

事情就这样定了，这时候天也完全黑了。他们骑上马背，往前奔去。

辽阔无际的杜尔伯特大草原被浓重的夜色所笼罩着，微风习习，繁星满天，他们前面的路还很长很长。

第二天起，他们改变了方式：林廷和段占元藏在野外，杨宝山一个人到草原上观察情况。他很聪明，装扮成一个从很远的地方来这里寻找亲戚的人。这样做，好多情况下都能够自圆其说，他也可以大摇大摆地走进牧民的蒙古包。

“您好！”他走进了第一个遇到的蒙古包。

“您好！”户主也向他问好。户主当然不知道他从哪里来，但却不怀疑他是个蒙古人，而且是个牧人。因为户主看到他刚才来到拴马桩子旁边下马、拴马的一系列动作，是那样地熟练、地道。他走路的姿势、说话的神态，完全是个牧人。

“牲畜好吧？草场看来还可以。”他按照蒙古族的习俗，坐到了蒙古包内火撑子的右边。

“好，好。”户主说。天下的蒙古人都是一个习惯，当两个人遇在一起相互问候的时候总是要说“好”，哪怕境况再不妙，哪怕日本人骚扰得他们日夜不得安宁，也是如此。

“听口音，你不是我们这个地方的人。”户主说。

“我是鄂尔多斯人，来这里找我的一个远房叔叔。”他说。

“是吗？你叔叔叫什么名字？住在什么地方？”

“这些我都不知道。”他歉意地笑了笑说，“他很小就出来了，听说就住在这一带。他住的地方好像叫什么敖包。”

户主同情地点了点头，说：“那就不好找了，你慢慢打听吧。只要活着，总是能够找得到的。”户主完全相信他的话，因为草原上这样的事常有，为了躲避灾祸，或者因为其他原因，有些人背井离乡，越走越远，后来就回不去了。

“我要继续找下去，但就怕遇见日本人。”他说。

“是呀，遇到日本人就麻烦了，那全是一些没有人性的畜生。”户主骂了起来，又说，“你得避开他们。”

“能避开吗?”

户主给他介绍日本人的几个据点的方位以及活动规律。

杨宝山把户主说的话牢牢记在心里，便向户主告辞出来，又向草原深处奔去。

落日时分他回到了林廷和段占元藏身的地方。他今天差不多走出百十里路，把情况基本摸清楚了。从那天开始，他每天都出去探路，再回来领着林廷和段占元趁夜色赶路。这样，自从大青山根据地出来，他就没有睡觉的时间了。

第三天，他们又遇到了麻烦，而且比前天遇到放军马的日本人更危险。

那天他回来的时候，已经发现情况不对头了。他很远就看见，林廷他们藏身的地方站着好几个人和好几匹马。

他观察了一下，发现那些人都穿着蒙古袍，说明他们不是日本人。大概是地方巡逻队，他迅速做出判断。因为他已经得知，这里的日本人因为兵力不足，就组织当地的一些人编成巡逻队，在草原上进行巡逻。地方巡逻队的成员，大部分是一些地方兵丁，甚至一些牧民也被编到巡逻队中。这些人远没有日本人厉害，但也不可掉以轻心。

他疾驰到跟前的时候，那些人正与林廷和段占元纠缠。

林廷看见了他，便大声对那几个人说：“我说我们是做小买卖的，你们又不信。”

那些人也看见了他，就问他：“又来了一个。说，你们到底是什么人?”他们是用汉语问话，杨宝山听出他们的汉语很蹩脚。

“我们是做小买卖的，买卖人。”他也用汉语回答说。只一瞬间他有了主意：先不说蒙古话。

“把他们带回去再盘问吧。”那些人开始商量，用的是蒙古语，他听得真真切切，但却不动声色，装作听不懂。

“怎么带？他们会跟我们走吗?”又有一个说。

“那你说怎么办?”

“我看咱们别太认真，为日本人办事，不值得。”

“我看还是把他们带回去。”

他们在争论，杨宝山在边听边分析。他看出来了，这些人并不想很认真地为日本人卖命，但也怕把他们放走了被日本人追究。而且他也听出来了，日本人和这些地方巡逻队并不知道他们三个国际交通员已经进入草原，他们只是觉着他们三个人有点可疑。

“各位兄弟，快放我们走吧。”他突然用蒙古语说道。

“你是蒙古人?”

“我是蒙古人，我的这两位伙伴是汉族。”他说。

“那你说清楚，你们究竟是干什么的?”

“刚才不是说了吗？做买卖的。”

“谁信呀，哪儿不能做买卖，偏偏跑到日本人的眼皮底下做买卖。”

杨宝山笑了，说：“为了赚钱呀。”他说着，从林廷的褡裢里掏出一些纸币，分送给巡逻队，又说，“这就算见面礼吧。我们会在这地方待一些日子，我们还会专门去拜访你们。”

那些纸币是组织上发给他们带的活动经费。那些人拿到了钱，态度明显缓和下来了。

“好了，好了，你们走吧。”他们说。

因为每天都遇到一些麻烦，他们根本无法按原计划时间到达蒙古人民共和国边境了。而且更为严重的问题是，随着时间的流逝，他们所带的干粮和水也已经用完。他们又饥又渴，眼睛布满了血丝，满嘴燎泡，但仍然坚持着。

杨宝山想弄点吃的，当林廷和段占元藏好以后他又骑马出去了。与以往不同的是，这次不是别人找他，而是他主动去找别人了。

他远远看见一座蒙古包。他观察了半天，断定那是一户穷苦人家。再看看周围，也没有发现其他人。蒙古包不远处有一群羊在吃草，一个人在照看着羊群。他决定去看一看。

“您好!”他到牧羊人跟前问好。

“您好!”牧羊人警惕地望着他。

“我是做买卖的，您买点什么吧。”

“我没有钱，什么都买不起。”牧羊人对他一点都不热情。

“不用拿钱买。”他说。

“那怎么买?”

“可以用实物交换，比如用炒米、肉条什么的。”

“我自己都没有吃的。”牧羊人说。

杨宝山没有办法了，他想了想说：“要不，我花钱买吃的。”

牧羊人看了他半天，说：“闹了半天，你是饿得不行了是吧?”

“是。”杨宝山说，“但我不想要饭。我想用钱买吃的或者用实物换吃的。”

“行了，行了，出门在外，不容易。去我家吧，吃点东西。”牧羊人说。

“我还有两个人。”杨宝山说。

“他们也饿吗?”

“饿。”

“他们在哪儿？你去领来。”

“他们已经走不动了，而且在离这儿很远的地方。”杨宝山说。

“好了，你跟我来。”

杨宝山遇到的确实是一个纯朴善良的蒙古族牧民，他把杨宝山领回了家，给他熬茶喝，又给他带了一点炒米。当杨宝山准备给他钱的时候，牧羊人突然不高兴了。

“我从来不把东西卖给别人。”牧羊人说。

“我不是要买，是表示感谢。”

但牧羊人仍然死活不要钱，杨宝山只好趁他不注意把几张纸币压在毡子下边。

二 在中蒙边境

当又一个黎明到来的时候，他们终于来到了中国和蒙古人民共和国的边境线上。

杨宝山的第一印象是这里太安静了。地势平缓而辽阔，似乎仍在沉睡，地平线以上是黎明时分灰白色的天空，清风习习，东方的曙色在迅速地扩展着，扩展着……

“到了……”以前走过这条线的段占元望着前面喃喃道。三个人不约而同地意识到，危险已经被他们甩在身后，而他们前面的，是一个安全的国度。

但目前，他们仍然不能暴露身份。

“走。”

林廷一声令下，三匹马踏着轻快的碎步向前奔去，三个年轻汉子的心在欢快地跳动着。从大青山抗日根据地到这里，时间并不算长，只是几天几夜。但那是什么样的几天几夜呀，巨大的危险在每时每刻伴随着他们。他们随时都有牺牲的可能，而他们身上又带着比生命还要珍贵多少倍的绝密文件，那是中共中央给第三国际的文件。

太阳很快升起来了。他们正走着，突然听见一声断喝。

“斯多伊！”

他们的周围出现了一些穿土色军装的人，枪口早已对准了他们。

杨宝山忙着摸枪，被林廷制止了。“别动手，他们是蒙古的边防军，刚才他们是用俄语叫我们站住。现在咱们应该把手举起来。”林廷说。

命令一个接一个，而且俄语变成了蒙古语：“下马！”“三个人分开！”“放下武器！”“走过来！”……

杨宝山将蒙古边防军的口令不停地翻译给林廷和段占元。三个人按命令做着。

蒙古边防军的士兵收缴了他们的武器，收走并登记了他们所带的物品，接着把他们带进一顶帐篷，看管起来。

“老杨，给他们说说。”林廷对杨宝山说。

“我们要求你们，把我们的情况迅速报告你们的上司。而且要求你们的上司将我们的情况尽快报告第三国际驻蒙古的联络机构。”杨宝山用蒙古语对边防军士兵说。

“嘿，你是蒙古人？”

“是。”

“来这里干什么？”

“我不能告诉你。”杨宝山说，“有热茶吗？给我们喝点。”

几个边防军士兵笑了起来，有的给他们倒茶，有的摇电话报告他们的上司。

虽说蒙古的士兵对他们并没有放松警惕，但林廷和段占元喝完茶便呼呼大睡起来，这让杨宝山觉得很好笑。

过了好几个小时，帐篷外传来汽车马达声，一个俄国人走了进来。俄国人是个四十多岁的汉子，个头很高，身材粗壮。他一眼看见了林廷和段占元，就亲热地跟他们握手，拥抱。杨宝山看出来了，他们早就认识。

林廷把杨宝山介绍给俄国人，并对杨宝山说："他就是第三国际驻蒙古人民共和国的联络机构官员切尔诺夫上校。上次就是他接待我们的。"

切尔诺夫又和杨宝山拥抱，还不停地用俄语说："蒙古人，中国的蒙古人，我们的好朋友。"

说是朋友，切尔诺夫接着又摆出一副公事公办的姿态，但他同时又解释说，这是纪律，必须这样办，他也没有办法。

"你们从大青山革命根据地出发那天，第三国际已经收到了延安的电报，第三国际又及时把情况电告我们。按电报里说的时间，你们前天就应该到达。为什么现在才到?"

林廷将路上遇险的情况简单说了一遍。

"这个，你们到了乌兰巴托以后要详细地写下来。"切尔诺夫说，"咱们走吧。"

看到苏联人专门来接他们三个人，蒙古边防军战士对他们已经很友好了。

"把我们的枪应该还给我们了吧?"杨宝山也跟他们开玩笑。

"你那把枪真是不错，舍不得还给你，但是没有办法。"蒙古边防军里的一个人说，其余几个人嘻嘻哈哈地笑了起来。

切尔诺夫让他们把马寄放在蒙古边防站，于是他们跟着切尔诺夫上了吉普车，向乌兰巴托进发。上了车，切尔诺夫让司机把车窗遮得严严实实，说是为了保密。

三　乌兰巴托

从边防站到乌兰巴托，还有好几百公里路程。他们一路颠簸，一直走到第二天中午才到达城市的边缘。切尔诺夫说要等到天黑才进城，于是他们只好在车里坐着，一直等到傍晚才得以进城。他们被安排进一个高级宾馆，每人都住进了套间。客房为平房，被木栅栏围绕，具有欧洲田园风格，房间里的设施确实很高档。“你们那里将来解放了，也可以建这样的宾馆。但目前你们都还在山沟里，先在这里享受享受。”切尔诺夫跟他们开玩笑说，接着又要求他们不能走出宾馆，并且正式接收了他们带来的文件，履行了交接登记手续。

他们成天待在宾馆。这家宾馆不仅建筑是欧洲风格，连吃的都是西餐，每天吃面包、香肠，喝高档的果子酒，杨宝山实在不习惯。三个人中他最年轻，而且是蒙古族，他确实想看看蒙古人民共和国的首都是什么样子，更想看看劳动人民当家做主的地方究竟是什么样子。但因为有纪律，切尔诺夫同意前他们谁都不能出去。切尔诺夫经常来看望他们，给他们介绍苏联、蒙古以及世界反法西斯战争的情况，跟他们聊天。有一次在聊天当中杨宝山提出了想出去看看的想法。切尔诺夫想了想说：“好吧，你们等着。”到了晚上切尔诺夫开着一辆小轿车来了，让他们上车，但也有明确的要求：不能下车，只能隔着车窗看。乌兰巴托并不大，但整洁、美丽，因为供电充足，夜间到处灯火辉煌。小轿车徐徐行进，他们经过宽敞笔直的街道，经过公园和游乐场，最后来到苏赫巴托广场。杨宝山目不转睛地看着，他看到了穿西装的男人、穿裙子的年轻姑娘，看到了身着蒙古袍的人，甚至还看到了骑马的牧人在广场走动。在杨宝山的感觉里，那些人是那样地快乐、自由。这里无疑是一个没有压迫、没有剥削、远离战争硝烟的地方，是一个真正实现了人民当家做主的地方。杨宝山突然想起了家乡，想起了留在家乡的父母妻儿。将来他们也会过上这样的日子吗？自己现在出生入死地干革命，不就是为了让包括自己的父母妻儿在内的广大劳动人民能够过上好日子吗？他突然想回去了，想快快回到大青山，回到战火纷飞的斗争前线。

但切尔诺夫却迟迟不下达回去的指令，因为第三国际给中共中央的文件和指示还没有到达。看到杨宝山他们确实待不住了，切尔诺夫选择了一个星期天，带他们到乌兰巴托附近的山里打了一次猎。

这次打猎对杨宝山他们来说真是一次难得的放松。一出城便是原始状态的山脉和草原，而且这里没有硝烟，没有枪声，没有敌人的影子。山上是茂密的树林，山坡下是绿色的草原，清凉的河水在滚滚流淌。杨宝山的运气好像特别地好，每次都弹无虚发。但很快他们又不想打猎了，就到河边休息。几个人拣来一些枯树枝烧起一堆火，杨宝山把打到的野味剥开皮，把肉割成一块一块的，切尔诺夫开始烧烤。后来几个人仰面躺在河边的草地上，望着天空中的白云。天是那么蓝，云是那样地白……

快乐的一天很快过去，他们晚上回到了住处，又进入了漫长的等待。

一个多月后的一天，切尔诺夫终于兴高采烈地来找他们说，第三国际的文件到了，他们可以回去了。

还是老办法，把文件缝进蒙古袍里。切尔诺夫将他们三个人的武器换成了崭新的德国手枪，说是第三国际驻蒙古的联络机构送给他们的礼物。

切尔诺夫亲自开车把他们送到蒙古边防站。他们下车，换乘自己的马就出发了。

四　鞍不离马，人不离鞍

是年8月，他们这个小组第二次赴乌兰巴托执行任务。

山后的杜尔伯特草原上满眼盛夏的蓬勃景象，辽阔的草原与无边的天空相连接，草浪中滚动着牛马羊群，蓝天上飘浮着朵朵美丽的白云。子畜早已成活，按说，草原上的人们已经进入一年中最为轻松的季节。但老百姓的日子并不轻松，因为日军和亲日派的控制变得更加残酷。

每次执行任务回来，李春田都要召集他们总结经验。上次回来以后他们总结了几条：

一是赶路的速度要快。速度快了，通过敌占区的时间就相对缩短，危险也随之减少。

二是遇到情况要高度灵活，能进则进，该退则退。看起来后退耽误了时间，实际上避免了与敌人纠缠，其实是节省了时间。

三是虽然在敌占区，也不应该忘了依靠人民群众。上次杨宝山探路和弄吃的，都证明了依靠群众的必要性。

四是要带够充足的干粮、水和子弹。

…………

根据这些经验，这次他们提出了鞍不离马、人不离鞍、夜行昼伏、快速突破的方案。其实与上次也差不多，到了夜里就快速奔跑，一点都不停留，天亮时潜伏休息。

天刚黑，他们进入了草原。草原的夜空像巨大的天幕，亿万颗星星挂在上面，湿润的空气中弥漫着淡淡的草香。在这样的夜晚赶路，他们怎么走都不觉得累，连他们的坐骑都很精神，一个劲儿地小跑。

“没有日本人该多好。”段占元嘟囔了一句。

是的，这里本来应该是一片充满生机和快乐的土地，但现在却处处潜伏着杀机。杨宝山想起了到草原开展工作时的感受。一样的草原，一样的游牧蒙古族，但与鄂尔多斯相比，这里有一种完全不同的氛围。这里的草场平坦、辽阔，骑着马跑，感觉好像永远也到不了边似的。这里的马群很多，从远处跑过去，简直就像一片云彩在快速移动，数不清的马蹄敲击着大地，震得地皮都颤抖。那些马一个个高大矫健，令人喜爱。这里的男人彪形大汉很多，连女人们都很健壮。他们善良、豁达，见了生人都当作朋友看待，是典型的草原蒙古人的性格。但现在究竟是怎么了？日本人竟从大海那边跑过来践踏这片土地。

一想起日军，杨宝山就来气。

段占元大概让草原的夜色陶醉了，一个劲地想说点什么，但林廷却总是制止他不要说话。杨宝山觉得好笑，他很理解他俩不同的心情。段占元是个很活跃也很直爽的人，好动，也好说。而林廷是组长，重任在肩，一刻都不敢放松警惕。

“不好，要下雨了。”段占元突然说。

是要下雨了，刚才还满天星星，不知道什么时候被浓云遮挡住了，空气也变得很闷。

“下雨好啊，雨下得大，日本人就不愿意出来了。”杨宝山说。

雨很快就下起来了，而且越下越大，好在他们都带着雨衣。

“注意，别迷了路。”林廷低声提醒道。

“机要交通员还能迷路？”段占元仍然很有精神。

到处是哗哗的雨声，雨水打得他们眼睛都睁不开。三个人不约而同地加快了速度，因为他们想趁着大雨多赶路。

到了早上，雨仍然在下。按规定他们应该下马休息了，但林廷却决定继续赶路。这是一个正确的决定。这么大的雨，五十米开外就什么都看不清，为他们提供了很好的掩护，即便遇到敌人他们也有把握逃脱。

这场雨一直下了一天两夜，他们也一刻不停地奔驰了一天两夜……

第三天早上他们终于停了下来。马匹需要休息，他们自己也需要把衣服晾干，吃点干粮。

刚下过大雨的草原上到处是水，他们无法躺下睡觉，坐都没法坐，他们就站着吃点东西。后来还是杨宝山想出了个办法。

“把马鞍子拿下来，行吗？”他请示林廷。因为这是违反规定的。不是说“鞍不离马，人不离鞍”吗？

林廷在犹豫，问：“敌人来了怎么办？”

“我警戒，保证不会出问题。”杨宝山说。

“好吧。”林廷竟然同意了。

杨宝山把马鞍子拿下来放在草中，又将雨衣铺开变成了一个可以躺下睡觉的铺位。

“你们先睡，我负责警戒。”杨宝山说着，拿起望远镜走向高坡。

到了晚上他们又上路了。又是一整夜的疾驰，破晓时终于看到了蒙古的边防哨所。

五　护送中国学员

是年9月，林廷、段占元、杨宝山三个人再一次去乌兰巴托，完成另一项特殊任务。这是杨宝山第三次赴乌兰巴托了。这一次的任务跟上两次不同，不是带文件，而是带人。

事情是这样的：我党派去苏联学习的部分学员要回国。他们取道蒙古，来到乌兰巴托以后因国内形势紧张，就滞留在那里。党中央经过认真的考虑，决定启用秘密交通线，派杨宝山他们去接那部分学员。这样，他们又一次奔赴乌兰巴托。

这次任务非同一般。绝密文件再重要，他们可以把文件缝在衣服里，遇到危险还可以随时销毁。但这次他们却要带着一群大活人通过日本人的占领区。

他们一路奔波终于到了乌兰巴托，找到切尔诺夫商量怎么完成这次任务。切尔诺夫也觉得这次任务危险性极大，经过再三考虑，决定把学员们分为若干批护送，第一批让他们只带三个人过去。

事情严格按照秘密工作要求进行。杨宝山他们三个人和那些学员都在乌兰巴托，但出发前却不能互相见面。杨宝山他们住在城内宾馆，那些学员据说住在郊外的一个度假别墅里。一切由切尔诺夫与双方商量，做出决定再由他通知双方。临出发，切尔诺夫才把三个学员带到了城内的宾馆。“这位是宋师长，这位是黄师长，这位是老李。”切尔诺夫向杨宝山他们介绍那三个学员。“大概都是化名。”段占元附在杨宝山的耳朵边悄声说。不管怎么说他们就这样认识了。上了路以后杨宝山他们才慢慢弄清楚，宋师长是个老同志，身上有很多伤疤，黄师长是湖南人，另一个老李是东北人。他们所了解到的也就是这些，更多的情况他们也不便打听，因为这是保密工作的纪律。

三个学员都穿着西装，到了宾馆后换成了商人打扮。

切尔诺夫非常认真，他给杨宝山他们三个人每人发了二百发子弹，还给林廷配备了一挺日本造的轻机枪，让林廷卸掉歪把子以后挎在肩上，外边再披上蒙古袍，这样乍一看还真看不出他带着枪了。

从乌兰巴托到中蒙边境，他们乘坐的是吉普车，还算顺利。到了边防站换乘马以后困难就大了，因为那三个学员身体虚弱不说，也缺少骑马长途奔波的锻炼，走一阵就需要下马休息。这样走走停停，耽误了很长时间，结果天亮前没有能够到达预定的地点。

太阳很快升起来了，驱散了覆盖在草原上的大雾。他们勒住马朝前望去，结果大吃一惊。离他们不远处有三四顶蒙古包，外面还拴着好几匹马。幸亏太阳升起来驱散了大雾，要不然他们很可能直接闯到那里去，要是那样，后果将不堪设想。他们当即决定，林廷和段占元到蒙古包附近侦察情况，杨宝山带着三个学员向别处转移，约定天黑以后到前面一个水井那里会合。

当时因为情况紧急，没有来得及仔细商量就这么分开行动了。究竟朝哪里走？这是杨宝山所遇到的第一个难题。现在已经是大白天，大草原一览无余，稍有不慎就会引起敌人的注意和怀疑。他思谋了片刻，便带着三个学员朝敌人据点额里格庙走去，而且大摇大摆地走。这是一个大胆的举动，但杨宝山觉得，要不引起敌人的怀疑，那最好的办法就是冲着敌人的方向走。如果表现出躲躲闪闪的样子，敌人有可能马上就追过来。而实际情况真的就是这个样子，蒙古包里走出几个人来观望他们，但并没有前来找他们的麻烦，大概以为他们是敌伪人员。

他们就这样避开那几顶蒙古包，消失在草原深处。到了下午四点钟的样子，他听到远处有枪声，很为林廷和段占元的安全担心，一边对周围的情况进行判断，一边躲开打枪的方向走。

天近黄昏，突然有两个骑马的人朝他们跑来，杨宝山以为又遇到了敌人。因为那两个人出现得太突然，杨宝山他们又正好走在一个平滩上，躲没地方躲，跑又来不及了。

“下马，卧倒。”杨宝山向三个学员下达了命令。

现在只有拼了。他因为没有能够把三个学员安全地送到大青山而感到惋惜，现在看样子弄不好就要出事。他盼着天色快快黑下来，好想办法脱险。

“我把敌人挡住，你们找机会撤退。不过马是不能骑了。”他对那三个学员说。

“不行，我们不能把你一个人留在这里。”黄师长不同意他的意见。

“你们的任务是回到根据地，我的任务却是保护你们。”杨宝山又说。他现在担心的事很多，担心这三个学员不听他的意见，担心更多的是敌人马上会出现，还担心四个人虽都拿着手枪，但射程和威力都不理想。

两个骑者越来越近，他们大概看到了杨宝山便喊道：“别开枪，是我们。”

原来是林廷和段占元。

“情况怎么样？”

他俩说：“敌人已经从南面追过来了。咱们已经过不去了。”

“那怎么办？”

“趁着天黑，往中蒙边境撤退。”林廷果断地说。

也只好这样了，这里距大青山根据地还很远。

这时候草原上已经出现了敌人骑兵的身影，他们只好边打边撤。

撤回中蒙边境三天以后，根据切尔诺夫的指示，林廷和段占元回到大青山汇报情况，杨宝山带着那三个学员回乌兰巴托待命。

六　偶遇郝登鸿

杨宝山一直在乌兰巴托待命，直到1942年2月，也就是当年的农历正月。

这几个月他是在焦急中度过的。由于保密工作的纪律，他不能离开住处，不能随意接触别人，切尔诺夫因为工作忙，也不能够经常来看他。

头两次来乌兰巴托，因为纪律约束他没有来得及细细观察这新生的蒙古人民共和国首都。这次他虽然也不能走出大院墙，但他可以每天看着这座城市。

乌兰巴托，一座美丽整洁的城市。它原叫“大库伦”，是蒙古政治、军事、宗教、商业中心。1911年，八世哲布尊丹巴活佛在这里登基，宣布成立“独立政府”。1921年7月，曾当过蒙古军的一个下级军官，后来在库伦当印刷厂排字工人的苏赫巴托和另一个在少年时期当过喇嘛，后来在库伦学校读过书的乔巴山两个人，在苏联红军的支持下带兵攻占库伦城，在这里宣布成立了“蒙古人民革命政府”。从此它便成了新生蒙古国的首都，1924年改称乌兰巴托，意即“红色英雄”。《蒙古秘史》里记载成吉思汗的出生地离这里也不远。

杨宝山的住处正对着广场。每到晚上，老人们领着孙子、外孙，中年人带着孩子，年轻人带着恋人，三三两两来到广场，他们的神情，是那样地自由、快乐。但清闲归清闲，当时世界反法西斯战争正进入关键阶段，蒙古人民共和国又承担着支援欧洲战场的任务，这里也能感觉出战争后方的气息：广场四周的墙壁上经常出现一些反法西斯的标语，广场边上的喇叭也播放着苏联卫国战争的歌曲《喀秋莎》《共青团员之歌》《一条小路》，以及蒙古歌曲《宽阔的色楞格河》《青年进行曲》……杨宝山只要下楼出门，就可以汇入到广场上的人流中间。但他不能，纪律在约束他。时间久了，他把那些歌曲都学会了，连那些俄语歌曲，他都唱得一字不差。后来切尔诺夫又给他送来一些书刊、画报，他成天看着书报打发日子。

但有一天他却很意外地见到了一个人，这个人就是郝登鸿。

郝登鸿，陕西人，汉族，年龄跟杨宝山差不多，当时也就是三十来岁。但他却是个老革命，早年在伊克昭盟乌审旗南部领导开展革命活动，后来上了大青山，曾任中共归武县委书记，日本人曾悬赏一千块大洋缉拿过他。1939年，他被派往乌兰巴托联系武器和物资援助事宜，因手续不齐全被以“特务”嫌疑扣押。杨宝山后来才知道，他第一次和林廷、段占元三个人赴乌兰巴托时就是带去了关于郝登鸿的证明信，才排除了他的嫌疑。郝登鸿后来到莫斯科东方大学学习，据说还见过季米特洛夫。他毕业后在中国驻乌兰巴托工人俱乐部工作。

那天他在屋外散步，突然有人在叫他的名字。

“杨宝山?”

他很吃惊，不知道这个地方还有谁认识他。他朝院外看去，结果看到一个工人装束的人，他也认出那个人正是郝登鸿。

“老郝。”他也叫了一声，两个人紧紧握手。

两个人都没有想到会在这个地方见面。

“你怎么在这里?”郝登鸿问。

杨宝山只好笑了笑说：“这个你就别问了。”

“哦，明白了。”郝登鸿高兴地笑着，“我在莫斯科上学，回这里工作已经好几个月了。”

“是吗?”杨宝山也很高兴。

“我待不住了，想回去参加抗战。”

“我理解你。”

“看来我不便再来看你了。咱们回到大青山再见吧。”

“大青山见。”

郝登鸿走了。虽然是一次短暂的见面，杨宝山仍然很高兴，他在这里见到了战友，他们曾在大青山并肩战斗过，互相很熟悉。看到战友，杨宝山觉得很欣慰。

但他后来再也没有见到郝登鸿。很久以后他才听说，日本投降后郝登鸿与其他一些从莫斯科回国的同志一道越过国境线，途中在乌兰察布察右后旗与土匪武装遭遇，光荣牺牲。

七　遭遇敌人

杨宝山仍住在乌兰巴托，日子在一天天流逝……

当林廷和段占元带着一个人终于出现在他面前的时候，他高兴得差一点跳起来。据林廷介绍，同来的那个人叫林凯，是我党派驻乌兰巴托联络机构的负责人。

林廷传达了中央机要交通局的决定：林廷和林凯留在乌兰巴托，杨宝山同段占元一起立刻回国。

杨宝山一下子来了精神。

“你们两个人这次还有一项任务。”林廷说，“从大青山到乌兰巴托，我们打算开辟一条新的路线。你们两个人这次顺这条线走一趟。”

“怎么走?”

林廷拿出地图，摊开放在桌子上说：“你们看，咱们原来的路线要走三四天，而这条路线却只用一天两夜。路上的情况我们还不太清楚，这次你们俩要实地走一走。”

“好。”

杨宝山和段占元乘汽车到蒙古边防，再从那里骑马进入国境线内。这次他俩身上不带绝密文件，更没有护送任务，所以一路走得很轻松。这条线确实比原来的路线近了很多，他们只用了一天一夜就走到了乌兰花附近，从乌兰花就可以看到大青山，再走一天就可以进入根据地了。

但正当他们高兴的时候出了问题。

那时候已经是晚上，前面突然传来一声断喝。

“站住，什么人?”

问话讲的是当地汉语，说明不是日本人，很可能是伪军或者伪警察。

“放牧的。”杨宝山大声回答。

“站着别动。”前面的声音说，“你们从四面包抄过去，看是不是放牧的。”

杨宝山和段占元在黑暗中对视了一下，两个人拔出手枪，一甩手朝前面说话的地方打了两枪，掉头就跑。他俩并不需要商量，因为情况是明摆着的，一旦人家包抄过来，麻烦就大了。

他们在前面跑，敌人在后面追，子弹在夜空中呼啸着。从枪声和马蹄声判断，敌人确实不少，而且紧追不舍。正在这个重要关口，段占元负伤了。

“老杨，我被打中了。”段占元边跑边说。杨宝山看了看，段占元骑在马背上，仍然在跑。

“你跑到我前面，我在后边掩护。”杨宝山说。

情况确实很危险，段占元已经负伤，一旦因流血过多从马背上摔下来，那只有死路一条了。但就在这个最危险的关头，他们的侧面突然响起了枪声，还听后面的追兵喊：“快撤，咱们中了游击队的计了。”

后面的追兵撤了，杨宝山和段占元也停下来观察动静。他们听到一些人在黑暗中说话。

“是老刘。”杨宝山听了一会儿高兴地说。

“没错，是老刘。”段占元也高兴地说。接着两个人放开嗓子喊起来。

“老刘……”

“老刘……”

当时，大青山驻扎着李（井泉）支队，山下也活跃着一些地方游击队。这里说的“老刘”，是乌兰花一带一支游击队的头儿，也叫“刘区长”，经常上山跟李支队联络，所以杨宝山他们都认识他。

黑暗中，一些黑影朝他们走来，用手电筒照他们。

“原来是老杨和老段呀。哎呀，老段你还负伤了呢。”

真的是刘区长的队伍。他们忙着把段占元从马背上抬下来，为他包扎伤口。因为流了不少血，段占元已经很虚弱了。

刘区长问：“老杨你们这是从哪儿来呀？”

“我们两个人到牧区开展工作，刚回来。”杨宝山说。就是对自己的同志，也不能暴露身份，这是保密工作的纪律。

刘区长说：“这里现在很危险，咱们得赶快撤。我看咱们还是向草原走吧。”

大家都同意，找了一些木棍扎成一副简易担架，抬着受了伤的段占元，立即撤离。刘区长又派人火速上大青山送信。

这样，杨宝山他们就跟着游击队在草原上转悠起来，与敌人“捉迷藏”。过了两天，大青山派来的部队几经波折才找到了他们，把他们接回大青山支队司令部。

八　奉命再回延安

1942年11月下旬，杨宝山奉命回延安，向中共中央机要交通局汇报工作。

这是他第三次回到延安了，轻车熟路，同行的还有郭申振同志，他们骑着马直接来到了机要交通局所在地延安枣园附近的后家沟。门岗查验了他的证件，就让他进去。他牵着马正兴冲冲地走着，忽然听见有人在叫他。

“杨宝山，你可来了。”

杨宝山一看，正是交通局国际处处长唐彬。

“唐彬同志，你好!”杨宝山前去跟唐彬握手。

“我一直在等你。按理说应该先让你休息，不过上边急着要了解你们的工作情况。怎么样？咱们现在就谈谈吧?”唐彬笑着说。

“没问题，我根本就不累。”杨宝山说。

“那好，现在就去我那儿。”

杨宝山拴了马就跟唐彬走，他喜欢有事赶紧办。

那时候，中共中央机要交通局在延安枣园附近的后家沟，为了保密，对外称“中共中央农村工作委员会”。机要交通局当时的负责人叫吴铁铮（即新中国成立后曾任最高人民法院副院长的吴德峰），下设国际处和国内处。杨宝山归国际处领导。在中央党校学习时，唐彬有一段时间还给杨宝山当过班主任，是老熟人。

杨宝山跟着唐彬去国际处办公的地方，开始汇报情况。他们谈了很久，唐彬不断地提出一些问题，杨宝山一一做了回答。不知不觉就到了晚上，唐彬领着杨宝山去食堂吃饭，边吃边谈。两人从食堂出来已经是繁星满天了。

“好了，现在你休息，等待命令。”唐彬说。

杨宝山等了一段时间。唐彬经请示上级以后通知他暂时留在延安，等待新的任务。

当时，延安正在进行大生产运动和整风运动，又是参加生产劳动又要学习、开会，大家特别忙。一天杨宝山从地里劳动回来，看到一个人在窑洞里等着他，一见他就笑着站起来。

“段占元？”杨宝山高兴地叫道。

是段占元。上次他受伤回到大青山不久，便被送到延安治伤，现在已经完全好了。

“我刚出院，就听说你也过来了。”段占元高兴地说。

“你这个家伙，上次你受了伤以后，我还一直挂念你呢。”杨宝山也说。

“大青山那边怎么样？”

“挺好。”

“我挺想念大青山的。”段占元说。

“我也是。”

这是真话，他们在感情上已经离不开大青山了。他们的战友在大青山，他们的战斗岗位也在大青山。那里的一草一木总在牵动着他们的心。想起那里艰苦的斗争，他们很想赶快回到那里去。

“组织上让咱们留下，咱们就得留下来，是吧？”杨宝山说。

“嗨，杨宝山你不知道我的心思。”段占元说。

“什么心思？”

“这次这个整风运动……”

“整风运动挺好呀。”

“是好，真的是好。但我总觉得有些人心术不太对劲……”段占元说。

“怎么了？”

段占元把自己的看法毫无保留地说给杨宝山听。原来，整风运动中又出现了一个“抢救运动”，对好多同志进行隔离审查。机要交通局就有十几个同志被送进了当时的保卫局。

听段占元说完，杨宝山的心情也沉重起来。这些事他也知道。机要交通局属于秘密战线，任务特殊，手段复杂，危险性也很大。做这种工作的同志，凭着对革命事业的赤胆忠心，冒着极大的危险去完成任务，现在却被怀疑，被打击，他心里无法平静。但他还是坚信，党中央最后会正确处理这个问题。

“咱们就相信党中央吧。咱们的一切都是属于党的。”杨宝山说。

“但愿党中央早日发现这个问题。”段占元也说。

从那天起，杨宝山和段占元被编为一个生产小组，又是纺线又是种地。种地段占元是把好手，而杨宝山也很快学会了纺线。白天两个人在地里挥汗如雨，到了夜里纺车“吱扭扭，吱扭扭”的声音又陪伴他们到深夜。他俩种植的蔬菜和烟叶丰收，纺线任务又完成得好，按规定将生产所得上缴了以后，他们还得了“超产奖”。

后来，康生等人的“抢救运动”被纠正，受冤枉的同志陆续被平反，杨宝山和段占元都很高兴，认识到党中央确实很英明，跟着共产党革命到底的决心也更加坚定。

第六章　回故乡潜伏

一　重回鄂尔多斯

1943年，随着世界反法西斯斗争形势的变化，国内革命斗争也有了很大发展。为了适应新形势的需要，中央机要交通局决定开辟一条新的国际交通线，打算从鄂托克旗、磴口、西公旗（即后来的巴彦淖尔盟乌拉特中后联合旗）到乌兰巴托建立一条秘密通道。这样，就需要在鄂托克旗建立一个秘密交通联络点，交通局决定派杨宝山去完成这个任务。

是年2月，先是吴铁铮局长找杨宝山谈话，交代任务，接着李富春又把他叫去鼓励了一番。组织上让他先到定边县找那里的地委书记王世太了解鄂托克旗的情况，然后再决定什么时候进入鄂托克旗。

于是，杨宝山身穿黑色布棉袍，骑着马，带着五万法币的活动经费来到了定边县城。谁都不清楚他是什么人，从哪里来，只猜测他是个富商。对杨宝山来说这次感觉却大不一样，七年前他正是从这个地方走入革命队伍大门的，现在他又回来了。他站在城边举目北望，家乡的山水隐约可见。那里有他的父母妻儿，整整七年了呀，他们还好吗?

他很容易就找到了王世太。王世太给他详细介绍了鄂托克旗的情况，并且建议他立马出发到鄂托克旗三段地找田万生。三段地是伊克昭盟的革命老区，1936年就有了党的组织，而田万生又是一个老革命，一直在三段地一带开展革命活动。

杨宝山拿着王世太给他开的介绍信，第二天就出发去三段地见田万生。听了田万生的情况介绍以后，他又骑马再北上到鄂托克旗布拉格一带，看那里能否建立秘密联络点。布拉格是纯牧区，地域辽阔，人烟稀少。他原以为那里的情况不会太复杂，去了实地才知道，那里完全被地方反动武装所占据，环境十分恶劣。他只好又返回定边县城，找王世太商量对策。

王世太想了半天，突然说："你干脆回家算了。"

"我也那么想。不过……"杨宝山说。这几天他也有了这个想法，他知道珠和那个地方的优势：封闭、偏僻，不易引起敌人的注意，同时离定边比较近，按说建立秘密联络点应该很理想。但他也有顾虑，七年前他投奔革命的时候不辞而别，他知道肯定得罪了西官府。因为他是西官府的"属民"，外出理应请假。现在突然回去，西官府追究起来怎么办？会不会影响他开展工作？

他把自己的顾虑说了出来。

王世太却说："现在的形势与过去大不一样了，地方官吏比过去老实了许多。"接着又让他去鄂托克旗城川找一个叫赵营的人。"赵营就是我们驻城川办事处的工作人员，他在那里开一家车马店，以车马店掌柜的身份做掩护。"他说。

"好，我去。"杨宝山说。

他就这样，在家乡的土地上走来走去。他的家乡珠和就在眼前，三段地在珠和的西北边，布拉格在北边，而城川在珠和的南面，他几度从珠和的边沿走过去。但他的家人和乡亲做梦都想不到他已经回到了鄂托克旗。

二　进入城川

对杨宝山而言，进入城川就意味着危险。他的家乡珠和与城川接壤，距离很近，很容易碰到认识的人。加之城川有一座天主教堂，珠和有些蒙古族牧民信奉天主教，经常去教堂，所以从某种意义上讲，杨宝山只要去了那里，想避开认识的人几乎是不可能的。

但他还是决定要去。

城川，蒙语中又叫“包日巴拉嘎苏”，意即“紫色的城”。城川也好，“紫色的城”也好，“城”指的是同一个所在，就是那座古城。

据说这座古城建于唐代，当时称“宥州城”，确实巍峨，但经历了多年的暑寒风雨，现在只留下四面高大而颓败的城墙了。

这里不仅有城，后来还有了教堂。教堂是天主教堂。据《鄂托克前旗志》记载：

同治十三年（1874年）

4月　比利时国天主教会的德玉明等两名神甫到城川。扎萨克察克都尔扎布在官府接见天主教首批传教士，并允许在城川定居传教。

翌年　天主教“圣母圣心会”在城川苏坝海子修建教堂。时有比利时籍神甫三名。

光绪八年（1882年）

苏坝海子天主教堂迁至城川旧寨子，建造房子20多间。

光绪二十六年（1900年）

“独贵龙”配合“义和团”，围困小桥畔教堂，打死一名比利时国籍神甫、两名教徒，焚烧附近三处教堂。

光绪二十七年（1901年）

清政府的全权代表李鸿章等人与英、美、俄、德、日、奥、法、意、荷、西、比11个国家的代表在北京签订了丧权辱国的“辛丑条约”。中国赔款白银4亿5000万两，并取缔了“义和团”等组织。此后，各教会乘机大肆敲诈勒索，纷纷与当地签订赔款合同。

同年夏季，伊盟赔款会议在柳贵湾召开。参加会议的除上级衙门派来的嘎力达扎勒丰嘎等11名官员外，伊盟各旗派员参加的蒙古族有巴岱、玛希、普尔布、班斯尔，汉族有李波、阎旺才等六人。教会方面的有杨、巴二神甫。这次会议的费用由扎萨克、乌审、鄂托克三旗负担，其中鄂旗负担的开销最大。会议进行了一个多月，最后决定：打死一个神甫赔白银1万两，打死一个教徒赔白银1000两，加上被烧的教堂及打仗的耗费等共向教堂赔白银1500万两。其中鄂旗赔白银8万4000两。这些赔款除一部分用牲畜抵偿外，其余以20年为限，将北至黄蒿塘，南至生地滩、哈日图山、达巴图山（据有关资料说西从熟地界开始，北至班希里，东至城川滩，南至阿玛色尔音查干苏贝），宽约20里，长约80里左右的土地抵押给洋人，史称“赔教地”。

光绪二十九年（1903年）

6月13日　旗扎萨克呈报垦地：东起乌审旗界，西至安边长100公里南北宽30～40里不等，靠长城一带久种熟地。

光绪三十一年（1905年）

9月　比利时天主教“圣母圣心会”的年轻神甫昂·莫斯太厄（汉名田清波）来城川传教，于1925年10月离开。其间对鄂旗和鄂尔多斯其他各旗蒙古语言、历史、民俗进行实地调查，搜集了大量口头资料和蒙文手抄文献。

光绪三十二年（1906年）

由教徒筹银3000两，神甫出粮，重新建造城川天主教堂。

民国二十四年（1935年）

章文轩与天主教会恼门经主教交涉回收赔教地问题。双方商定：每年由教堂向旗缴地租银1000元，并将蒙古族教徒编为一个苏木归旗管理。

…………

从这些记载中，我们可以看到这个教堂的来历与活动的情况。其实，这个教堂直到解放后才停止活动，外国神甫被遣送回国。

不管怎么说，一座古城，一座教堂，再加上地处蒙陕边界，城川自然变成了一个比较热闹的地方，经常有宗教活动，也进行物资交流，出现了店铺、饭馆和车马店。

杨宝山是在黄昏时分走进城川的，颓废了的城墙上长满了荒草，那边的教堂尖顶在晚霞中耸立，在这片荒漠草原上增添了几分奇特的浪漫情调。他久久地观察着，终于在一个角落发现了一家车马店。

天黑以后，他走进车马店。伙计迎了出来。

“客人要住店是吧?”

“住。你们的掌柜是不是姓赵?”杨宝山把马交给了伙计。

“是姓赵。您认识?”

“他的一个朋友让我来找他。”杨宝山走进了房间。不久，赵掌柜来了。杨宝山把王世太写的介绍信递给他。

“哦，原来是我们的同志。”赵掌柜名叫赵营，是个热情的人，一看介绍信就高兴得笑了起来，忙着吩咐做饭。

“现在西官府对咱们共产党的态度如何?”杨宝山问。

“他们呀，现在对谁都很客气。谁胜谁负他们现在看不清楚，所以谁都不敢得罪，怕将来吃亏。那些家伙鬼得很呢。”赵营说。

“对他们的家奴和属民的态度呢?”杨宝山又问。

“也不敢像过去那样随意打骂了，他们知道有个共产党专门为穷人打抱不平。”赵营笑着说。

杨宝山又详细询问了珠和那边的社会情况、敌情等，觉得基本有了把握。这时候已经很晚了。

“你这里安全吗?”他笑着问。

“你就放心地睡吧，不会有事。”赵营说。

他确实太累了，真想美美地睡上一觉，但躺下后却睡不着了。他想起了今后的工作，也想起了家里人。

三 家乡

家，魂牵梦绕的家。一个月黑风高的夜晚，杨宝山终于回到了他离别七年的家。

他换了装束，马也不骑了。从城川到他家，只有五十多里，徒步走大半天就到了。

下午，他就来到自己家附近。但他没有贸然行事，先走上高处观察起来。

柳条扎的牲口圈，柳条扎的院子，蒙古包、柳笆房、柴火和牛粪堆，还有鄂尔多斯蒙古人奉为神灵的玛尼宏杆子……还是原来那个样子，七年来似乎并没有多大变化。看上去那里还很安静，好像没有外人。

到了晚上，他才悄悄走了过去。

出于警惕，同时也为了辨认，也许还想捕捉到那些温馨的回忆，他摸索着非常缓慢地把这个生他、养他的家绕了一圈。

他仍然在犹豫，悄悄走到柳笆房窗户跟前。窗户里透出微弱的灯光，还听到低低的说话声。他听出来了，说话的正是他父亲。这时候有人推开门出来，朝羊圈走去。他认出是自己的母亲，他悄悄跟进羊圈。

母亲对他毫无察觉，但他已经跪在母亲身前了。

“妈妈!……”

他母亲吓坏了，连连倒退，声音哆嗦：“你是谁?”

“我是孟克敖其尔。”

“哪个……孟克敖其尔?”母亲的声音颤抖了。

“就是您的儿子孟克敖其尔。”这时候他已经泪流满面了。

母亲仍然站在那里不动，其实还是不敢相信自己的儿子突然回来了。母亲去把他父亲叫了出来，父母两个人把他领进供神的那个屋子。两位老人端着灯，把他从头到脚看了又看，终于相信站在他们面前的是走了七年的儿子，不禁流下了眼泪。

他们一夜没有合眼。

父母告诉他，他走了以后，有一个叫赵通儒的人曾专门来过家里，告诉他们说他们的儿子上大青山打日本人去了。后来又传来消息说，儿子已经作战牺牲了。从那以后，他们以为儿子已经不在人世，哭了一场又一场。

他的妻子已经病故，现在只留下十二岁的儿子。

父母还告诉他：这里现在跟过去大不一样了，共产党的部队经常在这一带活动，西官府的人也跟共产党来往，听说还有一个叫周仁山的共产党大官经常去西官府。

久别重逢的激动心情终于稍稍平静了一些，杨宝山开始了解这里的情况，首先他要掌握家里人对革命的态度。

“你们怕不怕共产党的部队?”他问。

“不怕，共产党的队伍对穷人好。”父亲很干脆地说。

杨宝山编了一套谎话，说他一开始确实去了大青山，但后来退伍了，到延安跟朋友合伙做买卖，开了一个小杂货铺，结果却赔了。他现在想回家落脚，又怕西官府刁难。

父母亲一听说儿子要回来，就高兴得合不拢嘴，忙说：“西官府那些人一个个都是见钱眼开的家伙，咱们送点礼，准保没有大事。”

杨宝山这才彻底放心了。他说：“那好，我去一趟延安，结算一下账目就回来。”

第二天夜里，他就离开家，回延安复命去了。

四　接受潜伏命令

杨宝山回到延安，向中央机要交通局汇报了情况，并建议在他的家乡建立秘密联络点。4月中旬，他的建议得到批准。出发前，李富春在自己住的窑洞里接见了他，跟他进行了一次长谈。

李富春充分肯定了他这些年来忠诚于党的事业，为了革命事业出生入死，出色地完成了任务，又肯定了他回家乡建立联络点的想法。接着谈起了党的民族宗教政策的重要性，最后还谈到了应付各种具体情况的基本原则。

李富春说："蒙古族盛行信奉佛教，你不要去反对，而且该磕头的时候还要去磕头，这样有利于你隐蔽潜伏。"还说，"你一定要想办法打入西官府。这样更便于你隐蔽，不是说树大阴凉大吗？西官府也许找你一点麻烦，你可以请一些地方头面人物去说情。它要罚就让它罚，要打就让它打，但一定要想办法打进去。"

从李富春那里出来，吴铁铮局长又把他叫去交代了有关纪律和秘密联络暗号。吴铁铮再三强调单线联系，只有中央这里派去的人才能找他。

五　打入西官府

杨宝山从延安回到了家乡。

他现在要办的第一件事就是想办法打入西官府。

说到这里，我们有必要说说这个叫作"鄂托克旗西官府"的地方。

那时候，旗一级行政首脑一般由六个人组成：最高为旗扎萨克，下边是东协理和西协理各一人，管旗章京一人，东梅林和西梅林各一人。扎萨克下边的两个协理、两个梅林和一个章京，通称“印务五仕”。简单说，所谓的鄂托克旗西官府，就是上述“印务五仕”之一——鄂托克旗西协理居住和办公的地方。

据1939年由“边疆通讯社”编写的《伊克昭盟志》第14章《鄂托克旗》载：“西协理朝克吉尔格勒，年已70余，办事尚称干练，然为人圆滑……”高秀峰所著《战斗未有穷期》中写道：“西官府有两个儿子，大少爷是个大烟鬼，老二当喇嘛，天生痴呆。”

根据以上记述推测，当时鄂托克旗的西官府已经不太景气，再加上那时候传统的封建统治体系已经进入名存实亡的状态，所以这个西官府不一定有多大势力。但它毕竟仍然是西官府，而且就在杨宝山的家乡珠和，杨宝山一家又是它的属民，因此，对付西官府，决不可掉以轻心。

打入西官府并非易事，如果西官府的人要详细了解他这些年的行踪，弄不好就会引起怀疑。所以最好的办法就是托一两个在西官府面前能够说得上话的人从中周旋，把西官府糊弄过去。

但是托谁呢？

当时鄂托克旗还实行保甲制度，全旗共十二个保，每个保有保长和保安连长。杨宝山经过仔细考虑，决定托他们那个保的保长和保安连长去疏通西官府。

杨宝山和父亲带着礼物去保长家，又去保安连长家，向他们献了哈达，送了礼，并请他们到家里吃饭。把客人请到家里以后，又是一次丰盛的招待。酒足饭饱后的保长和保安连长终于同意去西官府说说。

但西官府却不轻易买他的账，非要追究他当年“逃跑”的事，提出要罚他三匹马。后经保长他们说情，才减去两匹马，并且同意杨宝山去“请罪”。于是，杨宝山由叔叔领着去了西官府，带着哈达和礼品去磕头“请罪”。

西官府的人也没有说什么，这一次就这么过去了。眼看快要过年，杨宝山和父亲第二次又去西官府，而且他把从延安带来的马卖了，将卖马所得几千法币也送给了西官府。西官府态度开始松动，过了年到了农历二月，便让他去西官府当了“管家”。

六　“干饭管家”

杨宝山现在变成了鄂托克旗西官府的“管家”，他的名字又变成了孟克敖其尔。

西官府的管家连他共有三个人，轮流着去，每人每年干四个月，还分两次轮换，每次两个月。杨宝山除了按时去管理西官府的事务以外，歇班的时间就在家里干活。正是利用这些机会，他一方面，了解封建上层的动态；另一方面，也与附近的牧民进行着广泛的接触。

他开始耐心等待上级派人来接头。当时珠和那一带革命活动很活跃，杨宝山经常看到我党那些党务工作者和军事工作者，以公开或半公开的身份在忙碌着，他却帮不上忙，有时候心里很着急，但也没有办法。

西官府里常年有些“属民”做苦力，还养着一些兵丁。那些苦力和兵丁生活很苦，连饭都吃不饱。他们对此很不满意，给原来的管家起了个外号叫“稀饭管家”。

杨宝山当了管家以后很同情他们，想办法为他们改善伙食，因此也得了一个“干饭管家”的外号。“干饭管家”的外号传到了西官府小姐们的耳朵里，小姐们又告到父亲那里，官府老爷就把杨宝山叫去讯问。这个事比较麻烦，官府老爷要是以这个事情为借口辞退杨宝山，他的潜伏计划就会受影响。

“听说你很大方。当管家嘛，应该懂得心疼东家的东西。”官府老爷说。

“我懂。”杨宝山说。

“那怎么稀饭变成干饭啦?”

“老爷，我是为咱们西官府着想，那些兵丁和下人吃不饱跑了，咱们怎么办呀?”杨宝山说。

西官府老爷想了想，再没有说什么，这事就这么过去了。

七　周仁山与鄂托克旗“夺印”“护印”斗争

新中国成立后曾任新疆维吾尔自治区党委副书记的周仁山，在当时任我党伊克昭盟工作委员会书记，为了团结争取民族上层，他经常去西官府走动。作为管家，杨宝山每次都热情地接待他。大概周仁山认为他这个人也可以争取吧，后来开始主动跟他接触，还给他讲革命道理。杨宝山觉得好笑，同时也有些着急。好笑的是因为周仁山不知道他的身份，找机会“争取”他，着急的是因为他看到好多工作需要做而自己却帮不上忙。

就在这个时候，围绕旗扎萨克大印，发生了一场很有意思的斗争。

当时，鄂托克旗扎萨克共有两枚大印：一枚是清廷理藩院颁发的五十二两重的银质虎头方印，上有蒙满两种文字：“鄂尔多斯右翼中旗扎萨克印”；另一枚是1936年由国民党中央政府颁发的铜质方印：“鄂尔多斯右翼中旗旗政府印”。很明显，头一枚大印早已失去效力，因为清政府早已垮台，有效力的是第二枚大印，它代表着当时的国民党中央政府授予的权力。

企图夺取大印的那个人叫杨森扎布，是鄂托克旗十三任扎萨克噶勒藏罗勒玛旺扎勒扎木苏的四子，当时是鄂托克旗西协理。这里需要提一下的是，杨森扎布这时候虽然任西协理，但他却不是前面说的西官府。珠和的西官府是老西协理的府邸，而杨森扎布虽说当了“西协理”却住在鄂托克旗东部。杨森扎布认为自己是王爷的儿子，又是协理，理应掌握全旗大权，因此他把手伸向了大印。而旗扎萨克的两枚大印那时候在鄂托克旗护理扎萨克旺楚格斯仁（汉名包文秀，又名包米堂）手里。

旺楚格斯仁也是珠和人，与杨宝山是老乡。此人很开明，跟共产党有来往，对国民党不满，曾任鄂托克旗临时人民政务委员会主任，1950年又当选为鄂托克旗人民政府旗长。当时他知道杨森扎布后面有国民党特务撑腰，就不想把大印交给杨森扎布。他当即去找中共三边地地委和鄂托克旗工委。鄂托克旗工委认为，大印在旺楚格斯仁手里有利于维护全旗的稳定，就支持旺楚格斯仁将两枚大印保护好。

就这样，一场“夺印”与“护印”的斗争就展开了，“夺印”一方是杨森扎布，背后有国民党撑腰，“护印”一方是旺楚格斯仁，暗中有共产党支持。

而在这场斗争中，杨宝山充当了一个特殊的角色。

这场斗争开始时，他也很着急，因为他知道这关系到全旗的形势，而更为重要的是他知道那两枚大印当时就存放在西官府的一个房间里。但为了不暴露身份，他却无法直接参加进去。就在这时候，周仁山突然来找他。

周仁山仍然不知道他的真实身份，认为他这个人只不过是个可以争取的对象。

“孟克敖其尔，我问你一件事。”周仁山说。

“什么事？”杨宝山很认真。

“旗扎萨克大印在什么地方，你知道吗？”

杨宝山放心了，他已经明白，我党已经注意到这场斗争了。

"大印就在西官府。"他说。

"现在有人要把大印夺走，这对你们全旗都没有好处。"周仁山说。

"我明白。"

"明白就好。我想委托你办一件事。"周仁山又说。

"说吧，我一定尽力。"

"你今后要留意那两枚大印。有什么情况，请你及时告诉我，不能耽误。"

"是。"杨宝山站起来说。他无意中做出了军人接受命令的姿态，但周仁山并没有在意。

这样，杨宝山就参与到斗争中去了。他多次向周仁山及其派来的人通报斗争情况、各方态度和动态，还经常提出自己的建议，暗中对"护印"斗争提供了许多帮助，使斗争朝有利于我党的方向发展。在我党的支持下，旗扎萨克的两枚大印终于被安全转移到了城川。

这场斗争后来有了一个很有意思的结尾：到了1946年，杨森扎布在国民党专员和盟府的支持下，终于夺取了大印。但旺楚格斯仁交出去的只是清朝政府发的银印，而把国民政府发的铜印保留了下来。也许夺印一方以为旗扎萨克只有清朝政府颁发的那一枚大印，而没有第二枚，这场斗争以最后交出头一枚大印而告终，而真正代表着权力地位的第二枚大印却被保存了下来，安然无恙。

八　接头

到了1945年5月，杨宝山终于等来了上级派来的人跟他接头。

一个骑毛驴的人来到西官府。

他是从南面来的，汉族，一到西官府就声称要找一个叫孟克敖其尔的人，自称为孟克敖其尔的一个朋友的朋友，是做买卖认识的。杨宝山感觉到这个人有来历，就安排他住到西官府的客房，跟他交谈起来。

“掌柜的贵姓?”他问。

“姓刘。”来人回答。

“您找我?”

“你真的是孟克敖其尔?”

“真的是。”

“跟你合伙做生意的一个朋友，姓吴，你记得吧?”

“记得。您也认识他?”

“我跟他也是朋友。这次是他让我来找你。”

“找我有什么事?”

“要账本。”

“他现在买卖怎么样?”

“挺好，不久就会发大财。”

…………

接着他们又对上了暗号，杨宝山忍不住落泪了。这段时间他真的太孤独了。

他与老刘交换了情况，老刘告诉他下次接头的时间和地点，还明确告诉他，机要交通局已经把这里定为一条预备路线了。

是年6月，杨宝山趁歇班的机会，声称要出去处理来往账目问题，向定边县城走去。按照上次与老刘商定的地点，他在县城东关找到了一个小店，这里就是他们的秘密联络点。

这是个很小的店，杨宝山佯装问路，走了进去。老刘正好从房间里出来，看见杨宝山眼睛一亮，接着又假装互不相识，问他有什么事。

“掌柜的，天这么热，给喝点水吧。”杨宝山说。

“那进来喝吧。”

老刘把他领进一间小屋。

“没事，你就住在这里，要是有人来问，就说是住店的。”老刘说，“谈谈吧。”

杨宝山把最近的一些动态讲了讲。

“日本人快要投降了。”老刘说。

“真的吗?”

“真的，是从南面传来的消息。”老刘说。“南面”指的就是延安。

他们又详细讨论了杨宝山下一步的工作打算和可能遇到的问题，商定老刘尽快去延安汇报。

是年8月，老刘专程到西官府，向杨宝山传达了机要交通局的命令，让他在第二年春节后去延安汇报工作。所以到了次年正月，他提出要出去看病，瞒过了西官府和家人，去了延安。

到了延安，他向唐彬汇报了工作。唐彬高兴地说：“你来得正好。正月十五延安群众要给伟大领袖毛主席拜年。你也去看看。”

正月十五那一天，整个延安城沸腾起来了。不仅有延安的干部群众，连附近的农民都从四面八方拥进了延安，拥向毛主席、党中央办公的地方。杨宝山和中央机要交通局的同志们一起，汇入了人流。

突然听到有人喊：“毛主席！毛主席！……”

人群更加拥挤了。杨宝山他们费了好大的劲儿终于挤上了山坡。

“看到了没有？毛主席。”唐彬激动地对杨宝山说。

“看到了……”

距离很远，但杨宝山还是看得真真切切，毛主席穿着皮领子大衣出现在人群中。

其实杨宝山这是第二次看到毛主席。第一次是1938年，那时候他还在中央党校学习。11月，桥儿沟突然搭起了戏台，还用树枝伪装了起来，很多挎手枪的人来来往往，还发了临时出入证，出入中央党校的人都要严格检查。那些天杨宝山也不知道那些人在干什么。有一天晚饭后，杨宝山想去延河边走走，突然就看见有一群人走在沟里。他无意中一看，就认出了走在前面的毛主席。他真的太激动了，但还能把持住自己，他站在那里一动不动，一直目送这位伟人走出很远。事后他也不敢跟别人讲，因为他知道这关系到保密纪律和保卫工作。后来警卫人员都撤走了，一切恢复到原来的样子，他才把这件事告诉了当时的班主任。班主任说："毛主席刚刚主持召开了党的六届六中全会。"

过了正月十五，又有两个人来到了机要交通局，一个是负责与杨宝山接头的老刘，另一个则是林廷。他们也是来汇报工作的。林廷一见到杨宝山就拥抱了起来，亲热得不得了。他还被安排跟杨宝山住到一个窑洞里。

"杨宝山，真想你呀。"林廷说。

"大青山怎么样？"见到了林廷，杨宝山就想起自己在大青山的日日夜夜，想起国际交通线上那些难忘的经历。

"有很大发展。"林廷告诉他，苏联和蒙古对日宣战后，晋绥解放区的部队对日军进行了大规模的反攻作战。日本投降后，绥蒙军区部队配合晋绥军区、晋察冀军区部队，发动了第一次绥远战役，取得了很大的胜利。

杨宝山听了很高兴，那天他俩一直聊到后半夜。

机要交通局国际处的负责人经过研究后认为，根据当前国内革命战争的发展形势，杨宝山可以留在延安工作。

但李富春知道了以后却认为，杨宝山打入西官府不容易，应该回去继续潜伏，保证这条预备线随时都可以启用。

这样，杨宝山又要回家乡了。临走，林廷与杨宝山告别，他送给杨宝山一块苏联产的布，还跟机要交通局的另一个同志一起，送他送出很远。

九　遇天宝

1947年，胡宗南大举进攻延安，马鸿逵部队打进鄂托克旗西部，珠和陷入白色恐怖。

各种消息不断传来：

毛主席撤离延安……

延安沦陷……

杨宝山每天都注意各种消息，他所听到的都是一些传言。不过他已经做好了最坏的思想准备：决一死战，永不后退。

时局动荡，他已经不在西官府当管家了，就回了家。

到了冬天，一支队伍路经他家，一看便知是共产党游击队。这支几十个人的队伍在他家门口停下来。杨宝山迎上前去，想招呼他们到家里休息喝茶。无意中他看到了站在队伍里的天宝。

天宝愣了，杨宝山也愣了。天宝没有想到本应该在大青山的杨宝山会在这里。杨宝山也没有想到天宝会带着队伍撤退到这里打游击。

杨宝山希望跟天宝好好谈谈。他想知道现在的形势究竟严重到什么程度。但当时的环境条件不允许他当着这么多人的面跟天宝交谈。他只好假装不认识天宝，天宝也没有说什么，命令部队立即开拔。

天宝带着游击队并没有走远，晚上在杨宝山一个邻居那里住下了。杨宝山趁着夜色去看看，发现天宝在草滩上转悠。

“天宝同志……”他叫了一声。

“哦，杨宝山。”天宝在审视着他。

“有什么困难尽管告诉我，我可以帮忙。”他说。

“没有什么。你怎么样?”天宝反过来问他。杨宝山意识到，他的这个入党介绍人还是信任他的。

“没事。”

“有危险吗?”

“目前还问题不大。”杨宝山说，“你们都撤到了这儿，是不是情况很严重?”

“我给你说说情况吧。”

于是天宝开始给他介绍当时的形势。杨宝山静静地听着。

浓重的夜色无边无际，远处偶尔传来狗吠声。两个共产党人，一个藏族，一个蒙古族，坐在沙窝子里交谈着。

“……别看胡宗南占领了延安，我们的有生力量并没有损失，而是开进了更为广阔的战场。你明白吗?解放全中国的战斗很快就开始。”天宝说。

“那太好了。”

“越是困难的时候，越要看到我们的成绩和前途。共产党员应该经受得起困难的考验。”天宝又说。

“我明白。你们在这一带活动多久?”

“说不准，不过我们不是失败了逃跑，而是在有计划地撤退。有毛主席和党中央的领导，我们什么都不怕。”天宝又说。

杨宝山很受鼓舞，但却不能说更多的话，虽说他所面对的是自己的入党介绍人，是自己非常信任的老革命，但这就是保密战线铁的纪律!

天亮了，天宝带着队伍又出发了。杨宝山目送他们一直消失在沙棘林中。

十　迎接曙光

终于有一天，来接头的人站在杨宝山面前。

那是一个年轻人，在草场上找到了杨宝山，对上了暗号后就攀谈起来。

“机要交通局的领导向你问好。他们说，这几年你成功地完成了潜伏任务，很不容易。”来跟他接头的同志说。

“谢谢交通局的领导。”杨宝山说。

“我这次来，是向你传达机要交通局的指令。”那个人说，“现在我国东北全境已经解放，与苏联已经连成了一片，同苏联联系已经不需要秘密交通线了，你这条预备线路也要取消。”

“那我怎么办？”

“继续潜伏，等待命令……”

时光在飞快地流逝。

因为肩负着特殊使命，他不便出头露面，只好暗中去打听消息：

毛主席东渡黄河。

北京和平解放。

解放军占领南京。

绥远省人民政府宣告成立。

鄂托克旗临时人民政务委员会成立……

连他的老家珠和也宣告解放，共产党领导的珠和区已经成立，西官府已不复存在。旗里和区里派下来的干部们召开群众大会，宣讲党的政策，又走家串户地动员老百姓投身反封建斗争。有的干部还直接来找他，说服他出来参加革命工作。家乡好多男女青年都出去参加工作了，他们有的被送到干部学校学习，有的担任了基层领导，干得热火朝天，提高也很快。相比之下他倒显得“落后”了，很少参加会议，也没有答应参加工作，他懂得应该充当什么样的角色。

一个新的时代就这样开始了。为了这个时代的早日到来，他曾出生入死地奋斗过，一直到现在他仍然坚守着自己的岗位，坚守着自己的诺言。

他仍然跟他父母和儿子一起生活，父亲的觉悟好像提高很快，经常参加牧民会议，回来就讲一些革命道理。

望着苍老的父亲，有一种感激之情在杨宝山心中油然而生。这个本分善良的普通牧民现在开始对革命有了自己的理解。理解革命，将来就能够理解儿子，能够理解儿子当年的不辞而别，理解儿子有整整七个年头没有音讯，理解儿子把爱和责任转移到了更多的民众和更为广大的空间。

家乡的革命形势在蓬勃发展，人民已经当家做主。但他不应该坐享其成，他应该继续为新中国的建设而奋斗。

因为他是共产党人。

他等待着党组织的召唤……

第七章 尾声

1949年秋的那一天，要去鄂托克旗党委报到的杨宝山又一次久久地凝望着家乡。这是他第二次离开这里。

他第一次离开家乡的时候，家乡正处在水深火热之中，那时候的他是一个不甘心受压迫而又看不清楚出路的年轻人。现在当他又一次离开的时候，家乡已经解放，这里已经没有剥削与压迫，他自己也早已变成一个有理想、有信念的共产党人。

他坚信，未来将更加美好。当然他也知道，很多艰巨的任务在等待着他。

他不禁想起了定边县城、延安、晋西北、大青山、绥东、乌兰巴托，想起了他的上级和战友，想起了那条长长的交通线和那条线上的日日夜夜。

他当然也想起了延河边上的那些夜晚，与天宝的那些谈话，以及在那孔窑洞里自己庄严的宣誓。

正是在那孔窑洞里他把自己交给了一种理想和信念，从那以后就再也没有动摇过。

他心潮澎湃……

他策马向前奔去。

1949年，杨宝山被任命为鄂托克旗旗委委员兼保卫科长、公安局长、伊克昭盟人民政府委员；

1952年，被任命为鄂托克旗副旗长；

1957年，被任命为鄂托克旗旗委副书记；

1960年，调任伊克昭盟盟委统战部副部长；

1980年，当选为中国人民政治协商会议伊克昭盟委员会副主席；

1994年3月12日，在东胜逝世，享年七十九岁。

图书在版编目（CIP）数据

阿云嘎文集 / 阿云嘎著. -- 北京：作家出版社，2024. 1
ISBN 978-7-5212-2615-7

Ⅰ. ①阿… Ⅱ. ①阿… Ⅲ. ①阿云嘎 - 文集 Ⅳ. ①I217.2

中国国家版本馆CIP数据核字（2023）第234225号

阿云嘎文集

作　　者： 阿云嘎
责任编辑： 兴　安
特约策划： 锡林巴特尔　哈达奇·刚
特约编辑： 戴塔娜　那日苏
封面设计： 王一竹
内文设计： 张　亮
出版发行： 作家出版社有限公司
社　　址： 北京农展馆南里10号　　**邮　　编：** 100125
电话传真： 86-10-65067186（发行中心及邮购部）
86-10-65004079（总编室）
E-mail:zuojia@zuojia.net.cn
http://www.zuojiachubanshe.com
印　　刷： 北京盛通印刷股份有限公司
成品尺寸： 152×230
字　　数： 3000千
印　　张： 171.75
版　　次： 2024年1月第1版
印　　次： 2024年1月第1次印刷
ISBN　978-7-5212-2615-7
定　　价： 600.00元（全九卷）